Für all jene, die gerne reisen und
was erleben wollen.

Peter Alles

Vollmond-Pilze, verbuddelte Bembel und andere Kurzgeschichten

© 2020 Peter Alles
Umschlag, Illustration: Peter Alles

Verlag: tredition GmbH,
Halenreie 40-44, 22359 Hamburg

ISBN
978-3-347-06432-4 (Paperback)
978-3-347-06433-1 (Hardcover)
978-3-347-06434-8 (e-Book)

Inhaltsverzeichnis

Verbotene Ossi-Wessi-Kontakte

Ein Jahr nach erfolgreichem Ende meines Hauptstudiums stieß ich eines Tages auf ein Themengebiet, das mich sehr interessierte und wovon ich mir vorstellen konnte, darüber zu promovieren. Fast alle Fachliteratur, die ich damals dazu fand und zu studieren begann, ging auf Mathematiker zurück, die in Prag lehrten und forschten. Da mein Doktorvater an der TH Darmstadt von dem Thema keine Ahnung hatte, sich dafür auch überhaupt nicht interessierte, und ich inhaltlich alleine nicht weiterkam, dachte ich mir, dass es nützlich sein könnte, in einem kurzen Auslandsstudium an der Karls-Universität in Prag mit den Autoren direkten Kontakt aufzunehmen und in Zusammenarbeit mit ihnen mein tatsächliches Promotionsthema zu finden, um die relevanten Fragestellungen zu konkretisieren.

Beim DAAD (Deutscher Akademischer Austauschdienst) stellte ich daher im Herbst 1984 einen Förderantrag für ein Studium an der altehrwürdigen Karls-Universität (Mitteleuropas älteste Uni war 1348 von Kaiser Karl IV. gegründet worden). Ende 1983 hatte ich auf einer kleinen Konferenz im böhmischen Dorf Příhrazy, einem Weiler am Nordrand des Český ráj (deutsch: Böhmisches Paradies), teilgenommen und einen der besagten Forscher persönlich kennengelernt.

Am Abend der zweitägigen Konferenz hatte ich mit ihm zehn DM in Kronen getauscht, was ja strengstens verboten gewesen war und ihn in größte Aufregung versetzt hatte, was aber jeder gerne machte, der die Gelegenheit bekam. Eine Win-win-Situation: der eine kam an Devisen heran, der andere konnte mehrere Biere in der Tagungskneipe kaufen. Außerdem war das der Beginn einer langanhaltenden Freundschaft, die uns viele Jahre immer wieder zusammenbrachte, wobei wir gemeinsame Ausflüge in

Böhmen unternahmen und mathematische Fragestellungen bearbeiteten.

Auf dem Rückweg nach Darmstadt unternahmen wir (ein Darmstädter Professor, ein Kommilitone und ich) eine kleine Rundfahrt durch Prag, wobei ich mich spontan in die Stadt verliebte. Dieser Kurzaufenthalt hatte meine Idee bestärkt, für ein paar Monate in die tschechoslowakische Hauptstadt zu gehen.

Obwohl ich keine Ahnung hatte, was ich dort genau tun und wie mein „Studium" verlaufen würde, gelang es mir, meinen Förderantrag an den DAAD, mein zukünftiges Arbeitsgebiet und meinen Arbeitsplan so überzeugend darzustellen, dass ich schon bald die Finanzierungszusage erhielt. Auch die heute üblicherweise für ein Auslandsstudium geforderte Sprachkenntnis des Gastlandes konnte ich damals nicht vorweisen, obwohl ich mich vor und während des Aufenthaltes intensiv mit der gewöhnungsbedürften Aussprache des Tschechischen beschäftigte und ein paar Wörter der Sprache erlernte. Mein Trimester sollte am 1. April 1985, einem warmen Frühlingsmontag, beginnen.

Für meine studentischen Lebensverhältnisse ungewöhnlich früh startete ich an diesem Tag um 8 Uhr morgens mit meinem klapprigen VW Polo in Richtung Prag und erreichte kurz vor Mittag die Grenze bei Waidhaus/Rozvadov. Die Grenzbefestigung am Eisernen Vorhang war damals martialisch und gigantisch: Nachdem man aus Deutschland ausgereist war, fuhr man einen Kilometer durch eine Art Niemandsland, bevor man an die tschechoslowakische Grenze kam. Der Zwischenstreifen war radikal gerodet, damit man noch aus 250 m Entfernung sehen konnte, ob sich dort evtl. eine bewaffnete Maus herumtrieb. Beide Grenzdurchgänge waren mit dicken Schlagbäumen aus Stahl verschlossen, deren senkrechte Rotationsachsen nur eine Öffnung nach innen zuließen, so dass ein „Durchbrechen" der Schranke nach außen faktisch unmöglich war. So viel zur Begründung, dass die Grenzbefestigung als antifaschistischer Schutzwall diente.

Die Einfahrt in den Grenzbereich, d.h. die Ausreise aus Deutschland, ging nach der üblichen Pass- und Führerscheinkontrolle zügig vonstatten. Auf der tschechoslowakischen Seite stand man jedoch erst einmal eine Stunde vor dem Schlagbaum, bevor sich überhaupt etwas tat. In dieser Zeit wurden die wenigen wartenden Fahrzeuge von Grenzsoldaten mit Maschinengewehr im Anschlag bewacht. Das mulmige Gefühl, das sich während dieser öden, ereignislosen Wartezeit einstellte, werde ich nie mehr vergessen. Ich hoffte, dass, falls sie mich erschießen sollten, richtig zielen und gleich final treffen würden, denn leiden wollte ich nicht. Ich musste aber leiden, denn es tat sich gar nichts, die arbeitsfaulen Grenzer hatten null Bock. Auch hatte ich Angst, dass sie mir wegen der mitgeführten verbotenen Westzeitschriften, die ich offen auf dem Rücksitz liegen hatte, die Karre auseinandernehmen würden, aber außer einer Pass-, Visums- und Führerscheinkontrolle ist schließlich nichts weiter passiert.

Ich fuhr weiter über Plzeň (Pilsen) nach Prag. Damals und auch noch viele Jahre später roch man es sofort, wenn man die tschechische Grenze überquert hatte, es stank nämlich immer und überall nach Braunkohle, und man sah es an den rußgeschwärzten Fassaden der Häuser in den Dörfern und Städten. Auch in Prag herrschten die Farben dunkelgrau und schwarz an den Häuserfassaden vor.

Gegen 15 Uhr fand ich das Amt in Prags Innenstadt, auf dem ich mich melden sollte. Ich wollte eigentlich früher da sein, aber die antriebslosen Grenzsoldaten hatte meinen Zeitplan torpediert. Heute unvorstellbar, damals fand ich die Adresse ohne Navi (natürlich, das gab es ja noch nicht) und Stadtplan (den gab es schon, er wurde aber aus militärischen Gründen unter Verschluss gehalten) und nur mit minimalen Sprachkenntnissen. Heutzutage würde ich mir das kaum noch zutrauen. Glücklicherweise sprach man dort Deutsch und erklärte mir, dass sie schon Feierabend hätten, ich solle aber ruhig ins Wohnheim fahren, wo ich während meines Aufenthaltes leben würde. Das Kolej Hvězda lag im Stadtteil Petřiny fünf Kilometer westlich der Innenstadt, die Anlage fand ich am späten Nachmittag nach etwas Herumirren durch die Plattenbausiedlungen der Stadtrandbezirke.

Im Verwaltungsbüro war man noch am gleichen Tag in der Lage, mir ein Zimmer zuzuweisen. Eigentlich war es nur ein halbes Zimmer in einem 2-Zimmer-Appartement mit kleiner Küche, Duschbad und Telefonanschluss. Diese für studentische Verhältnisse luxuriösen Unterkünfte waren den ausländischen Studenten vorbehalten. Die einheimischen Studenten waren ebenfalls in Zweibettzimmern untergebracht, die aber auf einem langen Flur angeordnet waren, und mussten sich in größerer Anzahl Etagen-Küche und –Bad teilen.

Ich war angenehm überrascht, dass ich in „meinem" Appartement mit drei weiteren Deutschen untergebracht wurde. Allerdings waren sie mir gegenüber sehr reserviert und sagten kaum einen Ton. Das konnte ja heiter werden, wenn ich drei Monate mit den einsilbigen Berlinern – einen entsprechenden Dialekt konnte ich aus den wenigen, mir entgegengebrachten Worten heraushören – verbringen sollte. Und dann auch noch in einer Mundart, die nicht zu meinen Lieblings-Sprachfehlern gehörte.

Dass es sprachlich noch schlimmer kommen würde, musste ich die nächsten Wochen erfahren, wenn ich in Prag unterwegs war. Als Nebenfach hatte ich nämlich Stadtbesichtigung gewählt, was mich fast jeden Tag mehrere Stunden lang beschäftigte, wenn ich mit meiner Kamera unterwegs war. Eigentlich war das Mathematikstudium nebensächlich, was ich natürlich nicht zugeben konnte. Wenn ich dann so in Prags Straßen auf der Suche nach Fotomotiven, von denen ich sehr viele fand, unterwegs war, ließ es sich nicht vermeiden, immer mal wieder Menschen nicht-tschechoslowakischer Provenienz zu begegnen, und das waren leider zu 90% Sachsen.

Das „Säggs'sch" wird zwar von den Stammlern dieses Dialekts, die sich als „gmieedliches Välgchn" sehen, gerne als Weltsprache angesehen, aber für Hochdeutschspreche wie mich als Hesse ist es eine auditive Grausamkeit. Damals war die Tschechoslowakei das einzige Land, zumal Nachbarland, das DDR-Bürger ohne große Formalitäten bereisen konnten, entsprechend hoch war der Anteil dieser Touristen im Vergleich zu Westdeutschen und anderen Ausländern. Auf Schritt und Tritt begegnete man den weichen Konsonanten, die alles besiegen: „De Weeschn besieschn de Hardn". „Ai faabibsch, do genndsde bleede wärrn". Das Motto der Sachsen wie aller DDR-Bürger war, „von der Sowjetunion lernen heißt siechen lernen", was keiner zugeben durfte, aber der Wahrheit entsprach.

Meinen Berlinern war es offensichtlich auch unangenehm, so wortkarg mir gegenüber zu sein. Nach zwei Tagen schlugen sie vor, dass wir mal gemeinsam einen trinken gehen könnten. Das war eine Idee, die mich spontan begeisterte und für die ich mein Haupt- und Nebenfachstudium gerne unterbrach. Sie schlugen das U Holečků vor, das einen Kilometer westlich unseres Wohnheims am geschichtsträchtigen Bilá hora („Weißer Berg") lag. Dort hatte am 8. November 1620 eine erste große Schlacht des Dreißigjährigen Krieges stattgefunden, bei der die böhmischen Truppen Friedrichs V. den kaiserlichen und bayerischen Truppen der Katholischen Liga unterlagen.

Der Vorschlag, sich am Weißen Berg in Ruhe zu unterhalten, hatte trotzdem keine tiefere Symbolik, sondern war einfach nur der Tatsache geschuldet, dass die Kneipe weit genug vom Wohnheim entfernt war. Warum das wichtig war, erschloss sich mir etwas später im Laufe des Abends. Es bestätigte sich nämlich mein Verdacht, dass zwei meiner Mitbewohner aus dem östlichen Teil Berlins kamen. Der dritte Mitbewohner kam aus Jena. Ich hatte damit kein Problem, sehr wohl aber der ostdeutsche Staat, der es seinen Bürgern strikt untersagt hatte, in Kontakt mit dem westdeutschen Klassenfeind zu treten.

Die drei, denen ich nicht unsympathisch war und die nicht gegen die Entscheidung des Wohnheims, uns zusammen einzuquartieren, vorgehen wollten, durften keinesfalls riskieren, von anderen Ostdeutschen denunziert und überführt zu werden. Diese Vorsichtsmaßnahme führte im Laufe der folgenden Wochen dazu, dass ich mindestens in Schweigen verfiel, wenn sie Besuch von anderen Ossis erhielten, oder besser fluchtartig, aber unauffällig – notfalls auch durchs Fenster des Parterre-Appartements – die Bude verließ. Die DDRler mussten komplett unter sich bleiben und durften keinen Kontakt mit westlichen Studenten haben, was jedoch in dem internationalen Wohnheim kaum machbar war. Die Tschechen sahen das anscheinend viel lockerer als unsere östlichen Brüder und Schwestern.

Nachdem sie mir dies erklärt hatten, wurde es noch ein richtig lockerer Abend mit guter tschechischer Hopfenkaltschale und „Stullen mit watt druff". Wie man sich gut vorstellen kann, war die gegenseitige Wissbegier groß, wobei ich großer Unkenntnis der DDR überführt wurde, während die drei über die politischen, wirtschaftlichen und gesellschaftlichen Verhältnisse der BRD erschreckend gut informiert waren. Trotz Westfernsehen-Verbots kannten sie sich hervorragend aus, während mir mein Unwissen über den Arbeiter- und Bauernstaat immer peinlicher wurde.

Nichtsdestotrotz und trotz der Gefahr, entdeckt zu werden, unternahmen wir in den folgenden Wochen viele gemeinsame Ausflüge, z.B. zur großartigen Burg Karlštejn und ins Sandsteingebirge Český ráj.

So besuchten wir zusammen auch einige Spiele der in dieser Zeit in Prag laufenden Eishockey-WM. Welche

Spiele das waren, weiß ich im Nachhinein nicht mehr, jedenfalls das Spiel BRD gegen DDR, das 6:0 ausging, war nicht darunter gewesen. Aber das denkwürdige Fußballspiel BRD gegen Tschechoslowakei, das 5:1 endete, besuchten wir zusammen. Für mich verwirrend war, dass sehr viele DDR-Bürger das Spiel sahen, wobei alle für die Mannschaft des Klassenfeindes fieberten und bei jedem deutschen Tor in großen Jubel ausbrachen.

Zuvor hatte ich, der keine Eintrittskarte besaß, noch ein einmaliges Erlebnis: vor dem Stadion fand ich jemanden, der mir seine Eintrittskarte für 20 DM verkaufen wollte, wozu ich aber als Student zu geizig war. Stattdessen kaufte ein mir wildfremder Ostdeutscher die Karte und schenkte sie mir. Das war vielleicht peinlich …

Aus der Zeit meines Aufenthaltes in Prag kann ich noch von zwei anderen Erlebnissen berichten. Einmal, als ich mich wieder intensiv meinem Nebenfachstudium widmete, fuhr ich mit einer Straßenbahn in einen etwas abgelegenen Stadtteil, weil ich dort irgendwas besichtigen wollte. Die tschechische Durchsage an einer Haltestelle verstand ich nicht, mir fiel nur auf, dass alle anderen Fahrgäste den Zug verließen. Ich blieb sitzen, die Türen schlossen sich, die Tram fuhr in ein Depot, wurde abgestellt und der Fahrer machte ein Nickerchen. Ich war im hinteren Wagen, konnte mich ihm nicht bemerkbar machen, und trotz lautem Rufen und Klopfen musste ich zwei Stunden im Wagen ausharren, bevor er aufwachte und die Fahrt fortsetzte.

Ein anderes Mal wurde mir klar, dass Dresden von Prag nicht weit entfernt ist, zumindest viel näher als es von Frankfurt ist. Also wollte ich mein Nebenstudium auch in diese Richtung etwas ausdehnen, musste dazu aber das Visumsproblem lösen: Ich war nur zur einmaligen Einreise in die Tschechoslowakei berechtigt, nicht jedoch zu einem zwischenzeitlichen Verlassen in Richtung DDR mit der Möglichkeit zur Rückkehr nach Prag. Daher suchte ich zunächst die bundesdeutsche Botschaft in Prag auf, um mir ein Erweiterungsvisum ausstellen zu lassen. Dort verwies man mich an die Botschaft der DDR, da ich ja dorthin einreisen wollte. Diese erklärte sich für mich als Bundesbürger in der Tschechoslowakei nicht zuständig, sondern ich sollte mich stattdessen an die Ständige Vertretung der DDR in Westberlin wenden.

Dies war mir von Prag aus zu kompliziert. Deswegen hatte ich die Idee, mich an die Polizeistation in Prag zu wenden, auf der ich mich nach meiner Einreise gemeldet hatte, weil man das damals so tun musste. Dort stieß ich auf einen Beamten, der meinen Wunsch sofort verstand und meinte, das sei alles kein Problem, ich solle doch am Folgetag wiederkommen. Dies tat ich und bekam tatsächlich problemlos ein Visum zur einmaligen Ausreise in die DDR mit Wiederkehrrecht nach Prag. So einfach war das mit den Tschechen! An diesem und vielen anderen Beispielen bekam ich den Eindruck, dass sie die Unverkrampftesten hinterm Eisernen Vorhang waren, auch wenn ich keinen Vergleich mit anderen Ostblockländern hatte.

Leider konnte ich den Ausflug dorthin doch nicht unternehmen, da kurze Zeit später mein Vater anrief und mir mitteilte, dass er schwer erkrankt sei, sich einer Operation unterziehen müsse und ich daher vorzeitig zurückkehren müsse, zumal meine Mutter aufgrund eines Schlaganfalles seit vielen Jahren schwer behindert war und vom Vater gepflegt wurde. Sonst hätte ich sicherlich beim Grenzübertritt in die DDR eine strengere Kontrolle als bei der Einreise in die ČSSR erleben dürfen: „Gänsefleisch mal `n Kofferraum uffmachen?" Dresden konnte ich dann später, nach dem Fall der Mauer, besichtigen.

Mit den beiden Ostberlinern (Wolfgang und Günter) sowie der Frau des inzwischen verstorbenen Prager Wissenschaftlers stehe ich heute noch in Kontakt. Insbesondere Wolfgang habe ich öfters getroffen, nach Prag auch in

Ostberlin noch vor dem Mauerfall. Und ich wollte ihn in dieser Zeit auch einmal in Bonn treffen, als ihm, der an der Ostberliner Humboldt-Universität lehrte und forschte, die Teilnahme an einem Seminar an der Bonner Uni genehmigt worden war. Da ich von seinem geplanten Aufenthalt wusste und selbst oft in Bonn aus beruflichen Gründen weilte, hatte ich Wolfgang zuvor einen Brief geschrieben und ihm das Treffen vorgeschlagen.

Leider wartete ich am, wie ich meinte, vereinbarten Tag und Ort vergebens auf ihn. Hinterher, als wir uns mal wiedersahen, war Wolfgang sehr überrascht über mein vergebliches Warten, denn er hatte keinen Brief erhalten und wusste daher nichts vom geplanten Treffen.

Einige Jahre später stellte Wolfgang beim Bundesbeauftragten für die Unterlagen des Staatssicherheitsdienstes der ehemaligen Deutschen Demokratischen Republik einen Antrag auf Akteneinsicht und erfuhr dadurch von meinem Brief. Dieser fand sich nämlich in seiner Stasi-Akte fein säuberlich einsortiert. Die DDR hatte ihn offensichtlich abgefangen und aufgehoben. Auch ich stellte dann einen Antrag bei der Gauck-Behörde, allerdings war über mich keine Akte vorhanden. Ich war für die Stasi wohl nicht interessant genug gewesen.

„Hey, Sirs!"

Zwei Jahre nach dem Ende meines Studiums dachte ich mir während meiner Berufstätigkeit, dass es an der Zeit sei, mal wieder was Besonderes zu machen. Dazu hatte ich mir eine Konferenz ausgesucht, die ich gerne auf Firmenkosten besuchen wollte. Zwei Monate vor dem Termin hatte ich dafür einen Antrag gestellt. An sich war eine Konferenzteilnahme kein Problem, nur fand diese in Santa Barbara in Kalifornien statt. Das war für meine Firma etwas sehr Außergewöhnliches und ich war vermutlich der erste, möglicherweise auch der letzte, der dorthin wollte. Sonst fanden Tagungen, Fortbildungsveranstaltungen und Seminare eigentlich nur in Deutschland statt, die Teilnahme in einem anderen europäischen Land war da schon eine Ausnahme. Denn dort wollten und durften, wenn überhaupt, nur die Vorgesetzten hin, die fachlich meist wenig Ahnung hatten, aber damit renommieren wollten, was jedoch häufig durchschaut und deswegen verhindert wurde. Aber außerhalb Europas? Das ging ja gar nicht.

Entsprechend schmackhaft wurde mir das von meinem Chef gemacht: „Lassen Sie diesen Quatsch, das gibt nur Ärger und wird sowieso nicht genehmigt." Mein Chefchef war etwas zurückhaltender: „Inhaltlich befürworte ich Ihre Teilnahme, aber das wird Ihnen die Geschäftsführung nicht genehmigen können." Dessen Chef wiederum sah das ähnlich, aber er wollte auch nicht derjenige sein, der mir die Absage erteilt. Als wenn sie Angst vor mir gehabt hätten.

Und dann war hierarchisch schon die Geschäftsführung erreicht, die die finale Entscheidung zu treffen hatte und die einzige Instanz im Unternehmen war, die eine Interkontinentalreise genehmigen durfte – ablehnen durften auch die Ebenen darunter. Zu einem der beiden

Direktoren hatte ich einen guten Draht, es kam schon mal vor, dass er mich direkt unter Missachtung der üblichen hierarchischen Wege zum Gespräch bat: „Herr Alles, kommen Sie doch mal zu mir hoch, ich muss was mit Ihnen besprechen. Kommen Sie alleine, Herrn K. brauchen wir dazu nicht." Er meinte meinen direkten Chef, den wir bei dem geplanten Fachgespräch entbehren konnten, da er inhaltlich nichts würde beitragen können.

Auch ein Jahr nach dem Ereignis, von dem hier berichtet werden soll, rief er mich zu sich, nachdem ich gekündigt hatte, und bot mir seine zukünftige Unterstützung an: „Wenn Sie mal eine Referenz brauchen, schreibe ich Ihnen gerne was." Mein Chef bot mir keine Unterstützung an, er war ja auch nur ein kleines Licht.

Mein Reiseantrag zur Konferenzteilnahme mit mehrtägigem Aufenthalt in Santa Barbara, zwei Verlängerungstagen zur Erholung von den strapaziösen Vorträgen, mit Business-Class-Flug nach Los Angeles und Mietwagen vor Ort lag einige Wochen bei der Geschäftsführung herum. Auch ich wollte vor allem dorthin, um damit glänzen zu können („Stellt Euch vor, die haben mich sogar nach Kalifornien geschickt!").

Fachlich war die Veranstaltung am Pazifik äußerst anspruchsvoll, ich würde nur einen geringen Teil der neuesten kryptologischen Forschungsergebnisse verstehen können, die präsentiert und diskutiert werden sollten. Und für meine praktische Arbeit war es zwar nicht uninteressant, aber eigentlich nicht wirklich verwendbar.

Das hatte vermutlich die Geschäftsführung durchschaut, denn eine Woche vor dem Abflugtermin hatte es immer noch keine Entscheidung gegeben, als ich nachfragte. Immerhin, das konnte man auch positiv sehen, ablehnen hätte man ja gleich können. Erst vier Tage vor dem geplanten Abflug teilte mir die Sekretärin meines Chefchefs mit, dass die Reise genehmigt sei, die Firma alle

Kosten übernehmen wolle und man mir einen guten Flug und eine aufschlussreiche Konferenz wünsche.

Das kam im letzten Moment, schließlich brauchte ich noch ein Visum für die USA. Glücklicherweise gab es in Frankfurt ein Generalkonsulat und in dieser Zeit, Ende der 1980er Jahre, waren die Sicherheitsbestimmungen noch nicht so ausgeufert, dass man nicht kurzfristig hingehen und ein Visum bekommen konnte. Den Rest der Reisebuchung übernahm meine Firma.

Damals arbeiteten wir an einem ganz neuen elektronischen Zahlungssystem auf Basis kryptographischer Verfahren, das es in dieser Form vorher noch nicht gegeben hatte. Wir entwickelten dazu die Konzepte, erstellten detaillierte funktionale und Test-Spezifikationen und machten Pläne zur Erprobung und zur Wirkbetriebseinführung. Die eigentliche technische Entwicklung erfolgte bei einer Firma, die bereits ähnliche Komponenten auf den Markt gebracht hatte. Um sicher zu sein, dass das System auch funktionieren und robust genug gegenüber Manipulationsversuchen sein würde, arbeiteten wir außerdem mit einer externen Gutachterfirma zusammen, die ihrerseits zwei universitäre Forschungslabore zu Rate zog.

Den Chef dieser Gutachterfirma traf ich bei meinem Abflug auf dem Frankfurter Flughafen, er wollte ebenfalls an der Konferenz teilnehmen, was ich zuvor nicht gewusst hatte. Drei Jahre später würde er mein neuer Chef werden, was ich zu diesem Zeitpunkt ebenfalls nicht ahnte. Und in Santa Barbara traf ich überraschend noch zwei Mitarbeiter der Forschungslabore, mit denen wir im Projekt zusammengearbeitet hatten. Das Universum war doch klein, zumindest im Kreis entsprechender Spezialisten!

Dies war mein erster Ausflug in die neue Welt. Den Direktflug im August 1988 genoss ich trotz seiner Länge auf einem Fensterplatz, wovon ich einen herrlichen Blick auf die Weite des Nordatlantiks, die Gletscher Grönlands, die gewaltigen Eisberge vor Kanadas Küste, die riesige

Hudson Bay, die Einsamkeit der Great Plains und schließ-lich, schon im beginnenden Sinkflug, auf den Grand Canyon hatte.

Nach der Landung in L.A. holte ich den reservierten Mietwagen ab und verließ mit dem Gutachterchef als Bei-fahrer den Ballungsraum in westlicher Richtung über zehn- oder mehrspurige Highways, die ich so vorher nur aus Filmen kannte. Wir waren vom Ausmaß des Straßen-verkehrs tief beeindruckt, schafften es dennoch unfallfrei nach Santa Barbara, in die Hauptstadt der „American Ri-viera". Diese Leistung war insofern auch bemerkenswert, dass ich zum ersten Mal ein Automatik-Wagen steuerte.

Die mehrtägige Konferenz im Campus der UCSB (Uni-versity of California, Santa Barbara) war wie erwartet sehr anspruchsvoll, die Themen häufig nur mit extremem ma-thematischen Vor- und Tiefenwissen nachvollziehbar und die Buntheit und Vielfalt der Teilnehmer aus aller Welt be-eindruckend. Die UCSB befindet sich in Goleta, einer Kleinstadt zehn Kilometer westlich von Santa Barbara, nahe dem Pazifikstrand. Dort fand auch das berühmte und jährlich wiederkehrende Highlight der Konferenz statt, nämlich ein abendliches Beach Barbecue. Am Sandstrand bei warmem Wetter, wenn die Sonne leuchtend-rot im Pa-zifik versinkt, ist dieser Social Event unübertrefflich; da störten nicht einmal der halbverweste Hai und die ange-schwemmten Erdölklumpen, die auf dem Sandstrand her-umlagen.

Da die Konferenz über mehrere Tage ging und das Beach Barbecue nur einen Abend versüßte, machten sich mein zukünftiger Chef, die beiden Forschungskollegen und ich eines Abends nach dem Conference Dinner auf den Weg zum nächsten Supermarkt, um uns mit Gersten-Smoothies für einen romantischen Strandabend einzude-cken. Wir erstanden einen Sixpack, den man uns in einer braunen Papiertüte aushändigte, warfen gleich vor dem Laden die Verpackung weg und öffneten schon mal drei

Dosen (einer war Antialkoholiker), um das kalifornische Produkt zu evaluieren. Dann machten wir uns in fröhlicher Stimmung auf den Weg zum Strand.

„Hey, Sirs!" ertönte es plötzlich sehr laut und barsch hinter uns, das erste, etwas freundlichere „Hey, Sirs!" hatten wir als nicht wirklich uns zugedacht großzügig überhört. Wir wandten uns um und erblickten einen grimmig dreinschauenden Sheriff einige Meter hinter uns, breitbeinig dastehend mit auf seine beiden Colts aufgelegten Händen. Wir waren angemessen beeindruckt, verstanden aber nicht, ob er uns gemeint hatte und was er evtl. ausdrücken wollte. Nach einem kumpelhaften „Guten Abend, liebe Freunde" hatte es sich jedenfalls nicht angehört und er sah uns deutlich missbilligend an.

Als wir uns gerade wieder abwenden wollten, weil wir uns immer noch nicht angesprochen gefühlt hatten, wiederholte er seine Kurzansprache in noch ruppigerem Tonfall und ergänzte diese mit der Frage, was wir machten. Wir fanden das zwar klar, was wir machten, nämlich fröhlich sein, Bier trinken und durch die Straßen schlendern, aber es schien eher eine rhetorische Frage gewesen zu sein.

Nachdem er verstanden hatte, dass wir nichts verstanden hatten – es mangelte nicht an unserem Englisch oder seiner Aussprache –, erklärte er uns, dass es in Kalifornien verboten sei, auf offener Straße Alkohol zu trinken. Auf eine Diskussion darüber, ob man Bier als Alkohol bezeichnen kann, wollte er sich nicht einlassen, er schien überhaupt wenig Humor zu haben. Wir hätten ihm auch sagen können, dass wir zwar Nein zu Alkohol sagen, er aber nicht auf uns hören will. Unsere fröhliche Stimmung trug jedenfalls nicht dazu bei, dass die seinige ebenfalls besser wurde. Eher im Gegenteil. Er forderte uns auf, das gute Getränk, das noch in den Dosen war, auch in den ungeöffneten, sofort in den nächsten Gulli zu kippen, wenn sich der Abend nicht ganz anders entwickeln sollte, als wir uns das vorgestellt hätten. Aber der Abend war ohnehin schon auf dem besten Weg dazu. Trotzdem blieb uns nichts anderes übrig, als das wertvolle Blechbier wegzuschütten. Der Abend endete damit für uns in einem enttäuschenden Ausklang.

Bis zu diesem Zeitpunkt war mir, und meinen Mittrinkern anscheinend auch, nicht klar gewesen, wie befangen die Amis im Umgang mit Alkohol in der Öffentlichkeit sind. Es wird sogar geraten, „zur Vermeidung von Missverständnissen" gekaufte Dosen und Flaschen mit alkoholischem Inhalt in Papiertüten zu packen. Wir hatten unsere Tüte ja gleich entsorgt. Sie gehen sogar soweit, dass man gekauften Alkohol im Auto nur im Kofferraum mitführen darf, da sonst der Verdacht besteht, dass man während der Fahrt getrunken hat!

Es ist zwar bundesstaatabhängig, aber die Bestimmung in den USA sind bezüglich Alkohols meist sehr restriktiv, in Gaststätten und Restaurants dürfen nur lizensierte Betriebe ausschenken, wozu Fast-Food-Restaurants, Cafés, Raststätten an Highways und chinesische Niedrigpreisrestaurants eher nicht gehören. Auch in Bars kann es passieren, dass Whiskey nicht im Glas, sondern als verschlossene „Miniflasche" mit leerem Glas serviert wird; dann darf Alkohol nur „by the bottle" verkauft werden, einschenken muss man sich aus der erworbenen Flasche selbst. Das ist dann keine Schikane des Barkeepers, sondern eine Form phantasievollen Umgangs mit hinderlichen Gesetzesvorgaben.

Nachdem es mir also wegen drohender Nichtgenehmigung der Reise fast nicht gelungen war, überhaupt nach Kalifornien zu kommen, wäre ich am Ende beinahe wegen Nichtgenehmigung öffentlichen Alkoholtrinkens erst mit Verspätung wieder zurückgekommen, da ich möglicherweise für ein paar Tage ein US-Gefängnis hätte kennenlernen dürfen. Der Sheriff hatte mich jedenfalls zutiefst und für mein ganzes Restleben so nachhaltig beeindruckt, dass ich mich auch heute noch gerne an das besondere Erlebnis im Land der unbegrenzten Möglichkeiten erinnere. Vor allem der unerwartete Anblick eines schießbereiten Cowboys hinter meinem Rücken geht mir nie mehr aus dem Sinn.

Gipfelglück

In meinen Enddreißigern, als ich beinahe 20 kg weniger als heute auf die Waage brachte und immer noch sehr nahe an meinem gewichtsmäßigen Erwachsenen-Allzeit-tief weilte, verbrachte ich einmal eine Wanderurlaubswoche im Osttiroler Virgental in einer kleinen Pension. Von hier aus unternahm ich diverse Bergwanderungen in das Gebiet der Venedigergruppe in den Hohen Tauern. Die Gebirgsgruppe liegt im Grenzbereich der Bundesländer Salzburg und Osttirol.

Gleich am zweiten Tag meines Aufenthaltes stieß ich auf eine Tourenankündigung eines ausgebildeten Bergführers, der eine zweitägige geführte Tour auf den Großvenediger plante. Da der Termin bestens in meine Urlaubstage passte und ich schon immer mal eine Gletschertour mitmachen wollte, war ich sofort Feuer und Flamme, sofern man diesen unpassenden Begeisterungsausbruch für das eisige Vorhaben akzeptieren kann. Der Gipfel des ca. 3.662 m hohen Berges (es kursieren unterschiedliche Höhenangaben), Österreichs fünfthöchstem, ist nämlich immer schneebedeckt und von spaltenreichen Gletschern umgeben. Und das letzte Stück zum Gipfel über einen schmalen Grat erfordert Schwindelfreiheit und absolute Trittsicherheit.

Der Veranstalter der Bergtour stellte glücklicherweise seinen Kunden für diese Tour alles zur Verfügung, was auch ich nicht dabei hatte, nämlich Steigeisen für die steilen, vereisten Passagen, Schneeschuhe für den Übergang über große, frische Schneefelder und ein Bergseil für die Gletscher- und Grat-Passagen. Alles andere wie feste Bergschuhe, Rucksack, Mütze, Anorak und Handschuhe hatte ich natürlich dabei. Eine Übernachtung auf der Neuen Prager Hütte war vorgesehen, auch hierfür brauchte ich glücklicherweise nichts mitzubringen, ein Hüttenschlafsack wurde gestellt.

Unser Bergführer Rudi hatte eine Besteigung über die sog. Ostroute ausgewählt. Diese begann am Matreier Tauernhaus in der Nähe der Südpforte des Felber-Tauern-Tunnels und führte unsere kleine Gruppe mit sechs Bergbegeisterten zunächst über eine Schotterstraße durchs Gschlössbachtal nach Innergeschlöss und dann nach dem Talschluss über einen steilen und sehr anstrengenden Aufstieg vorbei an der Alten über Serpentinen zur Neuen Prager Hütte auf 2.782 m Höhe. Die Hütte nordöstlich des Großvenediger-Gipfels war 1901 bis 1903 unter maßgeblicher Beteiligung eines Prager Kaufmanns und Alpinismus-Mäzens errichtet worden, daher ihr Name. Die 300 m tiefer gelegene Alte Prager Hütte ist schon länger geschlossen, soll aber zukünftig renoviert und als Österreichs höchstgelegenes Museum irgendwann wiedereröffnet werden.

Nachdem wir auf der Neuen Prager Hütte einen gemütlichen Abend und eine geruhsame Nacht verbracht hatten, machten wir uns am frühen Morgen auf den Weg zum Gipfel. Diese Tour unterschied sich in mehrfacher Hinsicht deutlich von derjenigen des Vortages. Zum einen kamen wir bald zum Schlatenkees östlich des Gipfels, wo wir Steigeisen anlegen und uns zu einer Seilschaft einbinden mussten, um uns beim Überschreiten der teils sehr tiefen Gletscherspalten nicht in Gefahr zu bringen. Zum anderen wurde das Wetter deutlich schlechter, es waren dicke, weiße Wolken aufgezogen, die glücklicherweise keinen Neuschnee brachten. Trotzdem war es für einen Berglaien wie mich über lange Strecken nicht möglich, optisch zwischen Schnee, Gletscher und Nebelwolken zu unterscheiden. Alles schien in einem weißen Brei zu verschmelzen. Ohne unseren ortskundigen Bergführer hätte die Tour für uns in einem Fiasko enden können, da alle das gleiche Problem hatten.

Kurz vor dem Gipfelanstieg verkürzten wir den Seilabstand und stiegen über ein sehr steiles Stück über den Südosthang hoch auf den Gipfelgrat, der sich mit der Zeit immer stärker verengte. An dieser Stelle trafen alle Wege der Normalanstiegsrouten zusammen, aber außer uns war keine weitere Gruppe unterwegs.

Dank der dichten Nebelwolken konnten wir von der Enge des Grates nicht viel sehen, was den nicht Schwindelfreien unter uns deutlich entgegenkam. Für zwei Teilnehmer war das letzte Stück des Gipfelanstiegs extrem mühsam, sie konnten es nur mit letzter Mühe bewältigen. Die Vorfreude auf das Ende der Anstrengungen war zwar groß, die auf wenige Meter beschränkte Sicht ließ jedoch zunächst keine Euphorie aufkommen. Ganz im Gegenteil, wir begannen die idiotische Idee, diese riesige Anstrengung bei Scheißwetter auf uns zu nehmen, zu verfluchen. Zumal die Tour nicht gerade billig gewesen war.

Ganz anders aber, als wir endlich am Gipfelkreuz angekommen waren! Nun rissen die Wolken immer mehr auf, die Sonne schien uns so nah wie nie und wir wurden mit einer phantastischen Aussicht auf die schneebedeckten Gipfel der rundherum liegenden Berge der Hohen Tauern belohnt. Die Fernsicht war grandios, sogar der 30 km entfernte Gipfel des Großglockners, Österreichs höchstem Berg, war klar zu erkennen. Hier und jetzt war das chinesische Sprichwort „Steigst Du nicht auf die Berge, so siehst Du auch nicht in die Ferne" nicht besser nachvollziehbar.

Was war das für ein Gefühl nach der physisch und psychisch anstrengenden Tour! Die Stunden zuvor hatten wir uns verflucht, dass wir eine solche Tour auf einen in den Wolken liegenden Gipfel unternommen hatten. Und nun dieser überwältigende Ausblick, der uns für alle Mühen reichlich entschädigte. Einige fingen an zu weinen, die anderen lachten und ich bekomme heute noch eine Gänsehaut, wenn ich mich an das Erlebnis erinnere.

Nach einem einstündigen Gipfelaufenthalt machten wir uns auf den Rückweg und wählten hierfür die gleiche Route, allerdings ohne erneute Übernachtung, aber mit Einkehr auf der Neuen Prager Hütte.

Als wir am Matreier Tauernhaus an unseren Autos angekommen waren, versprachen wir uns, uns jedes Jahr zur gleichen Zeit wieder in Virgen einzufinden, um wenigstens eine gemeinsame Bergtour zu machen. Wir tauschten dazu unsere Adressen aus, Handtelefon, Email oder andere moderne Errungenschaften der Beziehungspflege gab es damals noch nicht. Aber es kam kein einziges Treffen zustande. Aus den Augen, aus dem Sinn.

Hinterwildalpen

Am Anfang der 1990er Jahre hatte mir eine Computerzeitschrift einen Gutschein für einen mehrtägigen Aufenthalt für zwei Personen in einem Hotel meiner Wahl geschenkt. Allerdings war die Auswahl stark eingeschränkt und vorgegeben: zwei Hotels in Österreich, zwei in Italien, eines in Frankreich und eines in der Schweiz. Ich entschied mich für das Hotel in Wien. Es war zentral gelegen, Wien ist sowieso eine Reise wert und die vier Tage Wien waren gut mit einem Zusatzaufenthalt in den österreichischen Alpen zu kombinieren, um die Urlaubswoche abzurunden.

Das Hotel lag im Zentrum und war ein idealer Ausgangspunkt für eine Stadtbesichtigung und Heurigentour. Letztere unternahmen wir in Grinzing, einem Stadtteil im Nordwesten Wiens, der für seinen Weinbau und damit die Vielzahl önologischer Einkehr- und Genussmöglichkeiten bekannt ist. Auch der Grinzinger Friedhof ist einen Besuch wert, wenn man sich für die verbuddelten Überreste von Berühmtheiten wie z.B. Gustav Mahler, Alma Mahler-Werfel, Attila Hörbiger, Paula Wessely, Peter Alexander und Heimito von Doderer interessiert.

Damals interessierte uns das nicht, wir konzentrierten uns auf die aus vergorenen Trauben hergestellten Produkte und die rustikalen Speisen, die in Heurigenlokalen und Buschenschanken gereicht werden. Ähnlich wie in unseren deutschen Straußwirtschaften serviert ein Landwirt in diesen Etablissements seine eigenen Erzeugnisse (Getränke und kalte Speisen). Da die Preise dort sehr moderat sind, stößt man auf viele einheimische Gäste, aber auch Touristen suchen die Gaststätten zunehmend auf. Heutzutage tlifft man velmutlich auf viele asiatische Besuchel, die sich zuplosten und untel den Tisch saufen, da sie kein Alkohol veltlagen.

Im letzten Heurigen des Abends waren wir so gut in Stimmung, dass wir gourmettechnisch noch mal kräftig zulangten und dann fluchtartig davonstürzten, um unerkannt die Zeche prellen zu können. Schließlich mussten wir wieder etwas Geld fürs Hotel einsparen. Es war nämlich nur die Übernachtung kostenlos, d.h. ohne Frühstück. Das hatten wir zwar auch eingenommen und mussten pro Person und Tag 20 DM dafür bezahlen, was wir allerdings erst am dritten Tag zur Kenntnis nahmen. Davor hatten wir naiverweise nicht nachgefragt, sondern sind einfach von einem günstigen Preis ausgegangen, wenn die Übernachtung schon so günstig gewesen war. 20 DM für zwei bis drei Tassen Kaffee, ein Glas Orangensaft und eins bis zwei Marmeladenbrötchen oder Müsli war wohl eine Oberfrechheit.

Am letzten Tag verzichteten wir aufs Frühstück und machten uns früh aus Wien weg zu unserem zweiten Urlaubsziel in den Bergen, 120 km südwestlich der Hauptstadt. Das nette steirische Dörfchen mit dem romantischen Namen Hinterwildalpen am Nordfuß des Hochschwabmassivs hatte ein einziges Gasthaus vorzuweisen, in dem ich ein Zimmer reserviert hatte. Ansonsten gab es nur ein paar Bauernhäuser in dem Weiler am Hinterwildalpenbach, der zur Gemeinde Wildalpen mit ihren insgesamt 600 Einwohnern gehört.

Die Bevölkerungsdichte von Wildalpen beträgt nur 2,3 Einwohner pro km² und ist somit eine der niedrigsten in ganz Österreich – ein krasser Gegensatz zum dichtbesiedelten Wien mit über 4.500 Einwohnern pro km². Die nächstgrößeren Städtchen mit je 4.000 Einwohnern sind Eisenerz 10 km südwestlich und Mariazell 20 km östlich von Hinterwildalpen, also für einen abendlichen Kneipenbesuch zu Fuß zu weit weg.

Die Fahrt nach Wildalpen durch die nordöstlichen Ausläufer der Alpen war wildromantisch und ein Naturgenuss nach der hauptstädtischen Hektik und Überfülltheit.

Allerdings ist die Hochschwabgruppe nicht ganz ungefährlich, hier haben schon riesige Bergstürze stattgefunden. Aber der letzte große lag 6.000 Jahre zurück, so dass wir optimistischer Weise davon ausgehen durften, dass sich während unseres Aufenthalts keine neue Katastrophe ereignen würde. Leider bekamen wir von der intakten Fauna der Gegend wenig mit, denn die hier lebenden Alpenmurmeltiere, Gämsen, Alpensteinböcke, Auerhähne, Salamander und Kreuzottern wollten sich uns nicht zeigen.

Dafür zeigte sich uns die Einsamkeit und Abgeschiedenheit der paar Hinterwildalpen-Häuser in ihrer vollen Pracht. Meine Frau nahm, nach der Wien-Erfahrung, zunächst an, ich wolle sie verarschen, aber ich konnte ihr glaubhaft machen, dass ich es mit dem Aufenthalt ernst gemeint hatte, nachdem uns im Gasthaus „Zum Krug" meine Reservierung bestätigt worden war.

Das trug nicht zu ihrer Beruhigung bei, sie war entsetzt, wo ich sie hingeführt hatte. Jung verheiratet, wie wir damals waren, hatte sie mit ihrem Steinbock (mein Sternzeichen) ein pulsierendes und romantisches Nachtleben erwartet, aber nicht eine tote Hüttenhose, die töter kaum sein konnte. Ich brauchte den ganzen Abend, sie halbwegs zu beruhigen, wobei mir die Wirtsleute in der Gaststube mittels stimmungsaufhellender Getränke hilfreich zur Seite standen.

Außer sich Erholen und Bergwandern kann man in dem Ort nicht viel unternehmen. Daher beschlossen wir am Tag nach dem großen Schock, den Großen Ebenstein zu besteigen. Mit 2.123 m Höhe ist er der markanteste Gipfel im westlichen Teil des zentralen Hochschwabplateaus. Wir wählten den Weg vom Parkplatz an der Jassinghütte zur Sonnschienalm und dann den markierten Standardanstieg über die Südwestflanke.

Kurz nach der Alm entschied meine Gemahlin, dass ihr das zu anstrengend werden würde, und ließ mich allein den Berg hochkraxeln. Sie legte sich auf einer Bergwiese ab und genoss die Sonne, während ich mich auf den nicht sehr schwierigen Weg machte. Nur das letzte Stück unterhalb des Gipfelkreuzes war etwas anstrengender und mit Drahtseilen gesichert. Unterm Kreuz ließ ich mich eine Zeitlang nieder, genoss die Sonne, die Abwesenheit der motzenden Gemahlin und das Panorama der umliegenden Berge.

Trotz der Einsamkeitserfahrung bei der Ankunft und der verweigerten Bergbesteigung spricht meine Frau heute immer wieder gerne über Hinterwildalpen, allerdings vor allem über ihren damaligen Schock. Und seitdem ist Hinterwildalpen für sie ein Synonym für quarantäneartige Einsamkeit, zumal kein anderer Ort ans österreichische Klausur-Original heranzureichen scheint.

Der Eindringling

Bei unserem Bergaufenthalt in Hinterwildalpen hatten wir in dem einsamen Gasthaus des Dorfes eines Abends eine Unterhaltung mit einem anwesenden, biertrinkenden Dorfbewohner. Wir sprachen über vieles, verstanden aufgrund seines Dialektes nicht alles, hatten aber einen netten und lustigen Abend, da der freundliche, polyglotte Wirt das eine oder andere für uns übersetzte. Dabei erzählte uns der Gast die folgende Geschichte.

Eines Nachts hörte er ein kratzendes Getrippel in seinem Haus. Es war kurz nach Mitternacht, er hatte noch nicht geschlafen. Er kletterte aus dem Bett, schlich auf Zehenspitzen zur Schlafzimmertür, die nur angelehnt war. In dem gemütlichen, schlichten Waldhaus waren immer mal knarrende, knackende, schleifende, raschelnde, quietschende und ächzende Geräusche zu hören, wenn es windete oder regnete oder sich die Temperatur änderte. Diesmal klang es anders, so als ob ein krallenfüßiges Tier über den Bretterboden im Flur gelaufen sei.

Er öffnete die Tür etwas weiter und lauschte im Dunkeln, aber es blieb ruhig. Nachdem er etwas gewartet hatte, wollte er gerade zur Küche schlurfen, um sich ein Beruhigungsbier aus dem Kühlschrank zu holen, als er das Kratzgeräusch erneut hörte. Es musste in der Nähe sein, kam aber anscheinend weder aus seinem Schlafzimmer noch aus der Wohnstube. Küche und Bad waren gefliest, daher schied er auch diese Räume aus. Blieben also nur der Flur und der kleine Nebenraum, den er als Vorrats- und Rumpelkammer nutzte. Dessen Tür hatte er am Abend nur angelehnt, daran erinnerte er sich genau, jetzt stand sie einen kleinen Spalt weit offen.

Er zog die Tür ganz langsam auf und lauschte wieder. Es blieb ruhig. Er knipste den Lichtschalter an, aber die kleine schirmlose Funzel brachte kaum Licht. Trotzdem glaubte er, an der Rückwand unter dem Vorratsregal etwas huschen gesehen zu haben. Er konzentrierte sich auf die Ecke, in der eine alte Aktentasche auf dem Boden lag. Daneben standen ein Eimer und ein Getränkekasten. Wieder blieb es ruhig. Allerdings kam ihm die Tasche etwas zu dick vor, er hatte sie leer in Erinnerung. Sie war ein Erbstück seines Großvaters, aus vertrocknetem, rissigem Leder und eigentlich nicht mehr brauchbar. Aber aus Nostalgiegründen und, weil sie nicht weiter störte, hatte er sie noch nicht weggeworfen.

Nach ein paar Minuten des Wartens glaubte er zu sehen, dass sich in der Tasche etwas bewegte. Das waren bestimmt wieder Mäuse. Es kam nicht selten vor, dass sie sich mit Beginn der kühlen Jahreszeit einen Zugang zu seinem Haus verschafften und irgendwo ein Plätzchen zum Überwintern suchten. Meistens bezahlten sie das mit dem Tode, denn sie fanden nicht genügend Nahrung, so dass sie im Laufe der Wintermonate dehydrierten, verhungerten und schließlich vertrockneten. Nicht, ohne vorher alles möglich kaputt genagt und vollgepisst zu haben. Das war jedes Mal, wenn er es entdeckt hatte, eine riesige, stinkende Sauerei.

Diesmal hatte er also vermutlich ihren Einzug gehört, da konnte er gleich einschreiten. Nur, dass sie heuer schon im Spätsommer kamen, war verwunderlich. Aber er war ja selbst daran schuld, er hatte am Abend, als er auf der Terrasse den Sonnenuntergang und die aufsteigenden Nebel genossen hatte, die Tür aufgelassen. Verdammte Mäuse, dieses Mal würden sie nicht verhungern und verdursten müssen.

Er griff den Schrubber, den er auch hier aufbewahrte, und hieb damit, so fest er konnte und so gut es der Platz unter dem Regal zuließ, einige Male auf die Tasche. Es blieb ruhig, er spürte nur seinen Puls, der in den Schläfen beschleunigt pochte. Dann zuckte etwas in der Tasche und er hieb noch ein paarmal mit dem Schrubber darauf.

Und noch einmal und noch einmal. Er wartete wieder, jetzt bewegte sich nichts mehr. Nach einigen Minuten zog er die Tasche mit dem Schrubber unter dem Schrank hervor und schlug zur Sicherheit noch einmal mit voller Kraft auf die Tasche. Jetzt mussten die Drecksviecher wirklich tot sein.

Ängstlich, mit noch stärkerem Pochen seines Herzens, griff er zur Tasche und zog sie an den beiden Griffen auseinander. Ganz langsam, darauf gefasst, dass ihm etwas entgegenspringen könnte. Aber es passierte nichts. Er nahm seinen ganzen Mut zusammen und zog die Tasche ganz auseinander.

Es waren keine Mäuse, es war ein Mauswiesel, das er totgeschlagen hatte. Es starrte ihn mit großen, glasigen Augen an, als wollte es sagen, „Ich hab Dir doch nichts getan, warum hast du mich totgeschlagen?" „Weil ich meinte, da sind Mäuse drin. Es tut mir leid.", dachte er, aber es war zu spät, er war zum Mauswieselmörder geworden. Er packte es vorsichtig am Schwanz und zog es mit spitzen Fingern aus der Tasche. Darunter erblickte er vier kleine, nackte Würmchen. Drei waren schon tot, eines zuckte noch leicht. Es würde sicher gleich seiner Mama und seinen Geschwistern folgen. Der Mann ließ die tote Mauswieselmama wieder in die Tasche gleiten, zog den Reißverschluss zu und legte sie zurück unters Regal. Er löschte das Licht in der Kammer, verschloss leise die Tür und ging zurück ins Bett. Ohne Bier.

Vino tinto

Wir mussten mal wieder rauskommen. Ein Urlaub zu zweit, ohne Kinder, ohne Hund und ohne familiäre oder berufsmäßige Pflegefälle. Die letzten Monate waren anstrengend gewesen, die Batterien mussten neu aufgeladen werden. Nach den trüben Wintermonaten am besten irgendwo, wo es schon richtig warm war.

Die Wahl fiel auf die Sierra Nevada in Andalusien. Wir hatten in Lanjarón am Südwesthang des Gebirges ein kleines Hotel gefunden und ein Zimmer reserviert. Die Anreise in der zweiten Aprilwoche erfolgte per Flug von Frankfurt nach Malaga und Mietwagen von Malaga nach Lanjarón. Glücklicherweise war in dem Ort nicht viel Verkehr, so dass das Zimmer zur Straßenseite nicht von Nachteil war. Vielmehr hatte man vom Fenster im 3. Stock einen Blick auf die gegenüberliegenden alten Gebäude sowie den mit einer Markise überdeckten Gastgarten direkt vor dem Haus.

Die Sierra Nevada ist das höchste Gebirge Spaniens mit Gipfeln, die noch bis Juni schneebedeckt sind. Den vereisten Mulhacén, Festlandspaniens höchsten Berg, konnten wir vom Ort aus sehen. An der nahen Mittelmeerküste war es schon sehr warm, man konnte im T-Shirt und kurzen Hosen am Strand sitzen und es sich bei angenehmmem Klima und strahlendem Sonnenschein gut gehen lassen. Wir erkundeten in Tagesausflügen die Küstenorte, besichtigten das nahe Granada mit der beeindruckenden Alhambra und den wuseligen Altstadtgassen, besuchten einige pittoreske Bergdörfer in den Alpujarras und wagten eine Rundfahrt über unbefestigte Straßen durch die wüstenartige Gegend westlich der Sierra Nevada. Das Wetter war gut, ebenso das andalusische Essen und der spanische Wein sowieso.

Die Woche war schnell vorbei, der letzte Tag sollte gebührend gefeiert werden. Am späten Nachmittag beschlossen wir, uns in einem nahe gelegenen Spitzenrestaurant ein besonderes Abendessen zu gönnen. Zur Vorfreude und Vorspeise bestellten wir eine Flasche Rotwein, die mit Eintreffen des Hauptganges schon geleert war. Sehr zur Verwunderung des Kellners, der explizit nachfragte, ob wir das wirklich wollten, bestellten wir eine zweite Flasche vom Roten mit seinen 14 Umdrehungen. Wir hatten den Eindruck, dass das dem Camarero mutig vorkam, aber auf dem Trocknen wollten wir nicht sitzen bleiben und der Abend war noch früh.

Beschwingt gingen wir zum Hotel zurück, um in der Bar einen Absacker zu nehmen. Aber auf einem Bein steht man nicht gut, auch nicht auf zweien oder dreien. So wurden noch mehrere Runden im Laufe des Abends bestellt, zumal man mit anderen Gästen zuerst ins Gespräch, dann ins Gelallele kam.

Mittlerweile war es so spät und wir so nervig geworden, dass der Barmixer das Handtuch geworfen hatte, weswegen man sich selbst bei den harten Sachen hinter der Theke bediente. Dazu hatte ich am wenigsten Hemmungen, ich machte mich auch gleich an die Arbeit hinter der Theke und servierte, d.h. knallte entsprechend gefüllte Gläser auf die Theke für mich, meine Gattin und den einzigen, gemütlichen Gast, der noch mithalten konnte. Etwas später wurde ich kreativ und schüttete diverse Getränke zusammen, keines davon mit weniger als 40 Umdrehungen. Das konnte nicht lange gutgehen.

Mit Mühe schafften wir den Weg ins Zimmer, allerdings mehr mechanisch als bewusst. Irgendwann pochte jemand länger an die Tür, bis ich mit dickem Brummschädel aufwachte. Der bis zum Schluss mit uns am Tresen verbliebene Gast brachte meine Frau zum Zimmer, die auf dem Flur auf einem Sofa eingeschlafen war. Dass sie auf dem Weg zum Zimmer auf der Strecke geblieben war, war mir gar nicht aufgefallen. Wir legten uns hin und schliefen gleich wieder ein.

Als wir dann später wieder aufwachten, waren wir zwar noch total benebelt, merkten aber, dass irgendwas nicht stimmen konnte. Zunächst fiel meiner Frau auf, dass sich auf dem Boden rote, feuchte Lachen befanden, so groß wie Pfützen einer frostbeschädigten Straße. Ob sie wohl vor dem Schlafengehen gekotzt hatte? Sie überkam eine große Peinlichkeit, wie sie mir das erklären – dabei wäre die Erklärung einfach gewesen – und beseitigen kann.

Aber dann nahm sie die großen, roten Flecken wahr, die sich auf meinem ehemals strahlendweißen T-Shirt befanden, als ich mich gerade hochrappelte. Den Flecken schien ein eigentümlicher Geruch zu entströmen. Außerdem fiel ihr auf, dass nur der Boden vor meinem Bett versaut war. Und der untere Rand der Wand und der Vorhänge gegenüber meinem Bett war feucht und mit roten Flecken nur so übersät.

Also war es wahrscheinlicher, dass ich gereiert hatte, und offensichtlich nicht zu wenig. Ich war noch nicht ganz so weit mit dieser Erkenntnis. Stattdessen suchte ich zunächst meinen Körper nach Wunden ab, um eine Erklärung für die vielen roten Flecken auf meinem Leibchen zu finden. Aber da waren keine Verletzungen, wenn man mal von heftigstem Kopfschmerz absieht, der meinen Schädel zum Pochen brachte. Erinnern konnte ich mich jedenfalls nicht daran, gebrochen zu haben. Ich konnte mich überhaupt an nicht viel aus der vergangenen Nacht erinnern.

Gemeinsam rekonstruierten wir, was vielleicht passiert sein könnte und dass ich möglicherweise der Hauptakteur gewesen sein musste. Dies war recht wahrscheinlich, denn bei solchen extremen Lebertests hatte ich schon häufiger Probleme beim Übergang von der vertikalen in die horizontale Lage gehabt. So wohl auch in dieser Nacht. Anscheinend hatte ich tatsächlich gekotzt, wenn ich mir die nähere Umgebung meines Bettes so betrachtete.

Meine Frau hatte von alledem nichts mitbekommen, sie war ja noch auf dem Weg ins Zimmer oder später im Bett sofort eingeschlafen. Ich hatte auch nichts mitbekommen, obwohl ich vermutlich wach gewesen war, als es passiert war. Eine andere Erklärung hatte ich nicht, am Vortag jedenfalls hatte es im Zimmer anders ausgesehen. Da war ich mir sicher.

Die Erkenntnis war jetzt umso peinlicher, zumal die Säuberungsversuche von bescheidenem Erfolg gekrönt waren. Die Reinigung scheiterte aus mehreren Gründen: zunächst an der schieren Menge der Verunreinigung in Verbindung mit dem Fehlen von geeigneten Reinigungshilfsmitteln; dann daran, dass das meiste schon stark eingetrocknet war, insbesondere am Vorhang; und schließlich daran, dass das Arbeiten in gebückter Haltung bei starken Kopfschmerzen in Verbindung mit gewaltigen Mengen an Restalkohol im Blut und Magen nicht zur Verbesserung des körperlichen Wohlbefindens beitrug, sondern eher zu erneutem Brechreiz führte.

So entschied ich mich schweren Herzens unter Aufbringung allen Mutes ob der Peinlichkeit, das Zimmermädchen gegen ein Extra-Entgelt in der beschämenden Höhe von 10 DM – es war kurz vor der Euro-Umstellung – um die Reinigung zu bitten. Wir entschuldigten uns bei den Gastleuten, was erneut sehr peinlich ausfiel – offensichtlich hatte sich die Angelegenheit schon herumgesprochen –, zahlten das Zimmer und verließen schleunigst das Hotel.

Ein letzter Blick zurück auf das gemütliche Hotel offenbarte allerdings das gesamte Ausmaß des nächtlichen Ereignisses. Die helle Markise über dem Gastgarten wies unterhalb unseres Zimmerfensters große rote Flecken auf, die von unten gut erkennbar waren und gefühlt die Größe und Form eines zerrissenen Bettlakens hatten. Offensichtlich war ich mit beginnender Übelkeit zum Fenster geeilt und hatte mich auch nach draußen entleert. Noch nie zuvor hatten wir uns, trotz heftigen Kopfwehs, so schnell von einem Ort entfernt wie von diesem Hotel in Lanjarón. Trotzdem war es ein schöner Urlaub gewesen, an den wir uns gerne und lachend an das überaus peinliche Vergnügen zurückerinnern.

Weihnachten mal ganz anders

Ich hab die Nase voll von Weihnachten. Jeder nörgelt nur rum. Die einen kriegen zu viel, die anderen zu wenig, die meisten das falsche, alle nicht das, was sie wollen. Mir stinkt's. Nächstes Jahr machen wir Weihnachten mal ganz anders.", sagte meine Frau „zwischen den Jahren". Eigentlich feierte sie Weihnachten ganz gerne, aber die Begleitumstände waren häufig sehr nervig und enttäuschend. Auch mir ging es nicht anders, zumal ich mit Weihnachten noch nie viel anfangen konnte. Die letzten zehn oder zwanzig Jahre wäre ich stattdessen lieber ausgewandert.

Jedes Jahr der gleiche Frust,
schenken ohne Lust,
fressen und saufen,
nur rumsitzen und nicht laufen,
bis die Schwarte kracht,
was alles keinen Spaß macht.

Und immer das Problem mit der Schwiegermutter. Mit ihr feiern ging gar nicht, haben wir auch die letzten Jahre nicht mehr gemacht. Wenn ich nur an ihre Laune und ihren Gesichtsausdruck denke, wenn man sie besucht. Und wie sie dann über ihre Kinder redet, wenn sie nicht dabei sind, und daran, wie sie vermutlich hinter unserem Rücken über uns herzieht. „Da hab ich echt keinen Bock drauf. Nächste Weihnachten bin ich weg.", wiederholte meine Frau in jedem Jahr.

Meine Schwiegermutter war schon immer eine Herausforderung, vor allem an unsere Nerven. Und die meiner Schwager und Schwägerin. Irgendeiner, meistens meine Schwägerin, fühlte sich verpflichtet, an Weihnachten ihre Geschwister und deren Partner und Kinder sowie meine Schwiegermutter (der Schwiegervater war wie meine eigenen Eltern schon lange tot) einzuladen, zu bekochen, zu bespaßen und zu beschenken. Meistens endete der Abend in einem Fiasko, die einen besoffen sich, die anderen fingen zu streiten an und der Rest verließ wütend und vorzeitig den Austragungsort.

„An Silvester leg ich mich früh abends ins Bett. Ich habe keine Lust, Leute einzuladen. Und das Geböllere brauch ich auch nicht.", fügte sie gleich hinzu. Kurze Zeit später kam es trotzdem anders: „Könnten wir nicht Nicola und Norbert einladen, die sind und feiern doch auch alleine? Dann essen und spielen wir was und hören Musik. Der Nobbi und du, ihr versteht euch doch ganz gut!" „Von mir aus."

Kaum war die Einladung ausgesprochen und die Zusage erfolgt, schlichen sich erste Zweifel ein: „Hoffentlich haben wir genügend Themen, ich hasse Schweigen. Was wollen wir spielen, meinst Du, denen gefallen unsere Spiele? Hoffentlich bringen die nicht wieder »Scotland Yard« oder »Die Siedler von Catan« mit?" Ich dachte: oder »Monopoly«, das mussten wir nämlich früher immer mit unseren Kindern spielen. Das hat mir nie gefallen.

Kurz vor Silvester brach eine Art vorweihnachtliche Hektik aus. Wir wollten kein Essen bereiten, aber Häppchen hinstellen. Und damit das nicht langweilig wird, mussten die Häppchen vielfältig ausfallen: Spundekäs, Käsewürfelchen, Schinken, kleine Salamis, Oliven, Gürkchen, Silberzwiebelchen, Maiskölbchen, Pumpernickel-Lachs-Häppchen, Chips, Salzstängelchen, Käsestängelchen, Erdnüsse, Gummibärchen, Mini-Schokolädchen etc. Kurz, statt vier hätten wir auch vierzehn durchfüttern können. „Und haben wir auch was zu trinken da? Du weißt doch, die trinken keinen Alkohol." Natürlich haben wir immer was zu trinken da, aber ohne Alkohol? „Silvester ohne Alkohol, die sind wohl etwas hohl, den Jahreswechsel muss man feiern und an Neujahr ein paar Mal reiern.", dachte ich.

Am Silvesterabend, bevor die Gäste eintrafen, brachten wir uns schon mal etwas in Stimmung. Die eine mehr, der andere weniger. Als Nicola und Norbert dann kamen, aßen und tranken wir erst etwas, um unsere Stimmung zu steigern und uns auf die anstehenden Spiele und Getränke vorzubereiten. Wir legten unseren Schwerpunkt anfangs mehr auf die flüssige Nahrung, so dass sich meine Gemahlin aufgrund schwindender Konditionen um 22 Uhr auf der Couch ablegte. Ich, der geborene Alleinunterhalter, versuchte mehr schlecht als recht die Gäste bei Laune zu halten.

Rechtzeitig vor Mitternacht wachte meine Frau wieder auf, wir öffneten eine Flasche Sekt und torkelten mit unseren Gläsern vors Haus, um mit den Nachbarn anzustoßen. Danach war der Abend für alle Beteiligten bald beendet, da die Kondition der Gastgeber rapide sank.

„Nächstes Jahr fahren wir wirklich weg.", sagte meine Frau ein paar Tage später und meinte damit das schon angebrochene Jahr. „Wir fahren einfach weg. Da können wir machen, was wir wollen, brauchen niemand was zu schenken, müssen keine Plätzchen backen, von denen man ohnehin nur fett wird, müssen nicht feiern, sondern können einen gemütlichen Abend verbringen." Und noch mal zwei Wochen später: „An Weihnachten will ich weg. Such uns was Schönes, am besten bis nach Silvester." „Wie, jetzt schon was buchen?", staunte ich. Sonst buchten wir immer erst eins bis zwei Monate vorher was. Aber gleich ein ganzes Jahr im Voraus, musste das sein? „Ja, ich möchte nicht, dass was dazwischenkommt. Wir sind dann einfach weg. Am besten irgendwo, wo es warm ist."

Fliegen ging nicht wegen des Hundes. Also war Fahren und damit Kontinentaleuropa angesagt. Aber da ist es an Weihnachten außer in Südspanien ja nirgends richtig warm, also kann man auch in der Nähe bleiben, wenn man nicht zwei bis drei Tage nur für die Anreise einplanen will. Ich schlug als Kompromiss Oberstdorf vor, das war im

Süden, weit genug von der buckligen Verwandtschaft weg, aber mit starker Tendenz zu Schnee an Weihnachten, also leider eher kalt. Wann hat man schließlich schon mal weiße Weihnachten in Frankfurt? „Mir ist alles recht, mach einfach.", war die Ansage. Ich machte einfach, suchte eine finanzierbare Ferienwohnung für zwei Wochen – von vor Weihnachten bis nach Silvester – und buchte.

Endlich mal ganz andere Weihnachten. Wir freuten uns das ganze Jahr darauf, weit weg zu sein. Aber meine Schwiegermutter machte uns im Sommer einen Strich durch die Rechnung, sie starb einfach, ohne um Erlaubnis zu fragen. Vor ihr mussten wir also nicht mehr flüchten. Und unsere Kinder wollten sowieso bei sich und/oder wenigstens ohne uns feiern: Vanessa mit ihrem Mann in Dreieich, eventuell zusammen mit ihren Schwiegereltern; und Susie mit ihrem Freund bei seinen Großeltern in Murnau.

„Eigentlich könnten wir an Weihnachten doch jetzt zuhause bleiben.", meinte meine Frau im Oktober. „Wollen wir nicht das Geld sparen, wir können doch auch hier ein paar Ausflüge machen? Frag doch mal, ob du die Ferienwohnung wieder stornieren kannst." War mir recht, erstens bin ich geizig, zweitens habe ich als Nichtwintersportler eh keinen Bock auf zu viel Schnee, und drittens ist es zuhause ja viel gemütlicher.

Nicht, dass ich nicht gerne in Urlaub fahre, ganz im Gegenteil. Aber als Fluchtbewegung zu einer Jahreszeit und zu einem Ziel, wo ich nicht so viel anfangen kann, das muss nicht sein. Ich stornierte also die Reservierung und bekam vom Vermieter die Drohung, 90% der Kosten trotzdem übernehmen zu müssen, wenn er keinen anderen Mieter fände, da die Absage so kurzfristig sei. Fünf Tage später hatte er einen Neuen gefunden und wir mussten keine Stornokosten löhnen.

Ende November meinte meine Frau, wir könnten ein paar Plätzchen backen, wenn wir schon zuhause blieben: „Ich sag dir, welche wir backen, besorge die Zutaten und du machst den Rest. Du backst doch gerne." Na gut, zwei Sorten könnten wir ja machen, nämlich die sehr beliebten Rosinenplätzchen und die Tante-Anneliese-Cookies. Am letzten Novembersamstag bereitete ich den Teig und backte 12 Bleche voll am darauffolgenden Sonntag. Damit konnte ich meine Rückenschmerzen, die ich immer bei Küchenarbeit im Stehen bekam, über zwei Tage auskosten. Das verkrümmte Sitzen am Schreibtisch bekommt meinem Rücken nämlich viel besser. Aber zu Weihnachten kann und muss man ein paar Opfer bringen.

Da die Rosinenplätzchen nach einer Woche zur Hälfte weggefuttert waren, backte ich die gleiche Ladung noch einmal. Außerdem meine Lieblingsplätzchen, Buttergebackenes mit viel Zimt, frisch geriebener Zitronenschale (diese beiden Zutaten kommen auch in die Rosinenplätzchen) und liebevoll kleingehacktem Zitronat und Orangeat. Um letzteres zu je 100 g mit einem Wiegemesser mikroskopisch klein zu kriegen, muss man schon alleine dafür eine dreiviertel Stunde Zeit in ungesunder Körperhaltung investieren. Maschinell geht das nicht, weil jedes Gerät sofort verklebt.

Da ich durch den Eigelbbestrich des Buttergebackenen viel Eiweiß übrighatte, buk ich auch Haselnuss- und Kokosmakronen. Damit hatten wir für diese Weihnachten wieder Plätzchen im Volumen von 30 eng bestückten Backblechen produziert, so wie jedes Jahr. Trotzdem war direkt nach Weihnachten gerade noch eine Keksdose voll übrig.

Kurz vor Weihnachten ging es richtig los: „Ich brauche noch ein paar Geschenke für Vanessa, Susie, Dieter, Thomas, Mara, Lutz, Martin, Carla, Erich ..." und wie die alle hießen. „Fahr mich mal ins Einkaufszentrum, ich muss nämlich auch zu Fielmann, meine neue Brille bestellen." Ihr Auto war als Dauerleihgabe bei Susie, deswegen musste ich sie fahren. „Du holst mich dann später ab, wenn ich alles hab. Bis dahin kannst du machen, was du willst, und ich belästige dich nicht dabei." Okay, guter Kompromiss, ich gehe nicht gerne ins Einkaufszentrum zum Geschenkezwangskauf.

Ein paar Tage danach, da sie nicht alle Geschenke bekommen hatte und die Sehhilfe abholbereit war: „Heute fahren wir ins Einkaufszentrum, da kann ich meine neue Brille abholen. Und du kannst in der Zeit ja zu Thalia gehen und nach einem Geschenk für Thomas suchen, du weißt doch, was der liest. Vorher guck ich noch schnell nach dem Malkasten aus dem Karstadt-Prospekt, vielleicht ist der was für Mara. Für die anderen fällt mir bestimmt noch was ein." Fantastisch, jetzt war ich doch dran mit Shoppen. Wenigstens musste ich nur zu Thalia, da würde ich sogar was für mich finden können, auch wenn ich nichts suchte. Oder wenigstens die Zeit interessant rumbringen können. Ich fand bald ein Buch für Thomas.

„Bei dem Malkasten bin ich mir nicht sicher, da musst du mal gucken.", begrüßte sie mich, als wir uns nach Fielmann und Thalia trafen. Okay, Karstadt lag auf dem Weg zum Parkhaus, also schauten wir mal kurz rein. Ich befand den Kasten vom Preis-Leistungs-Verhältnis her für akzeptabel, kaufte noch ein paar Pinsel und einen Malblock dazu und freute mich über den schnellen Einkauf. „Wo wir doch gerade hier sind, wollen wir nicht auch nach den Kalendern gucken? Außerdem, nur ein Buch für Thomas ist ein bisschen wenig, vielleicht finden wir noch was anderes. Schau doch mal." Ich fand dann einen Autokalender für 4,99 €, was für den autobegeisterten Thomas passen sollte. Wir hätten ihm auch einen Nackte-Frauen-Kalender zum gleichen Preis kaufen können, aber das hätten wir erst mit Susie besprechen müssen.

Nein, hätten wir nicht. Denn ein paar Tage später trennten sich die beiden. Zwei Wochen zuvor war Susie zuhause aus- und mit Thomas in eine gemeinsame Wohnung eingezogen. Jetzt zog er einfach wieder aus, er war hoffnungslos überfordert gewesen: mit Susie, der gemeinsamen Wohnung, seinem Studium, der Finanzierung seines getunten Autos, seiner wehleidigen und depressiven Mutter, seinem unberechenbaren Stiefvater, den Lügen seinem richtigen Vater gegenüber, um sein Studium finanziert zu bekommen und dabei seinen erklecklichen Nebenverdienst bei Rewe nicht zu gefährden, seinen Fitnessstudio- und Fußballverpflichtungen und was sonst noch war. Er hatte die Notbremse dadurch gezogen, dass er sich von Susie getrennt hatte. „Mist, warum haben wir die Geschenke so früh gekauft, das Geld für Thomas hätten wir uns schenken können.", war mein erster Gedanke. Und sie: „Jetzt will Susie bestimmt zu uns an Weihnachten. Dann müssen wir uns wieder zusammenreißen."

Und einen Tag später rief Vanessa rief: „Wollt ihr an Weihnachten nicht zu uns kommen? Dann muss ich wenigstens nicht in die Christmette, wenn wir Besuch haben." Nein, wir wollten uns nicht instrumentalisieren lassen und bedankten uns höflichst, aber ablehnend für die Einladung. Und außerdem wollten wir alleine sein, deswegen hatten wir ursprünglich ja den jetzt stornierten Urlaub gebucht.

„Ihr könnt gerne zu uns kommen.", war zuerst unser Gedanke eines Gegenangebots. Aber dann würde es wieder mit dem Essen losgehen: „Iiih, ich mag keinen Fisch, das wisst ihr doch!" „Ich esse vegetarisch, warum habt ihr so viel Fleisch und Wurst?" „Wieso stinkt der Käse so, habt ihr keinen Gouda?" „Ist da auch was Veganes dabei, ich kann nichts anderes essen?" „Hoffentlich sind da keine Nüsse oder rohe Äpfel drin, ich hab doch Allergie." „Wieso habt ihr nur schwarze Oliven, ich esse doch nur die grünen?" „Wollen wir nicht mal wieder Fondue machen? Oder Raclette?"

Wir erinnerten uns rechtzeitig daran, dass dies mit ein Grund für den Fluchtversuch gewesen war, also sprachen wir den Gedanken nur in abgeschwächter Form aus: „Wenn einer von Euch an den Feiertagen mal kurz vorbeikommen will, ist uns das recht. Wir kommen auf jeden Fall nicht zu euch." Und mit so konkreten Vorschlägen wie Fondue oder Raclette – das hatte es alternierend die letzten 25 Jahre an Weihnachten gegeben – hatten wir unsere Probleme, denn die einen wollten nur Käse, die anderen nur Fleisch, wieder andere beides, einige kein Fett, sondern Gemüsebrühe fürs Fondue, andere tausend verschiedene Beilagen und Saucen, die wiederum andere nicht mochten etc.

Bei Vanessa war damit die Kacke richtig am Dampfen: „Die Alten wollen nicht kommen und ich muss in die Scheißkirche. Zum Glück muss ich an Heilig Abend wenigstens nicht zu ihnen, dann seh ich auch nicht, wie sie sich besaufen. Nie kann man es ihnen recht machen." Und Susie erfuhr von Vanessas Einladung, aber nicht sofort von der Absage, sondern erst als sie uns fragte. Ihre Reaktion: „Wieso müsst ihr ständig eure Pläne ändern, man kann sich ja auf nichts verlassen. Warum könnt ihr nicht einmal bei eurer Zusage bleiben." Dieser Vorwurf war eine bodenlose, völlig weltfremde Frechheit, wenn einer ständig Zusagen, Pläne und Termine über den Haufen warf, dann waren das unsere Nachkommen!

Wir setzten uns im Endeffekt durch, blieben an Heilig Abend alleine, beschenkten uns nur minimal, weil man sich ja an Weihnachten was schenken muss, hatten diesmal keinen Weihnachtsbaum wie die 30 Jahre zuvor und betranken uns trotzdem ein wenig, aber ohne lästige Zeugen. Einen Änderungsvorschlag für die nächste Rechtschreibreform habe ich auch schon, nämlich Weinachten nur mit einem h.

Und was den Baum angeht, hatte meine Frau zwischenzeitlich den Gedanken, wieder einen zu kaufen, aber diesmal einen aus Plastik, denn der nadelt nicht und kann geschmückt zusammengeklappt und weggeräumt werden. „Dann haben wir schon einen für die Enkel", war ihre Begründung. Bei Vanessa würde das eventuell tatsächlich in eins bis drei Jahren der Fall sein können. Susie hatte aber „keine Kinder mindestens in den nächsten 10 Jahren" verlauten lassen.

Zu essen hatten wir endlich mal, wovon meine Frau schon 30 Jahre lang geträumt hatte, nämlich Kartoffelsalat mit Würstchen – für unsere Kinder eine Ausgeburt an kulinarischer Geschmacklosigkeit –, aber angeblich servieren das 44% der Deutschen an Heilig Abend. Das geht schnell und Kartoffelsalat ist in der einfachen Form kulinarischer Minimalkonsens für Fleischfresser, Vegetarier, Allergiker und Moslems. Da wir keiner dieser Gruppen angehören, veredelten wir unseren mit angebratenen Speckwürfeln. Ich halte ihn andernfalls für ungenießbar.

So brachten wir Weihnachten zu unserer Zufriedenheit herum, hielten uns von Verwandtschaft auch an den folgenden Feiertagen fern und waren froh, uns endlich durchgesetzt zu haben. Nun konnte Silvester kommen. Diesmal hatten wir eine Bekannte eingeladen, man will ja nicht alleine sein, obwohl es ein Tag wie jeder andere ist oder hätte sein können. Wir verzichteten allerdings im Gegensatz zum Vorjahr darauf, uns vorher in Stimmung zu picheln.

Die Bewirtung unseres Gastes, womit wir den gemütlichen Abend eröffneten, bevor wir zum Spieleteil übergingen, fiel alkoholtechnisch deutlich moderater als im Vorjahr aus. Dadurch konnten wir alle den Jahreswechsel erinnerbar erleben. Die Stimmung und Kondition waren so gut, dass wir bis 4 Uhr in der Frühe aufblieben, was sich zwar nachteilig auf den Rest des angebrochenen Neujahrstages auswirkte, aber das war ja jedes Jahr der Fall. Die Folgen des Schlafmangels klangen erst am 2. Januar restlos ab. Wir übertrieben es immer in die eine oder andere Richtung.

Diesmal war Weihnachten also fast ganz anders gewesen, nämlich ein Jahr später als Weihnachten davor, mit Würstchen und Kartoffelsalat anstatt Gans, Fondue oder

Raclette, ohne Baum, nur zu zweit und ohne gegenseitige Besucherei. Aber sonst so, wie immer: Geschenkewahn (außer zwischen uns), ohne Schnee, aber mit 25 Kilogramm Plätzchen und dadurch zehn Kilogramm Gewichtszunahme pro Person.

Aber eines ist sicher: Nächstes Jahr verbringen wir Weihnachten und Silvester mal ganz anders. Wirklich! Das haben wir uns vorgenommen. Das werden wir machen, da kann uns keiner daran hindern. Ehrlich!

Hier die Rezepte der beiden vielgerühmten Plätzchen:

Tante-Anneliese-Cookies:

Zutaten:	250 g Butter, 80 g Zucker, 350 – 400 g Mehl, 2 Eier, 170 g brauner Zucker, 250 g Walnusskerne, 250 g Blockschokolade, 1 TL Salz, 1 TL Natron. (ergibt ca. 4 Bleche)
Vorbereitung:	Walnusskerne und Blockschokolade kleinhacken (nicht mahlen).
Zubereitung:	Eier zerkleppern, beide Zuckersorten sowie Salz und Natron unterrühren, Butter hinzufügen, Mehl unterkneten, gehackte Walnusskerne und Schokolade untermengen. Kaltstellen, dann Häufchen auf Bleche setzen und 16-17 Minuten bei 170° Ober- und Unterhitze backen.

Rosinenplätzchen:

Zutaten:	250 g Butter, 250 g Zucker, ca. 400 g Mehl, 150 g gemahlene Mandeln, 4 Eier, 2 TL Zimt, geriebene Schale von 3 großen ungespritzten Zitronen, 1 TL Backpulver, 300 g Rosinen. Zum Bestreichen Saft einer Zitrone und 1-1,5 Päckchen Puderzucker. (ergibt ca. 5 Bleche)

Vorbereitung:	Zitronenschale abreiben. Zitrone-Puderzucker-Gemisch bereiten (dickflüssig!).
Zubereitung:	Eier zerkleppern, Zucker sowie Zimt, Zitronenschale und Backpulver unterrühren, Butter hinzufügen, Mehl unterkneten, gemahlene Mandeln und Rosinen untermengen. Kaltstellen, Häufchen auf Bleche setzen und ca. 14 Minuten bei 170° Ober- und Unterhitze backen. Danach sofort mit Zitrone-Puderzucker-Gemisch bestreichen.

Anmerkungen:

Zucker:	Mindestens die Hälfte kann durch Stevia (kalorienfreier pflanzlicher Süßstoff) ersetzt werden, wobei die Menge dann um ca. 90% reduziert werden kann.
Mehl:	Anstatt ungesundem Weißmehl kann man auch Vollkornmehl, Dinkelmehl oder Mehl vom Typ 1050 verwenden.

Riechtest oder organoleptische Diagnose

Wir kamen etwas spät ins Konzert, die Tische mit den besten Plätzen waren schon in fremdem Besitz. Zum Glück waren aber noch einige Stühle frei, so setzten wir uns zu einem Pärchen an einen Tisch, von dem man einen guten Blick auf die nahe Bühne hatte. Endlich hatten wir es mal wieder zu einem Donnerstagskonzert geschafft. Diesmal war mit „Swing on Fire" eine Akustik-Swing- & Gypsy-Jazz-Band auf der Bühne im Brauhaus. Diese „entführt ihr Publikum auf eine musikalische Zeitreise in die erste Hälfte des 20sten Jahrhunderts mit dem unverwechselbaren, energiegeladenen Gypsy Swing Sound & Rhythm; ganz ohne Schlagzeug, unplugged oder verstärkt", so die Selbstdarstellung. Swing, Jazz, Latin sind ihre Schwerpunkte und sie spielen natürlich viele Stücke von Django Reinhardt.

Die beiden am Tisch waren ca. Anfang fünfzig und schienen frisch verliebt, zumindest sie in ihn. Denn sie knetete die ganze Zeit an seinen Händen herum; ob andere Körperteile miteinbezogen wurden, wagten wir nicht zu ergründen, es spielte sich hinter der Tischplatte ab. Sie warf sich ihm ständig an Brust und Hals, kleine Küsschen auf die oberen Körperpartien rundeten die Liebkosungen ab. Er war etwas zurückhaltender, vielleicht auch nur feinsinniger, was der Öffentlichkeit ausgesetzte Schmuseaktivitäten angeht. Oder sie hatte Mundgeruch.

Nach der Pause, als die Buhle zur Nikotininhalation mal kurz abwesend war, gesellte sich eine weitere Mittfünfzigerin zu ihm und smalltalkte. Als die originäre Platzinhaberin zurückkehrte, widmete sich die neue ihr zu und erzählte unterbrechungsfrei eine halbe Stunde lang die wichtigsten Erlebnisse und Gefühlssituationen der letzten

Tage. Man schien sich zu kennen. Oder die Neue hatte keine Berührungsängste und suchte Nähe.

Als Frau-1 zur nächsten Rauchpause verschwand, widmete die neue Kebse ganz und intensiv dem Zurückgebliebenen ihren Herzenserguss. Wie zuvor im Falle von Frau-1 passte kein Blatt Papier mehr zwischen die beiden. Frau-1 sah dies aus der Ferne, wo sie nach Rauchende auch blieb. Sie platzierte sich an einem Biertisch, von wo aus sie einen gewissen Überblick übers Geschehen behielt. Nach einer weiteren halben Stunde gab sie sich geschlagen und verließ den Raum, das neue Feinsliebchen hatte festen Besitz vom Manne ergriffen.

Frau-1 schien uns als Außenstehende, Nichtbetroffene und nur flüchtig Beobachtende rein äußerlich die eindeutig bessere Wahl gewesen zu sein. Was brachte aber Frau-2 mit Mann so eng zusammen? Vielleicht das gegenseitige Fehlen von Mundgeruch? Oder Mann hatte nur einen diagnostischen Auftrag von Frau-1 erfüllt?

Einer Broschüre der Bayerischen Landeszahnärzte-Kammer kann man entnehmen, dass viele Menschen Mundgeruch haben. Statistisch soll in Deutschland sogar jeder Vierte darunter leiden, was sie selbst meist gar nicht merken. Unter Mundgeruch versteht man dabei nicht vorübergehend schlechten Atem, z.B. nach dem Genuss von Zwiebeln, bestimmten Gewürzen oder knoblauchhaltigen Speisen, sondern über längere Zeit wahrzunehmenden Moderduft. Die übelriechende Atemluft ist auch bei geschlossenem Mund, also beim Ausatmen durch die Nase, wahrnehmbar.

„Schlechter Atem entsteht durch flüchtige Schwefelverbindungen (Sulfide), die sich unter die ausgeatmete Luft mischen. Sie entstehen dadurch, dass gramnegative anaerobe Bakterien organisches Material, z.B. Essensrückstände, Eiweiße, in der Mundhöhle zersetzen. Schwefelwasserstoff ist der bekannteste Vertreter der Sulfide. Er riecht nach »faulen Eiern«.

Eine weitere Gruppe der Schwefelverbindungen sind die Methylmercaptane. Sie gelten als die Hauptverursacher von Mundgeruch. Sie erzeugen einen Geruch nach faulendem Kohl oder auch einen modrig-ranzigen Geruch. Riecht der Atem nach Fisch, verfaultem Fleisch oder Fäkalien, dann sind biogene Amine dafür verantwortlich. Sie entstehen aus Aminosäuren durch bakterielle Abspaltung von Kohlendioxid."

In der Fachsprache nennt man Mundgeruch Halitosis nach dem lateinischen Wort für Hauch oder Dunst. Hierunter versteht man Mundgeruch, der in seiner Intensität deutlich über der sozial verträglichen Akzeptanz liegt und objektiv diagnostizierbar ist. Ältere Menschen sind häufiger davon betroffen als jüngere, Männer häufiger als Frauen. Andererseits sind Frauen meist viel mehr darauf bedacht, eigenen Mundgeruch zu vermeiden, weshalb sie ihren jeweiligen Partner, sofern sie ihn entweder schon länger kennen oder mit ihm in einer gefahrlosen Verbindung stehen (z.B. verheiratet sind), gerne regelmäßig mit der Frage traktieren: „Habe ich eigentlich Mundgeruch? Riechst du was?"

Die einfachste Art festzustellen, ob jemand Mundgeruch hat, ist das, was Frau-1 praktiziert hat. Sie hat ihr Gegenüber nachhaltig angehaucht. In der Fachsprache nennt man dies organoleptische Diagnostik. Wenn es das war, was Frau-1 bei Mann bestellt hatte, dann würde das zweierlei erklären: Erstens, dass Mann sich sehr zurückhaltend während der Diagnose verhalten hatte. Und zweitens, dass mit Frau-2 vielleicht die nächste Kundin des Abends aufgekreuzt war.

Anmerkung zur Alltagssprache im Umgang mit Mundgeruch: Hier gibt es viele, mehr oder weniger nette Begriffe wie Rachengammel, Zungeniltis, orales Vietnam etc. Ich finde am schönsten den Begriff Aasbrise mit den beiden sich widersprechenden Wortbestandteilen Aas und Brise, wenn letzterer herrliche Frische assoziiert, durch den

ersten aber auf den Bodensatz des Tatsachenmoders gezerrt wird.

Wie diese Untersuchung an diesem Abend weiter- und
ausging, wissen wir nicht, wir ließen uns leider zu sehr von
dem hervorragenden Konzert ablenken. Aber wir können
von Glück sprechen, dass der Versuch vermutlich nicht so
folgenschwer wie in der griechischen Mythologie endete,
was unter dem lemnischen Frevel in die Geschichte ein-
gegangen ist: Weil Aphrodite ihre Heiligtümer auf Lemnos
vernachlässigt sah, strafte sie alle Frauen der Insel mit
übelriechendem Atem. Als Folge blieben ihnen ihre Gatten
fern und vergnügten sich stattdessen mit thrakischen Skla-
vinnen. Die eifersüchtigen Gattinnen brachten daraufhin in
einer Nacht alle männlichen Bewohner der Insel um. Allein
Thoas wurde von seiner Tochter Hypsipyle versteckt und
überlebte.

Verlust der Defäkationsreflex-steuerung

Im Darm wird Kot durch Muskelkraft durchmischt, transportiert und im Enddarm vorübergehend gesammelt, bis Dehnungsrezeptoren in der Darmwand dann im Gehirn das Bedürfnis zur Ausscheidung stimulieren. Diese kann von den meisten Menschen bewusst gesteuert werden; verantwortlich dafür ist der Schließmuskelring des Anus.

Wenn das Rektum durch zunehmende Füllung gedehnt wird, werden anorektale Afferenzen aktiv und es entsteht ein vermehrter Stuhldrang. Der zur glatten Muskulatur gehörende innere Schließmuskel entspannt sich, während der Tonus des quergestreiften äußeren Schließmuskels steigt. Bei Erfolgen der Defäkation muss der äußere Schließmuskel bewusst entspannt werden. Die Defäkation tritt ein, wenn auch der innere Schließmuskel erschlafft und gleichzeitig die Kontraktion von Sigmoid und Mastdarm ausgelöst wird. Das geschieht durch rektale Afferenzen über einen spinalen parasympathischen Reflex, den Defäkationsreflex.

Die Unfähigkeit zur willkürlichen Zurückhaltung des Stuhlabganges (oder Windabganges) nennt man Stuhlinkontinenz. Hierbei gibt es drei Schweregrade, vom mittleren (unkontrollierter Abgang von dünnflüssigem Stuhl) möchte ich hier berichten. Glücklicherweise handelte es sich bei dem Vorfall nicht um eine permanente Erkrankung, sondern nur um ein spontan aufgetretenes Problem mit durchschlagender Wirkung. Ursache war dabei eine nicht ausreichende Speicherfunktion der Rektumampulle nach explosionsartiger Zunahme der Füllmenge. Hierfür war wiederum die Ursache die Aufnahme von Nahrung im Rahmen eines opulenten Frühstücks, die mein Körper schnellstmöglich loszuwerden sich bemühte.

Explosionsartige Zunahme der Füllmenge meiner Rektumampulle mit nicht mehr nachhaltig steuerbarer Defäkation war für mich nichts Neues, das kam alle paar Wochen mal vor. Meist erwischte es mich beim morgendlichen Gassigehen, was aber aufgrund der forstwirtschaftlichen Prägung der Gassirunde mit ökologischer Abbaumöglichkeit meiner Losung kein Problem war. Nur blöde, wenn plötzlich in einer größeren Stadt ein feucht-braunes Malheur passiert.

Wir waren im schönen Breisach am Rhein im Urlaub und wohnten in einem kleinen Hotel. An jenem Morgen hatten wir beschlossen, einen Autoausflug ins benachbarte Elsass zu unternehmen, wollten unserem Hund aber seine morgendlich gewohnte Verdauungstätigkeit nicht zu lange vorenthalten. Also begaben wir uns auf einen kleinen Rundgang quer durch die Stadt und hatten uns schon deutlich vom Hotel entfernt, als in mir ein Brodeln, Grummeln und Rumoren einsetzte. Zunächst konnte ich durch Freisetzen einiger (trockener) Leibwinde den erwarteten Stuhldrang abmildern, trotzdem plädierte ich dafür, einen vorzeitigen und zügigen Rückweg einzuschlagen, da ich befürchtete, es könne noch mehr als nur Biogas kommen.

Als meine Gattin immer mal wieder an einem Schaufenster hängen blieb, was für mein Empfinden und in meiner aktuellen Situation wenig zweckdienlich war, entschied ich mich, alleine zurückzukehren, zu tun, was ich meinte, tun zu müssen, und sie schließlich eine Viertelstunde später auf einem bestimmten Platz in der Stadt wieder zu treffen. Als diese Zeit deutlich verstrichen war, ohne dass ich mich dort eingefunden hatte, begab sie sich ebenfalls auf den Rückweg ins Hotel. Im Treppenhaus wunderte sie sich über einen strengen Geruch und traf mich im Hotelzimmer auf dem Boden kniend bei der Reinigung meiner Jeans an.

Leider hatte ich 20 Meter vor der rettenden Toilette, aber schon im Hotel eine Erfahrung der besonderen Art.

Nachdem ich den Rückweg zunächst zügig, dann eiliger werdend und am Ende rennend angetreten hatte, musste ich mich auf der Hoteltreppe ins Obergeschoss, in dem unser Zimmer lag, auf eines von beiden konzentrieren: entweder Treppensteigen oder Kotbremse. Beides zusammen ging nicht. So entschied ich mich fürs Treppensteigen, da das andere keine echte und vor allem nachhaltige Alternative war.

Ob Schiller: „Der Freiheit eine Gasse." oder Goethe: „Ich kann und will das Pfund nicht mehr vergraben.", das drängende Häuflein hatte Masse. Und so versagte auf dem Weg zum Zimmer mein äußerer Schließmuskel, der innere hatte zu diesem Zeitpunkt schon längst resigniert. Treppe und Flur blieben sauber, der Linoleum-belegte (Glück im Unglück) Zimmerboden sowie alles, was sich zwischen diesem und meinem Anus befand, natürlich nicht. Die dicke Jeans verhinderte den schnellen Austritt der braunen Dünnflüssigkeit, die sich aufgrund der großen Menge aber ihren Weg suchte, so dass am Ende auch Socken und Schuhe in Mitleidenschaft gezogen wurden.

Als ich die rettende Schüssel erreicht hatte, war eigentlich schon alles erledigt. Mir blieb nur, die fäkalienhaltigen Klamotten auszuziehen, wobei ich auch die Klobrille und den Kabinettsboden kräftig einsaute, und mit den diversen Reinigungsarbeiten zu beginnen. Die Schuhe waren glücklicherweise nur schwach befallen, Socken und Unterhosen nur noch zu entsorgen, und meine Jeans? Eigentlich auch ein eindeutiger Fall für die Tonne, aber was macht man, wenn man keine Zweithose dabeihat? Da bleibt nur, die Hose auszuräumen.

Den greifbaren Anteil der außergewöhnlichen Hosenfüllung hatte ich mithilfe von Toilettenpapier schnell abgeschöpft, nun ging es ans Eingesickerte unter Zuhilfenahme eines Hotelhandtuches. So traf mich meine Frau an, als ich auf dem Fußboden im Zimmer kniete und vergeblich versuchte, die Hose wieder einigermaßen sauber zu reiben. Erst konnte sie wenig Verständnis für meine Terminuntreue und stinkende Spontantätigkeit aufbringen und bezeichnete mich als ekelhaftes Schwein. Dann verstand sie die Tragweite und den Ernst der Situation und brach in schallendes Gelächter aus, was zwar ihre Lochmuskeln in große Aufregung versetzte, aber zum Glück ohne unangenehme Folgen blieb. Unser Hund ergötzte sich an der olfaktorischen Wundertüte, weiland Beinkleid.

Nach einiger Zeit sah ich ein, dass das alles keinen Sinn hatte. Ich entsorgte auch die Jeans, reinigte mich gründlich, zog meine Schlafanzughose an und suchte das nächste Klamottengeschäft auf, um eine neue Hose zu kaufen. Der restliche Urlaub verlief problemlos, ich war um eine große Erfahrung reicher geworden, hätte aber darauf verzichten können. Meine persönliche Moral von der Geschicht': vergiss' die Ersatzhose nicht. In einem militärischen Lagebericht hätte wahrscheinlich gestanden: „Die Operation erbrachte wertvolle Erkenntnisse."

Auch für meine Frau hatte das Ereignis nachhaltige Folgen. Mehrere Tage, wenn nicht sogar Wochen danach noch erinnerte sie sich bei jeder passenden und unpassenden Gelegenheit an den Vorfall und brach in minutenlanges schallendes Gelächter aus. Das konnte auch mitten in einem Gespräch sein, bei dem es um ein ganz anderes Thema ging, oder beim Essen, im Kino oder in der Badewanne. Wer den Schaden hat, spottet jeder Beschreibung bzw. braucht für den Spott nicht zu sorgen. Oder: Wer einen Mann hat, braucht für die Scheiße nicht zu sorgen.

Ein gewisser Karl-Heinz Fricke (geb. 02.02.1928), nicht zu verwechseln mit dem ehemaligen Generalmusikdirektor der Deutschen Staatsoper Berlin, hat den Dünnpfiff in einem netten Gedicht thematisiert, das ich auszugsweise wiedergeben möchten:

Es ist nicht schön, wenn es pressiert
und Unerwartetes passiert.
Der Gründe können's viele sein,
macht man sich in die Hosen rein.
Nein, es ist durchaus nicht toll,
wenn man hat die Hosen voll,
wenn ein Wind, sehr feucht,
ohne Warnung dir entfleucht.
Wenn es aus dem After quillt
und die Luft mit Düften füllt.
Tagelang kann das so gehen,
jedem kann dies mal geschehen.
…
Am allerbesten hat's ein Mann,
der sich schnell bewegen kann.
Im andern Falle geht die Chose
ohne Zweifel in die Hose.

Er, genauso wie ich, hatte sich wohl nicht schnell genug bewegt. Aber wie tröstete schon unser ehemaliger
Bundeskanzler Helmut Kohl: "Entscheidend ist, was hinten
rauskommt."

Flatulenz-Kadenz

Befassen wir uns nun auch ein wenig mit den gasförmigen Endprodukten menschlicher Verdauung. Medizinisch bezeichnet man den Blähwind als Flatulenz. Er entsteht durch eine verstärkte Gasentwicklung in Magen und Darm, wobei Methan, Kohlenstoffdioxid, Schwefelwasserstoff und andere Gär- bzw. Faulgase entstehen und im Falle des rektalen Entweichens der Umgebung zum Schnüffeln dargeboten werden.

Manchmal kommt bei diesem Vorgang ein wenig Land mit, weswegen man diese, nicht farblose Pupsart auch als Schurz, falschen Freund, Glitscher, Senf-, Saucen-, Feucht- oder Materialfurz bezeichnet, gut erkennbar am Kondensstreifen oder der Bremsspur in der Unterbuxe. Egal, welche Variante man wählt, der Furz ist jedenfalls als letzter verzweifelter Versuch der Wissenschaft anzusehen, dem Hintern das Sprechen beizubringen. Von dieser Ansicht lassen sich vor allem Senioren nicht abbringen, aber auch Jugendliche greifen außer zum Rülpsen (zu diesem Thema siehe das folgende Kapitel) gerne zum Flatulieren als Kommunikationsmittel.

Die Meinung, dass die Leisen meist die Stinkigen und die Lauten eher geruchlos sind, ist falsch, wie ich aus eigener Erfahrung bestätigen kann. Die Lautstärke hat nämlich nichts mit dem Duftgehalt zu tun. Die Geräusche, die oft beim Entweichen der Gase entstehen, werden von der Vibration der Analöffnung verursacht. Das Geräusch beim Rosettenorchester variiert je nach der Spannung des Schließmuskels, der Geschwindigkeit, mit der das Gas ausgestoßen wird, sowie dem Volumen der ausgestoßenen Gasmenge.

Bei starkem Anteil an Methan und Schwefelverbindungen riecht das Windchen nicht nur kernig bis würzig, sondern kann sogar entzündlich sein. So berichtete der

Berliner Kurier am 24.01.2014 unter der Überschrift „Blähungen mit Folgen – Stichflamme! Pupsende Kühe fackeln Stall ab" darüber, dass im hessischen Rasdorf pupsende und rülpsende Kühe beinahe ihren Kuhstall in die Luft gejagt haben. Sie hatten mit ihren Blähungen so viel Methangas produziert, dass es in einer Stichflamme nach einer statischen Entladung an der Massage-Maschine (so stand's in der Zeitung) im Stall verpufft ist. Da hätte die Masseuse es dem Bauer wohl besser mit der Hand besorgt! Generell gilt für Menschen: Vorsicht bei Kerzenschein auf dem Häuschen!

Damit spielt der Sicherheitsaspekt auf Toiletten eine wichtige Rolle bei Konstruktion und Betrieb derselben. Ob sich darum aktiv auch die Welttoilettenorganisation (die gibt es wirklich!) kümmert, wissen wir nicht zu sagen. Seit 2001 wird jedenfalls ein jährlicher weltweiter Toilettentag (auch den gibt es!) ausgerichtet, der einen durchaus ernsten Hintergrund hat. Es sollen die Verantwortlichen in Politik und Wirtschaft wachgerüttelt werden, um mehr Bewusstsein für die Ausgabebereitschaft zur sanitären Hygiene und Verbesserung der Sanitär- und Wasserversorgung zu erzeugen. Die Korruption im Wassersektor ist nämlich gewaltig, allein hierfür verschwinden jährlich zwei Milliarden US-Dollar.

Der Lokustag wird ergänzt durch einen Weltwassertag, der schon seit 1993 jährlich am Geburtstag meiner Gemahlin begangen wird. Er soll zur Einführung von UN-Empfehlungen und Förderung konkreter Maßnahmen der Agenda 21 der UN-Konferenz für Umwelt und Entwicklung (UNCED) in Rio de Janeiro zur Nachhaltigkeit durch eine veränderte Wirtschafts-, Umwelt- und Entwicklungspolitik genutzt werden, um die Bedürfnisse der heutigen Generation zu befriedigen, ohne dabei die Chancen künftiger Generationen zu beeinträchtigen.

Eine ganz gefährliche Flatulenz-Variante ist der Furz nach innen. Er wird von vielen Menschen in bestimmten

Situationen (Fahrstühle, Theater, Gottesdienst etc.) praktiziert, kann aber zu schweren inneren Verletzungen wie z.B. Hirnquetschung führen, da er sich meist im Hirn, oder was noch davon übrig ist, niederschlägt. Daher muss er zur Vermeidung einer zerebralen Explosion aus dem Körper hinausgelassen werden, was dann verbal passiert und sich durch (temporär) intelligenzgeminderte Aussprüche in Theaterpausen oder nach Gottesdiensten äußert. Man spricht in diesen Fällen von Hirnfurz, geistiger Flatulenz oder verbalem Dünnpfiff.

Sehr bekannte Vertreter dieser Disziplin sind die Sesselpupser, man trifft sie vor allem in der Verwaltung und der Politik an. Meist sind sie bei ihrer sitzenden Tätigkeit ziemlich untätig, produzieren also keinen nennenswerten Output und fallen somit weder durch Geräusche noch durch Gerüche auf. Insbesondere sind sie ziemlich wirkungslos, was mit ihrer eingeschränkten Auffassungsgabe vorzüglich harmoniert.

Auch beim finalen Erlöschen der Organfunktionen treten in einer Schlusskadenz außer haptischen Absonderungen duftige Gase durch die Analpfeife aus, wenn alle Schließmuskeln ihre Spannung verlieren. Diese werden Abwind genannt. Oder, wie es Buddha ausdrücken würde: In der letzten Phase des Sterbens löst sich das Windelement auf. Dies steht allerdings in einem gewissen Widerspruch zur medizinischen Weisheit: „Wenn's Orscherl brummt, ist's Herzerl g'sund." bzw. „Wer gut rülpst und gut farzt, braucht keinen Arzt."

In der Partnerschaft kann das Flatulieren sowohl in der Anfangs- als auch der Endphase wichtige Impulse setzen, wie die Süddeutsche Zeitung am 21.03.2016 unter der Überschrift „Der Schwefelgeruch der Liebe" bemerkte. Der erste offene Furz ist ein wichtiger Beziehungsmeilenstein, der uns vor dem Geliebten als menschliches Wesen outet und damit das Stadium der Idealisierung beendet. Er legt den Grundstein für eine ernste und auf Dauer angelegte

Partnerschaft und ist der gastroenterologische Ausdruck für „Ich liebe Dich! Ich liebe Dich so sehr, dass ich in Deiner Gegenwart vollkommen entspannen kann." Wenn der Partner diese Liebeserklärung dankbar annimmt, sagt er damit: „Ich will alles mit Dir teilen, auch die Nebenprodukte deiner Verdauung." Meine Frau sieht das anders, sie kann diese Art der Liebeserklärung auf den Tod nicht ausstehen. Und schon gar nicht im Bett, vulgo Furzkuhle.

Wie der Zeitungsbericht auch hinzufügt, kann es allerdings nach einigen Jahren passieren, dass die Beziehung in eine destruktive Phase abgleitet, die nicht selten mit Trennung, Scheidung und erbittertem Krieg endet. Auch diese Phase beginnt oft mit einem Furz an den Partner, der dann besagt: „Ich bin zu faul, um diese enorme, stinkende Gaspeitsche aus Höflichkeit und Achtung vor Dir aufs Klo zu tragen. Mit diesem schwefligen Fanfarenstoß zeige ich Dir, wie gleichgültig Du mir im Grunde bist."

Eine neuere US-Studie hat ergeben, dass man am Anfang einer Beziehung weder schwitzt, noch schlechten Atem oder Blähungen hat, auch nicht nach dem Verzehr von Zwiebeln, Knoblauch oder Linsen. Doch es dauert nicht lange, manchmal noch in der Kennenlernphase, dass wild darauf los flatuliert wird. Meistens zu dem Zeitpunkt, zu dem auch das erste „Ich liebe Dich" gesagt wird, was für den Leiter der Studie nicht verwunderlich ist, da es als Wohlfühlsignal in Gegenwart des Anderen zu verstehen ist. Er meint sogar, dass regelmäßiges Pupsen die Bindung enorm stärkt und als gemeinsames Geheimnis verstanden werden kann.

Zum Abschluss des theoretischen Teils dieser Abhandlung möchte ich erwähnen, dass es außer Kunstturnern auch Kunstfurzer gibt. Leider ist diese Disziplin noch nicht ins olympische Programm aufgenommen worden, obwohl es berühmte Vertreter gibt. Kunstfurzer oder Flatulisten besitzen die Fähigkeit, die Tonhöhe ihrer Leibeswinde mittels rhythmischen, wohldosierten Anspannens und

Relaxierens des äußeren Anus-Schließmuskels zu modulieren und dadurch rektale Melodien und Geräuscheffekte bis hin zu Naturgeräuschen wie Gewitter und Elchröhren zu erzeugen.

Der berühmteste Kunstfurzer war der Franzose Joseph Pujol, „Le Pétomane", der seine Disziplin um 1900 sogar hauptberuflich verfolgte. Er trat auf Jahrmärkten und Rummelplätzen auf und hatte eine eigene Show im Pariser Varieté Moulin Rouge. Berühmt geworden ist auch der britische Mr. Methane, der das artifizielle Flatulieren perfektionierte und auf einer Welttournee Ende des letzten Jahrtausends global bekannt machte. Er hatte zahlreiche Fernseh- und Radioauftritte, veröffentlichte Alben (z.B. mit eigenen Anal-Interpretationen des Donauwalzers und des Schwanensees) und schaffte es in der RTL-Sendung „Das Supertalent" 2009 bis ins Halbfinale. Dieter Bohlen sei gedankt.

Wer sich noch etwas umfassender mit dem Furz von einst bis jetzt, in Literatur und Volksweisheiten, in verschiedenen Sprachen und Kulturen und in Prosa und Gedichten beschäftigen möchte, dem kann ich das umfassende Buch „Der Furz – Vom Urknall bis heute" von Alfred Limbach nahelegen, das der elsässische Zeichner Tomi Ungerer schön illustriert hat. Das Buch enthält u.a. eine beeindruckende Sammlung furzologischer, onomatopoetischer und etymologischer Furzbetrachtungen.

Darin kann man auch erfahren, dass 1933 im Handelsregister eine GmbH namens Melo (griechisch: Lied) in Baden-Baden, nicht Pforzheim, eingetragen wurde, die ein Afterröhrchen zur Darmentgasung mit den Geruchsvarianten Rosen, Narzissen und Maiglöckchen auf Grundlage eines Deutschen Reichspatentes vertrieb. Eine Fülle von Anerkennungsschreiben dankbarer Anwender zeigt, dass das Produkt auf offene Analpforten stieß, obgleich nähere Informationen über den Erfolg des Unternehmens im Laufe der Zeit „vom Winde verweht" sind.

Zur praxisnahen Illustration des Flatulenzthemas darf ich auch von einem persönlichen Erlebnis berichten, das sich vor vielen Jahren zutrug. Ich partizipierte an einem mehrtägigen Lehrgang und weilte in einem netten kleinen Tagungshotel mit Vollverpflegung. An einem Morgen genoss ich das dargebotene opulente Frühstück durch Konzentration auf verschiedene Quarkspeisen mit vielfältigem Frischobst. Dies war ein wenig unvorsichtig, da sich diese Art der Kost nicht immer folgenfrei durch meinen Darm bewegt. So auch an jenem Morgen.

Kaum hatte das Seminar begonnen, begann es in mir zu brodeln und zu rumoren und ein gewaltiger Druck baute sich in meinen Gedärmen auf. Da ich, wegen der schon erwähnten Gefahren, keine Pupsis nach innen riskieren wollte, auch keine nach außen, und schon gar keine mit Land, verließ ich den Raum und machte es mir in der Keramikabteilung des Tagungshotels gemütlich.

Kaum hatte ich die Hosen heruntergelassen und eine bequeme Sitzhaltung eingenommen, entspannten sich meine Schließmuskeln und entließen einen rollenden, gefühlt minutenlangen Donnerfurz in die Freiheit, der die Kabinettwände vibrieren und Fensterscheiben klirren ließ. Einen solchen nannten die Römer crepitus zur Abgrenzung gegenüber dem Hosenschleicher flatus (daraus leitet sich auch der Begriff Inflation ab, die ebenfalls angeschlichen kommt und den Leuten stinkt). Nachhaltig erleichtert und vom Druck befreit kehrte ich in den Seminarraum zurück.

Kurz nach mir traf ein Mitschüler ein, der vor mir den Raum mit dem gleichen Ziel verlassen hatte. Der wandte sich sofort an mich und einen weiteren Mitschüler mit der Bemerkung: „Ihr glaubt ja nicht, was mir gerade auf der Toilette passiert ist. Da hat doch so ein Typ im Nachbarhäuschen einen gigantischen Explosionsfurz losgelassen, wie ich ihn noch nie erlebt habe. Ich bin fast von der Schüssel gefallen, so haben die Wände gewackelt. Und gestunken hat es wie tausend Jauchegruben." Mein Kopf wuchs in diesem Moment auf die doppelte Größe an, nahm eine tiefrote Farbe an, drohte zu explodieren und alle restlichen Seminarteilnehmer starrten auf meine Bombe. So kam es mir zumindest vor. Das war vielleicht peinlich …

Zum duftigen Abschluss noch zwei Flatulenz-Gedichtchen. Das erste ist von einem unbekannten Dichter:

Die Familie sitzt stumm um den Mittagstisch herum.
Da lässt der Vater einen krachen,
die Mutter weint, die Kinder lachen.
So kann man auch mit kleinen Sachen
Kindern eine Freude machen.

Das zweite stammt von Christian Schomers aus seinem Band „schwarz weise gedichte":

Gestern Abend litt ich sehr,
denn ein Lüftlein saß mir quer.
Irgendwo im Darm ein Zwicken,
in dem dünnen oder dicken,
in dem dicken oder dünnen –
jedenfalls ganz tief da drinnen.

Habe mich vor Schmerz gewunden.
Plötzlich war es dann verschwunden.
Und kein angenehmer Duft
schwebte durch die Abendluft.
Zum Glück ist so ein Furz
in aller Regel kurz.

Alfred Limbach hat in seinem o.g. Buch auch einige schöne Schüttel-Fürze aufgelistet:

Der Anus ist ein Seelenschacht,
aus dem sich Fürze schälen sacht.

Der Ringer schwenkt die derbe Hüfte,
dem Arsch entquellen herbe Düfte.

Feucht ist der Furz bei Leibpein,
voll ist bei Mannesmann die Pipeline.

Es furzt die Maid behosenrockt,
derweil sie in den Rosen hockt.

Und schließlich noch eine praktische Lebenshilfe, wenn Sie mal als Nichtraucher in der Kneipe am Nachbartisch eines stark quarzenden oder Zigarre rauchenden Nebenmannes sitzen müssen, dann könnten Sie sagen: „Stört es Sie, wenn ich furze, während Sie rauchen?"

Oral-Flatulenz

Wenn man sich mit den gasförmigen Endprodukten menschlicher Verdauung beschäftigt, sollte man auch etwas zur Oral-Flatulenz sagen, der Kunst des Bäuerchen Machens. Eigentlich handelt es sich hierbei nicht um ein End-, sondern eher um ein Vorprodukt der Verdauung, denn Rülpsen wird oft durch zu schnelles Trinken und Essen oder beim gleichzeitigen Reden verursacht, wenn viel Luft verschluckt wird. Dies kann auch absichtlich passieren und dient dann oft der Provokation, wenn durch Aufstoßen die Missachtung sozialer Normen unterstrichen werden soll. Oft beherrschen Jugendliche diese Disziplin meisterhaft, aber nur männliche Jugendliche. Menschen weiblichen Geschlechtes ist aus physiologischen und moralischen Gründen das Bäuern nur selten möglich und auf Grund der feineren Struktur ihrer Seele auch nicht anzuraten, sollen Überforderungen vermieden werden.

Der medizinische Ausdruck fürs Bölken ist Eruktation bzw. eruktieren, nicht zu verwechseln mit erigieren, auch wenn bei einer bestimmten Rülpstechnik das erigierte Zäpfchen (im Rachen) eine gewichtige Rolle spielt. Erigierte Zäpfchen wurden früher von Rachengoldjägern als Zeichen der Fruchtbarkeit aufgefasst und führten zu pharyngitischen Zapfenbeschneidungen gekidnappter Bölker. Glücklicherweise ist diese Zeit längst vorbei, obwohl sich der Spruch „O'zapft is!" bis heute hartnäckig hält. Zefix, luja sog i.

Medizinische Laien vermuten, dass ein Rachenfurz nichts anderes als Luft ist, die schwallartig durch den Mund entweicht. Wenn durchs Essen oder absichtlich zu viel Luft in den Magen gerät, öffnet er, wenn's ihm stinkt, die Cardia, den Schließmuskel zur Speiseröhre, und lässt die Luft nach oben steigen. Diese bringt den Kehlkopfdeckel und die Stimmbänder zum Schwingen und entweicht

– je nach Luftmenge – mit einem mehr oder weniger lauten „Öörrp" aus dem Mund. Bei geschlossenem Mund durch die Nase ausgestoßen, wird der Mundpups zwar zu über 90% schallgedämpft und somit fast unhörbar, kann jedoch zu durchaus schmerzhaften Verletzungen wie Verbrennungen der Nasenwand des Rülpsenden führen.

Die Fachleute wissen es aber besser, was Eruktation ist. Es handelt sich um einen männlichen Urlaut, der nach dem Genuss geistiger Getränke (sog. Bölkstoff) im Zustand der höchsten Verzückung hervorgebracht wird, um dem mentalen Höchstpotenzial einen adäquaten Ausdruck zu verleihen. Es werden in der prärülpsenden Trance durch höchste Körperbeherrschung spezielle Muskeln im Schlund stimuliert und anschließend sorgfältig organisch gespeicherte Gasmengen hervorgebracht, welche im Ösophagusbereich eine niederfrequente Schwingung im Infraschall-Frequenzband auslösen. Diese können von Spezialisten durch besondere rituelle Mundbewegungen vollbracht werden, die eine Modulation der Infraschall-Schwingungen bewirken. Das kann so weit gehen, dass artikulierte Worte höchst transzendenten Inhaltes artikuliert werden.

Sollte der Magen zu vollgefüllt sein, kann auch beim oralen Flatulieren Land mitkommen, was folgerichtig als Feucht-, Senf-, Saucen- oder Materialrülpsen bezeichnet wird. Häufig erlebbare Spezialformen sind z.B. der Brechrülpser (gerne nach übermäßigem Biergenuss, erkennbar am warmen Biergeschmack und dezenten Kotgeruch des Bäuerchens), der Kartoffelrülpser (erkennbar an dem feingelben Gesprengsel an der gegenüberliegenden Wand) oder der Fischrülpser (ähnlich wie der Kartoffelrülpser, nur mit anderem, nach verdorbenem Fisch anmutenden Geschmack).

Wer sich intensiver mit dem Thema beschäftigen möchte, der sei auf die hochinteressante Internetseite rülpsen.info verwiesen (gibt es tatsächlich!). Dort kann man das Aufstoßen erlernen oder erfahren, was es bedeutet, wenn der Hund rülpst – für andere Tierarten scheint das Problem nicht dringlich zu sein. Unser Hund, ein Dackel-Cocker-Mischling, beherrscht das Bölken meisterhaft: immer, wenn er seine Nassfutterschüssel staubsaugerartig leergeräumt hat, entlässt er ein deutlich vernehmbares Öörrp in die Freiheit. Konkrete Anhörungsbeispiele menschlicher Bäuerchen findet man z.B. auf ruelpsen.com.

Gerülpst wird in Schule, Ausbildung, Beruf, Familie, Kirche, Sport und Spiel. Ob alleine im Auto, während der geschäftlichen Besprechung, des Bewerbungsgesprächs oder einfach nur in der Kantine bzw. im Restaurant – der Phantasie des Rülpsenden sind keinerlei Grenzen gesetzt. In vielen Ländern wie angeblich auch in Frankreich – das behaupten allerdings nur sehr Böswillige – gilt es als eine Form der Etikette, den Koch nach einer wohlschmeckenden Mahlzeit durch laut vernehmbare Rülpser zu loben. Auch bei den Chinesen, Japanern und Vietnamesen haben Tischgeräusche wie Schmatzen, Rülpsen oder Schlürfen nichts Anrüchiges, sollten aber von Nichtchinesen aus Gründen der Glaubhaftigkeit nicht übertrieben lautstark vorgetragen werden.

Rülpser sind auch eine Möglichkeit, ein Lied oder ein Gedicht in einem Atemzug darzubieten. Dabei entlädt sich das Kunstwerk sozusagen auf einmal. Der aktuelle Weltrekord des lautesten Rülpsens wurde am 23. August 2009 vom Engländer Paul Hunn aus London aufgestellt. Gemessen wurden 109,9 dB(C), was deutlich über dem Lärm eines Presslufthammers in größter Nähe liegt.

Da ich zum Rülps-Thema keine besonderen eigenen Erfahrungen beitragen kann, möchte ich mit einem Bölk-Gedicht eines gewissen Kay Fischer das Thema abschließen:

Es rülpst der Elch im Abendlicht,
er hat die Müh', er hat die Gicht.
So rülpst er langsam und in Ruh',
da sieht er plötzlich eine Kuh.
Diese mit dem Euter winkt -
der Elch nun mit der Fassung ringt.
Doch da er hat die böse Gicht,
reicht es zum Rüberhüpfen nicht.
Dazwischen nämlich steht ein Zaun,
den hat der Bauer hingehau'n.
Der wusste schon, warum und wo,
jetzt wird der Elch erst recht nicht froh!
Doch die Kuh, gar nicht dumm
geht um den Kuhzaun außen 'rum.
Da wurd' nämlich ein Pfahl vergessen -
vielleicht wurd' er auch aufgegessen?
Mit viel Müh' und viel Geschick,
von einem Biber, klein und dick ...
So steht vor'm Elch nun diese Kuh
und fragt den Elch: "Sind wir per Du?"
Doch dieser rülpst vor Schmerzensgicht -
Da sagt die Kuh: "Na gut, dann nicht!"
und geht zurück auf ihre Wiese -
jetzt kriegt der Elch erst recht 'ne Krise:
Er rülpst ganz laut - das Herz bleibt steh'n,
nun wird er aus der Elchwelt geh'n!
Die Kuh gab ihm also den Rest,
seitdem spricht man von dem Elchtest!

Hotel California

Wir waren auf der schnellen Durchreise durch Frankreich auf dem Weg nach Katalonien. Da die Anreise bis Roses zulange war, entschieden wir uns für einen Zwischenstopp im Rhône-Tal zwecks erholsamer Übernachtung. Wir hatten nichts vorausgeplant und -gebucht, daher mussten wir eine Übernachtungsmöglichkeit finden, als uns der Zeitpunkt gekommen schien.

Bei Valence verließen wir am späten Nachmittag die A7, steuerten die Stadt an und machten uns auf die Suche. Nach etwas Herumirren durch die Straßen fanden wir das Hotel California, das nicht nur freie Zimmer hatte, sondern wo man auch bereit war, unseren Hund willkommen zu heißen.

Die Nacht war leider nicht ganz so erholsam wie erhofft, denn unser Zimmer hatte eine kleine Überraschung für uns parat, nämlich als Zudecke eine dünne, kratzige, angeschmuddelte Presswolldecke, eingeschlagen in ein Betttuch, das aber nicht daran befestigt war. Jede nächtliche Rollbewegung im französischen Bett führte zur sofortigen Trennung der beiden Lappen, so dass die Schlaferholung für uns aufgrund der nächtens stark fallenden Temperaturen (wir schlafen immer bei offenem Fenster, da wir den Erstickungstod fürchten) extrem begrenzt war. Mit anderen Worten, es war arschkalt und wir froren gehörig. Und wenn dann noch einer von beiden schnarcht, wird die Entspannung nicht besser, zumal das beste Oropax nur begrenzt hilft. Zwei Flaschen Côtes du Rhône hätten uns sicher mehr geholfen, aber unsere Vorbereitung auf die Nacht war leider nicht von Weitsicht geprägt gewesen.

Übrigens suchten wir am nächsten Tag an unserem Zielort Roses, nachdem wir unsere Ferienwohnung inspiziert hatten, als erstes einen Supermarkt auf, um ein Päckchen Sicherheitsnadeln zu erwerben, da sich das gleiche

Problem wie in Valence für die nächsten 14 Tage abzuzeichnen schien.

Dennoch will ich nicht klagen, ich hatte im Hotel California zwei ausgedehnte Tiefschlafphasen von 22:30 bis 24:00 und von 6:15 bis 6:45. Den Rest der Nacht beschäftigte ich mich mit Nasebohren, Gähnen, Frusten, Frieren, Schäfchenzählen, Oropaxkneten und Lappenzusammenführen. In der zweiten Tiefschlafphase unternahm ich verschiedentliche, vergebliche Versuche des Kaffeekochens, bis ich entnervt aufwachte.

Doch am Morgen gab es als Entschädigung eine angenehme Überraschung, als uns die Chefin darüber aufklärte, dass das Hotel California weltberühmt sei und ein Denkmal in der Popmusik gefunden habe. Sie berichtete uns, dass es 1966 als erstes in Valence eröffnet worden sei, bevor die Autobahn von Lyon nach Marseille existierte, dort 1969 „Les Eagles" abgestiegen seien und anschließend vor lauter Begeisterung und Dankbarkeit den Welthit „Hotel California" geschrieben hätten.

Der Text des Songs handelt davon, dass ein müder Reisender bei einem abgelegenen Hotel stoppt – das Valencer Hotel California liegt mitten in der Stadt –, um zu übernachten. Nach kurzer Zeit merkt er, dass die Hotelbewohner eine eingeschworene Gemeinschaft bilden. Obwohl sie gastfreundlich erscheinen, sind sie Gefangene ihrer Süchte, denen sie hemmungslos nachgehen. Wer das Hotel California (des Songs) einmal betreten hat, kann zwar wieder gehen, es jedoch nie wirklich hinter sich lassen. Eine andere Interpretation sieht das Hotel als Metapher für die Drogensucht. Genau wie bei dieser scheint es jeden Wunsch zu erfüllen, doch man kann es nicht mehr verlassen, genauso wie man von Drogen abhängig wird.

Unsere Begeisterung, rein zufällig an einem kulturhistorisch so bedeutsamen Ort abgestiegen zu sein, war zunächst groß, denn das war eine großartige Story. Die Chefin untermauerte sie mit Namen weiterer Stars, die in diesem plattenbauartigen, schmucklosen Kasten schon genächtigt haben sollen. Und wir waren vielleicht sogar im Zimmer eines der Barden oder zumindest eines Groupies untergekommen, sensationell!

Aber der Verdacht, verarscht worden zu sein, stellte sich bald ein, zumal es keinerlei Belege vor Ort gab wie z.B. entsprechende Fotos an den Wänden oder ein Gästebuch. Jedes normale Hotel hätte das marketingmäßig bis zum Erbrechen ausgeschlachtet. Auch auf der Homepage des Dreisternehotels (immerhin gab es eine solche) konnten wir keinerlei derartige Spuren entdecken.

Wieder zuhause konnte keine Recherche den Wahrheitsgehalt der Geschichte belegen, im Gegenteil: The Eagles haben immer verneint, dass es ein echtes Hotel California für sie gegeben habe. Die Geschichte hatte sich die Chefin entweder über Nacht für die blöden Deutschen ausgedacht oder sie war der lebendige Beweis für die größenwahnauslösenden Folgeerscheinungen ungebremsten Drogenkonsums.

Der Konzertbesuch

Es war Freitag, der letzte Tag einer stressigen Arbeitswoche. Ein Bekannter, nennen wir ihn Manuel, hatte für den Abend ein Konzert mit seiner Band in einem Kellerlokal in Sachsenhausen angekündigt, zu dem er uns herzlichst eingeladen hatte. Das Konzert sollte um 22 Uhr beginnen, anschließend würden sich weitere Musiker einfinden und man wolle bis in den frühen Morgen hinein jammen. Auch wenn das hieß, dass am Ende alle zusammen improvisieren würden, wäre es nicht so, dass keiner richtig spielen könne, sondern die Gigs seien von hoher Qualität und die Musiker erfahren. Trotzdem sei der Eintritt frei und wir sollten ruhig vorbeikommen. Wir würden einen wunderbaren musikalischen Abend genießen können, so machte uns Manuel das Event schmackhaft.

Den Freitagabend verbrachte ich normalerweise auf der Couch vorm Fernsehen und beim Krimi. So anfangs auch an diesem Abend, schließlich mussten wir erst um halb zehn, sofern wir pünktlich sein wollten, oder eine halbe Stunde später an der S-Bahnstation in Schwalbach sein. Die Identität der Leiche war gerade geklärt, als der Staatsanwalt – oder war es der Kriminalist? – ohne meine weitere Mithilfe, gar ohne meine Aufmerksamkeit den Mörder dingfest machen musste. Wie so oft freitags abends war ich nach kurzer Zeit tief weggesackt, um einen ersten Erholungsschlaf von den Anstrengungen der zurückliegenden Tage zu genießen. Meine Frau hatte währenddessen gebadet, sich für den vielversprechenden Abend zurechtgemacht und auch schon den Hund mit der abendlichen Gassirunde beglückt. Um kurz vor zehn, sehr kurz vor der S-Bahn-Abfahrt, weckte sie mich aus meinem Tiefschlaf und brauchte eine Weile, um mir den Ernst der Lage klarzumachen.

Als dies gelungen war, zog ich mir in größter Eile Schuhe und Jacke an und wir hetzten zum nahen Bahnhof. Doch der Zug war gerade weg, so dass wir uns mutig in eines der bereitstehenden Taxis warfen. Schließlich wollten wir unseren musikalischen Bekannten nicht enttäuschen, der uns am Nachmittag noch einmal an unsere Zusage erinnert hatte. Rein luftlinienmäßig war der Keller nicht weit weg, aber das Taxi musste durch Frankfurts Einbahnstraßengewirr einen strammen Mehrweg absolvieren, so dass wir für die Anreise flockige 35 € löhnen durften. Der Fahrer brachte uns brav vor den Eingang der Location, so dass sich unsere Verspätung im Zaume hielt.

Dort staute sich das Publikum vor der in die Tiefe führenden Treppe. Man kann sagen, eigentlich war die Treppe undurchdringlich verstopft, vermutlich der darunter liegende Keller erst recht. Es war so eng, dass die Leute ihr Getränkeglas, aus dem immer mal wieder etwas herausschwappte, hoch über ihrem Kopf hielten. Von unten kam uns ein unbeschreibliches Gewummer entgegen, das seinen Ursprung wohl in menschlicher Unterhaltung hatte, untermalt mit instrumentalen Klängen eines voluminösen Schlagzeugs und elektrisch verstärkter, verzerrt klingender Gitarren. Außerdem wurde auf der Treppe und vor dem Drei-Bembel-Keller kräftig geraucht, was nicht zu einer Verbesserung der Lebensbedingungen führte.

Mir war das eindeutig zu laut, zu verräuchert und zu vollgestopft. Mit kuscheliger Enge, die gemütlich sein kann, hatte dies nichts mehr zu tun; in einer japanischen U-Bahn zur Rushhour würde man mehr nachbarlichen Abstand haben. Also unternahm ich gar nicht erst den Versuch, mich in die Tiefe hinabzudrängeln, sondern ließ mich in der Nähe auf einer Treppenstufe nieder, um der Dinge zu harren, die kommen oder ausbleiben würden. Währenddessen stürzte sich meine Gemahlin todesmutig in die Menge, boxte sich eine Bresche in die Tiefen der

Katakomben und quälte sich durch die Menschenmenge, wo sie auf Manuel traf.

Sein Gig hatte noch gar nicht begonnen, er würde erst um Mitternacht auf der Bühne stehen, erklärte er ihr. Sie erklärte ihm, dass wir zwar jetzt da seien, guten Willens gewesen wären, aber nun schon die Schnauze vollhätten und uns wieder aus dem Staub machen würden, sofern sie lebendig nach oben käme. Das fand er sehr betrüblich, ab Mitternacht würde nicht mehr so viel los sein und besonders gemütlich würde es werden, wenn es am frühen Morgen mit der Jam-Session losginge. Weil ja in Sachs, wie der Stadtteil kurz genannt wird, die Leute vor Mitternacht schon wieder nach Hause gehen, mmh mmh, klar doch. Von unseren Töchtern wissen wir, dass in Sachs die Leute erst ab Mitternacht die Lokale stürmen. D.h. eigentlich war jetzt, um halb Elf, die Bude quasi leer.

Aber leer oder voll, beides war nicht toll. Daher verdrückten wir uns, nachdem sie unverletzt an die Erdoberfläche zurückgekehrt war, aus der Gasse und suchten eine der urigen Äppelwoi-Kneipen auf, um wenigstens etwas von Sachsenhausen verspürt zu haben. Diese war um die frühe Uhrzeit tatsächlich fast leer, so dass wir unser Stöffche schnell erhielten, noch ein zweites abkippten und uns kurz vor Mitternacht auf den Heimweg machten. Der S-Bahnhof war ganz in der Nähe, der Eingang aber wegen gerade laufender Reinigungsarbeiten geschlossen. Der zweite Eingang war 500 Meter weiter, dort hing auch ein Fahrplan, an dem wir die Abfahrtszeit „unseres" Zuges zu erkennen hofften. Doch schon wieder waren wir zu spät gekommen, die letzte S-Bahn kurz vor Mitternacht gerade abgefahren und der nächste Zug erst am späten Morgen nach sechs zu erwarten.

So ein Scheibenkleister, sollten schon wieder 35 € fällig werden für einen völlig in die Hose gegangenen Abend? Sah so aus. Und dann war nicht mal ein Taxi in Sicht. Ich war inzwischen wieder soweit wach, dass ich klar denken konnte und mutig vorschlug, die knapp 15 Kilometer nach Zuhause zu Fuß zurückzulegen. Ein sportlicher Fußmarsch durch das nächtliche Frankfurt und die umgebenden Felder bis zu unserem Heimatort würde uns sicher guttun und könne unterm Sternenhimmel romantisch sein, versuchte ich zu motivieren, schließlich war das Wetter recht gut, auf jeden Fall trocken und nicht zu kalt. Doch meine Gattin, die ihre Event-Schuhe anhatte, die nicht zum Laufen, auch nicht zum Stehen, geeignet waren, titulierte mich als oberbescheuert und sagte, ich solle mir gefälligst was einfallen lassen.

Dies ließ ich mir auch, immerhin hatte ich schon viele Filme gesehen, in denen der Held in New York oder Chicago auf einer vielbefahrenen Straße einfach den Daumen in die Höhe reckte und flugs ein Taxi aus dem Nichts auftauchte. Ich sagte, das sei in Frankfurt genauso, wir müssten nur eine vielbefahrene Straße finden. Diesen kleinen Weg könne ich ihr leider nicht ersparen. Die Rettung war höchstens 500 Meter weg. Aber die angespannte Stimmung ließ sich durch diese Rettungs-Offerte nicht auflockern, eher im Gegenteil. So wurde ich aufgefordert, ich solle doch mal unsere jüngere Tochter anrufen, die häufiger in Sachs unterwegs war, die wisse sicher, wie man um diese Uhrzeit kostensparend und fußschonend nach Hause käme.

Dieser Versuch schlug fehl, aber die ältere Tochter war erreichbar, ließ sich unser Anliegen vortragen und versprach, sich in Kürze zu melden, wenn sie uns einen Vorschlag machen könne. Nach zwei Minuten rief Vanessa zurück und meinte, in einer halben Stunde würde wieder ein Zug abfahren. Ich solle mal links oben unter der Rubrik 0-1 Uhr nachsehen. Ich hatte rechts unten unter 23-24 Uhr gesucht und nur gesehen, dass um 24 Uhr alle Verbindungen enden. Nicht nur klar, sondern auch logisch zu denken und dadurch herauszufinden, dass es fahrplantechnisch ein Leben nach 24 Uhr einfach geben muss, war mir ÖPV-

Ungeübten in diesem Moment der Frustanhäufung nicht vergönnt gewesen. Und sie hatte Recht, tatsächlich würden wir in Kürze mit der S-Bahn zurückfahren können.

Also kehrten wir zum Eingang der S-Bahn zurück, um festzustellen, dass jetzt dieser wegen Reinigungsarbeiten geschlossen war. Aber dafür war der andere wieder geöffnet und die Restzeit bis zur Abfahrt lang genug, so dass wir es schließlich schafften sollten, in den Besitz gültiger Fahrausweise und auf den Bahnsteig zu gelangen.

Was sich dann aber als doch nicht so ganz einfach herausstellte, wie wir dachten. Denn der Automat an diesem Eingang war defekt, es hing ein Schild mit der ermutigenden Aufschrift „Automat nimmt nur Münzen" daran. Vandalen hatten den Geldschein-Schlitz des Ticketautomaten verklebt, wohl mit Scheibenkleister. Dies war nun das nächste Problem, ich hatte nicht genügend Kleingeld bei mir. Nach einigen Minuten fand ich aber glücklicherweise einen Passanten, der mir bereitwillig und konstruktiv meinen 10 €-Schein zerkleinerte. Die Fahrt nach Hause verlief ohne weitere Zwischenfälle, auch der kurze Nachhauseweg vom Bahnhof bis zu unserer Wohnung.

Dass wir entfernungstechnisch mit dem vielen Hin- und Herlaufen zwischen Veranstaltungskeller, Kneipe, Eingang 1 zum S-Bahnhof, Eingang 2, vielbefahrener Straße, wieder Eingang 2 und schließlich zurück zu Eingang 1 fast schon ein Drittel unseres Nachhauseweges zurückgelegt hatten, behielt ich genießerisch für mich. Das wäre in dieser Lage bei meiner Mitreisenden nicht gut angekommen. Auch dass wir somit für vier kleine Gläser Äppelwoi alles in allem 50 € ausgegeben hatten, ließ ich unerwähnt.

Aber in unserer Erinnerung bleibt der Ausflug trotzdem als schöner Abend gespeichert. Auch meine Gattin konnte sich bald köstlich darüber amüsieren, nachdem sie ihre bequeme Hauslatschen angezogen hatte. Sogar Monate danach konnte sie bei der Erinnerung daran noch lange vor sich kichern.

Nach dem Gipfelsturm versumpft

Als Kind schon hatte ich mich für Erdkunde und fremde Länder interessiert und bin vermutlich das erste Mal beim Blättern im Atlas, was ich gerne tat, wenn ich aufgrund einer Krankheit im Bett bleiben musste, auf den Namen des exotisch klingenden Berges gestoßen. Oder vielleicht bin ich auch durch ein Bild oder einen Bericht in „Das neue Universum" aufmerksam geworden, einem jährlich erschienenen Sachbuch für Jugendliche, das viele Berichte über technische, kulturelle und sonstige Neuigkeiten enthielt sowie auch Abenteuererzählungen über ferne Länder und Völker.

Der Name des Berges blieb mir dauerhaft im Hirn haften, geriet aber nie stärker in den Vordergrund. In meiner Jugend hatte ich mit Laufen, Wandern und aktiver Körperertüchtigung wenig bis nichts am Hut, das kam erst später im Alter von 23 durch meine damalige Freundin. Mit ihr bin ich ab dieser Zeit einmal im Jahr nach Österreich zum Bergwandern gefahren, viel mehr an Bergen war nicht drin.

Mit 52 erfuhr ich durch einen Radiobeitrag, den ich zufällig auf einer längeren Autofahrt hörte, dass der Kilimanjaro 350 km südlich des Äquators ein Berg für „Normalsterbliche" sei. Es wurde über eine Wandergruppe mit älteren Menschen berichtet, von denen einige über 60 Jahre alt waren, als sie den Berg bis zum Gipfel bestiegen hatten. Alle waren von dem Erlebnis total begeistert, wodurch mein Interesse ernsthaft geweckt wurde. In dieser Zeit befand ich mich gerade mitten in der Alterspubertät, zu deren Bewältigung ich mir keine jüngere Freundin, sondern nicht-sexuelle Körperanstrengungen der besonderen Art suchte.

Nach dem Bericht recherchierte ich ein wenig im Internet und konnte feststellen, dass es viele positive

Erfahrungsberichte sowie erfolgreiche Tour-Anbieter gibt, den Trip bis zum Gipfel aber nicht jeder schafft, der es versucht. Ich besorgte mir entsprechende Lektüre und beschäftigte mich intensiver mit Afrikas höchstem Berg. An die konkrete Planung und Vorbereitung ging ich ab Mitte 2008. Schließlich buchte ich die Besteigung bei DAKS (Deutsche Alpin- und Kletterschule) und zum Jahresende stand ich tatsächlich in Tansania vor dem Berg meiner Träume.

Da ich zuvor noch nie in einer solchen Höhe gewesen war, hatte ich nicht nur die Kilimanjaro-Besteigung gebucht, sondern eine erweiterte Tour mit einem vorgeschalteten Berg, dem 4.562 m hohen Mount Meru, der 80 km westlich des Kibo liegt, wie der 5.895 m hohe Gipfel des Kilimanjaro-Massivs heißt. Meine „maximale Höhe" lag bis dahin bei ca. 3.700 m in den Alpen und war schon 20 Jahre her.

Der Gipfel des Mount Meru heißt seit den 1960er Jahren und der Regierungszeit von Julius Nyerere offiziell „Socialist Peak" und wurde von unserer kleinen Wandergruppe in einer 4-Tages-Tour (2,5 Tage hoch, 1,5 Tage runter) bestiegen. Ab einer Höhe von 2.500 m hatte ich mit starken Kopfschmerzen zu kämpfen, die sich weder mit Aspirin (innerlich) noch mit Pfefferminzöl (äußerlich) beseitigen ließen. Zu einer ersten Akklimatisation bestiegen wir am zweiten Tag einen Nebengipfel auf 3.800 m Höhe, um dann die Nacht vor dem Gipfelsturm in einer Hütte auf 3.500 m zu verbringen. Dies änderte allerdings nichts an meinem Kopfweh, das erst einen halben Tag nach Abstieg vom Socialist Peak wieder verschwand, dann aber auch nicht mehr während der Besteigung des deutlich höheren Kibo wiederkam. Insofern hatte der Akklimatisationsberg anscheinend doch seinen Zweck erfüllt.

Bei der Bewältigung des Nebengipfels hatte ich noch ein merkwürdiges Erlebnis insofern, dass ich mich hinterher nicht mehr daran erinnern konnte, sondern nur anhand meiner Fotos. Anscheinend war ich durch die schnelle Höhenüberwindung ein wenig ins Delirium geraten, so dass ich zwar mechanisch mitgelaufen war, aber mein Bewusstsein ausgeblendet hatte. Glücklicherweise war ich mit einer geführten Gruppe unterwegs gewesen, sonst hätte der Gang in einer Katastrophe enden können.

Das eigentliche Ziel bewältigten wir in sechs Tagen (4,5 Tage hoch, 1,5 Tage runter). Im Gegensatz zum Mount Meru hatte ich mich für eine Zelttour entschieden, was bei Übernachtungen in Höhen von über 4.000 m deftig kalt wurde. Bei zweistelligen Minusgraden und hoher Luftfeuchtigkeit war dies ein zweifelhaftes Vergnügen, aber eine einzigartige Erfahrung, wenn nachts das Wasser an der Zeltinnenseite herunterlief, bevor es gefror.

Auf der Tour durchquerten wir fünf Vegetationsstufen, angefangen bei der niedrigen Kollinen Stufe über den urwaldartigen Regenwald, wo wir fast im Matsch versanken, über das von riesigen Lobelien und Senecien durchsetzte Heideland bis 4.000 m Höhe, nachfolgend die trockene und vegetationsarme Alpine Vegetationsstufe bis zur noch öderen Nivalen Stufe ab 5.000 m, auf der die Kälte so intensiv und der Sauerstoffgehalt so gering ist, dass dort nur noch Flechten und die widerstandsfähigste Strohblumenart überleben können.

Am Tag vor dem Gipfelsturm befiel mich trotz aller essensmäßigen bzw. hygienischen Vorsichtsmaßnahmen eine heftige Schleuderverdauung, die mich während der eisigen Nacht dreimal aus dem Zelt trieb. Ich kam meinem unbremsbaren Ausscheidungsdrang in der Nähe des Zelts nach, aus Bequemlichkeit, wegen der Dunkelheit, wegen des unwegsamen Geländes, wegen des heftigen Drangs nach schneller Erleichterung und weil mich die dunklen, glitschigen – man darf seine Phantasie ruhig walten lassen, warum es um das Ausscheidungsloch im Boden glitschig war – Toilettenhäuschen nicht verführen konnten. Ich kam mir vor wie ein wandelnder Hochdruckreiniger, dessen Spritzdüse allerdings mit gegenteiliger Wirkung, nämlich innenreinigend, wirkte. Kennen Sie so etwas?

Die Erledigung des Geschäfts im frostigen Freien war vergleichsweise angenehm und fand unter sternenübersätem Himmel statt, so dass ihr eine gewisse Romantik abzugewinnen war, was zu einer kleinen Entschädigung für die damit einhergehenden Unannehmlichkeiten führte. Man musste zwar die gleiche Hocktechnik wie im Toilettenhäuschen anwenden, aber irgendwie war es draußen viel angenehmer, auch in eiskalter Nacht. Auch bei Regen wäre es vermutlich das kleinere Übel gewesen. Übrigens gingen auch die Einheimischen nicht auf die Häuschen, was sicherlich nicht nur damit zusammenhing, dass auf manchen die Aufschrift „Tourists Toilet" prangte.

Am frühen Morgen gab es ein weiteres Problem, das uns zum Glück direkt nur geringfügig betraf, aber für einige unserer einheimischen Begleiter tödlich hätte enden können (wir waren mit einer großen Mannschaft aus lokalen Führern, Trägern, Köchen und Wasserholern unterwegs gewesen). Beim Aufdrehen der Gasflasche zur Erwärmung von Trinkwasser gab es im Küchenzelt, das von unseren Schlafzelten 10 m entfernt war und in dem unsere Träger und sonstigen Helfer auch übernachteten, eine Stichflamme, die zum Abfackeln eines Teils des Zelts führte, bevor sie gelöscht werden konnte.

Ich hatte zwar um 6:00 morgens ein extrem lautes und plötzliches Zischen gehört, das Ähnlichkeit mit dem Befeuern eines Heißluftballons hatte, sowie aufgeregte Stimmen. Ich hatte die Geräusche aufgrund meiner morgendlichen Trägheit nach einer fast schlaflosen Eisesnacht und den ungeplanten Verdauungstätigkeiten nicht wirklich ernst genommen. Nach dem Aufstehen und Verlassen des Zeltes konnte ich den Schaden und die Ernsthaftigkeit des Vorfalls deutlich erkennen.

Vielleicht aufgrund der Verwirrung durch den Zwischenfall hat es an diesem Tag bei der Trinkwasserzubereitung nachhaltige Probleme gegeben, was wir allerdings erst später feststellten, als wir wieder unterwegs waren: Unser Wasser schmeckte extrem penetrant nach Petroleum, das in Kanistern mitgeführt und zum Essenkochen verwendet wurde. Wahrscheinlich war ein leerer, ungereinigter Petroleumkanister zum Trinkwasserholen verwendet worden. Das zubereitete Wasser war kaum genießbar; uns blieb aber nichts anderes übrig, als es trotzdem zu trinken, da man bei diesen außergewöhnlichen körperlichen Anstrengungen nun mal viel trinken musste.

Den Aufstieg zum Gipfel begannen wir um Mitternacht, nachdem wir zuvor in der Eiseskälte und dünnen Luft im Barafu Camp auf 4.600 m Höhe nur sehr kurz, wenn überhaupt, geschlafen hatten. Wir waren nicht die einzigen, die sich in dieser Nacht zum Kibo hochquälten, es waren noch einige hundert weitere Gipfelstürmer unterwegs. Die Spur der vielen, die bereits vor uns waren, war in der rabenschwarzen Nacht anhand der Stirnleuchten, die jeder angeschaltet hatte, zu sehen. Drehte man sich um und blickte schräg nach unten, war hinten ebenfalls eine endlose Lichterkette zu sehen.

Während des Aufstieges hatte ich große Mühen, wach zu bleiben. Schuld war mein geschwächter Körper, der fehlende Schlaf, die Eiseskälte, die dünne Luft und die dadurch bedingte extrem geringe Laufgeschwindigkeit. Kurz nach Sonnenaufgang erreichten wir am Stella Point ein erstes Zwischenziel auf 5.700 m Höhe, konnten uns ein wenig erholen, etwas essen und trinken und die grandiose Kulisse des Mawenzi, ein niedriger Nebengipfel in östlicher Richtung, vor der aufgehenden Sonne genießen.

Nun wachte auch langsam wieder meine Digitalkamera auf, die ich zwar zum Schutz vor der Nässe und Kälte in ein T-Shirt eingewickelt hatte, aber trotzdem fast eingefroren war. Dies zeigte sich in der Langsamkeit der Elektronik durch eigenartige Nachlaufeffekte beim Fokussieren, wodurch einzelne Motive in einen milchigen Schleier gehüllt wurden. Ich hätte mir in den Hintern gebissen, wenn sie am Gipfel versagt hätte.

Die restlichen zwei Kilometer bis dahin fielen uns relativ leicht, da uns die Sonne neues Leben einhauchte und wir den Rausch des Gipfeltriumphes verspürten. Die Freude bzw. Erleichterung, als wir den Kibo nach einem sanften Anstieg endlich erreicht hatten, war riesig und wurde sehr unterschiedlich gezeigt. Manche weinten, viele lachten und tanzten, alle umarmten sich, einer jonglierte mit 5 Tennisbällen und eine Gruppe von Islamisten rollte eine große arabische Fahne aus, skandierte unverständliche Parolen und machte wie besessen Fotos (ob Al Jazeera darüber berichtete, ist uns nicht bekannt).

Einer aus unserer Gruppe hatte einen Flachmann mit 56%-igem Schnaps mitgebracht, den er entzünden wollte (den Schnaps), was aufgrund der dünnen Luft oder Kälte nicht gelang. Als er seinen Versuch aufgegeben hatte, bot er uns den Schnaps zum Trinken an; auch das misslang, denn wir wollten noch keinen Alkohol.

Übrigens war bis 1952 die offizielle Höhe des Kibo 6.010 m, obwohl bereits 1889, dem Jahr der Erstbesteigung, eine deutsch-britische Grenzkommission die Höhe auf 5.892 m bestimmt hatte. Grund war, dass der deutsche Erstbesteiger Dr. Hans Meyer für die Kaiser-Wilhelm-Spitze, wie sie bis 1961 hieß, die Höhe so „festgelegt" hatte, damit auch Deutschland als Kolonialmacht von Deutsch-Ostafrika einen Sechstausender erhielt.

Unser Aufstieg in dieser Nacht war über 1.300 Höhenmeter und der Abstieg am gleichen Tag über 2.800 Höhenmeter zum Mweka Camp erfolgt, das wir in der Abenddämmerung erreichten. Eine absolut mörderische Tour!

Nach dem Abendessen wurden unsere Träger und sonstigen Hilfskräfte entlohnt, die sich mit dem Kilimanjaro-Lied (das Originallied in Swahili und nicht die Version von Andrea Berg) bedankten, und wir tranken unser erstes

Bier seit Beginn der Tour, was uns zusammen mit den durchlittenen Anstrengungen einen erholsamen Tiefschlaf bis zum nächsten Morgen verschaffte.

Der letzte Tag, an dem wir noch mal 3,5 km durch den Regenwald abwärts liefen, hatte eine unangenehme Überraschung für mich zu bieten. Ich hatte über Nacht einen sehr starken, trockenen Husten bekommen. Wahrscheinlich war die extrem eisige Luft der Nacht, als wir zum Gipfel aufstiegen, daran schuld, da ich meistens durch den Mund geatmet hatte, um mehr Luft zu bekommen. Der Husten wurde erst nach einigen Tagen besser, als ich schon wieder zurück im nasskalten Deutschland war.

Für einen Teilnehmer der zweiten DAKS-Gruppe hatte dieser Morgen eine deutlich unangenehmere Überraschung parat. Er hatte am Vorabend seinen Rucksack vor das Zelt gestellt, da der Platz in den kleinen 2-Mann-Zelten sehr begrenzt war. Im Rucksack hatte er keine wirklichen Wertsachen wie Geld oder Ausweis verwahrt. Diese trug er in einer Brusttasche mit sich. Er hatte aber seine Kamera im Rucksack gelassen. Am Morgen, als er sein Zelt verließ und den Rucksack greifen wollte, war dieser verschwunden mit samt der Kamera und, sozusagen, den dokumentierten Kilimanjaro-Erinnerungen. Sein Frust muss riesengroß gewesen sein, es war ihm deutlich anzusehen, was ja auch nachfühlbar war.

Rückblickend, zehn Jahre und zehn Kilogramm Körpergewicht weiter, muss ich leider feststellen, dass ich diese 80-km-Tour mit summiert 7 km Höhenunterschied (weil es mehrmals auf und ab ging) heute nicht wieder bewältigen könnte. Ich hatte zwar alterspubertierend noch andere körperliche Anstrengungen wie Marathonläufe und die Teilnahme am 100-km-Lauf in Biel auf mich genommen, aber die Kili-Tour dürfte die anstrengendste, wenn auch schönste gewesen sein.

Der letzte vollständige Aufenthaltstag in Tansania war zuerst der Erkundung des zu unserem Hotel nahegelegenen Regenwaldes, danach der Stadt Moshi gewidmet, beides zu Fuß. Der Spaziergang durch den Regenwald sollte zwei Stunden dauern und von Elia, dem Torwächter unseres Hotels, geleitet werden. Elia vom Stamm der Massai trug einen stammestypischen blauen Umhang und führte einen langen Stock mit, auf den er sich zur Erholung gerne abstützte. Er war immer sehr freundlich, gut gelaunt und keinem Scherz abgeneigt.

Auf dem Weg zum Regenwald durchquerten wir ausgedehnte Reisfelder. Diese sind von Wasser durchflutet und werden von einander durch kleine, unebene, aus Erde geformte Stege getrennt, die 20 cm oberhalb der Wasseroberfläche enden, 30 cm breit und abgerundet sind und zwischen den Reisfeldern hindurchführen. Auf diesen glitschigen Erdstegen balancierten wir entlang, Elia vorneweg, ich am Ende, da ich zum Fotografieren häufiger kurz anhielt, die anderen vor mir, scheinbar schneller werdend, um endlich in den versprochenen Urwald hineinzukommen.

Ich hatte das Gefühl, ich sollte mich mehr beeilen, um mitzuhalten, musste jedoch zum Knipsen ab und zu anhalten, bis in einer Sekunde der Unachtsamkeit (das eine Auge nach unten auf den Weg gerichtet, das andere zur Seite nach Fotomotiven ausschauend) das passierte, was vermutlich Elia – so wurde später schadenfroh vermutet – meistens mit seinen Gruppen erreichte, dass nämlich einer der Teilnehmer auf dem Steg ausrutschte und in die matschigen Reisfelder abglitt. Im Falle unserer Gruppe kam mir die Ehre als Trottel zu.

Um den „Unfall" gründlich zu gestalten, rutschte ich erst mit dem linken Fuß in das Reisfeld linkerhand aus, warf mich dann gleichgewichtsuchend nach rechts, um mit dem anderen Fuß ins rechte Reisfeld abzurutschen, so dass ich am Ende breitbeinig, mit dem Rücken erst auf, danach neben dem Steg, also im Sumpf lag. Das hatte zwar den Vorteil, dass ich von vorne betrachtet sauber blieb, aber angefangen von den Schuhen über die Jeans, das Sweat-shirt und den Rucksack – die Kamera hatte ich vor mir auf der Brust, sie blieb also zum Glück sauber – rückwärtig komplett mit braunem Schlamm bedeckt war.

Alle machten ein total ernstes, betroffenes Gesicht, was ich vermutlich an ihrer Stelle auch hinbekommen hätte – ich kenne Frauen in Deutschland, sogar bei mir zuhause, die hätte es in diesem Moment vor Ernsthaf-tigkeit förmlich zerrissen –, bis ich mich nach einigen Se-kunden gegen die Überraschung und das Gewicht des Schlammes ankämpfend mühsam hochgerappelt hatte und mit zittrigen Beinen auf dem Steg mein Gleichgewicht zu halten versuchte. Elia kam schnell zurück und begann mit seinem Massai-Umhang, den er in das Reisfeldwasser tauchte, mich „zu reinigen", was einigermaßen erfolglos blieb, jedoch zu einer gewissen Gleichverteilung der Ver-schlammung auf meiner Jeans führte.

Da ich in meinen beiden rückwärtigen Gesäßtaschen zwei Portemonnaies mit Geld verschiedener Währungen sowie meine Ausweispapiere hatte, kamen auch diese nicht ungeschoren davon. Elia widmete sich mit akribi-scher Sorgfalt meinem Reisepass, zwischen dessen Sei-ten ein halbes Kilo Schlamm klebte, um diesen (den Pass) wieder in einen einigermaßen ansehnlichen Zustand zu bringen. Wenigstens tat er einiges zu meiner Entschädi-gung für den Spaß, den er vermutlich nur mit Mühe unter-drücken konnte. Meine Mitläufer konnten ihre Schaden-freude vollständig unterdrücken, ich musste nichts unter-drücken, ich konnte in dem Moment nicht mal weinen oder über mich lachen. Heute erzähle ich gerne davon.

Nach der Stadtbesichtigung und dem Abendessen ver-brachten wir den Abend in einer nahegelegenen Einheimi-schenkneipe und nahmen das verdiente Tagesabschluss-bier der Marke Serengeti zu uns, „dem einzigen Bier in Tansania mit 100% Malzanteil, einzigartig erkennbar durch das edle Etikett mit dem Leoparden". Der Gersten-

Smoothie dort war deutlich günstiger als im Hotel, was nicht verwunderlich war. Außerdem mussten wir nach den anstrengenden Tagen davor gewissenhafte Maßnahmen zur inneren Desinfektion und gegen die Unterhopfungsgefahr einleiten.

Während unseres Aufenthaltes in dieser Einheimischenkneipe, durch die ab und zu Hühner, Eidechsen und Geckos huschten, fielen uns kleine Plastiksäckchen auf, die auf dem Lehmboden herumlagen. Nach näherer Inspektion fanden wir heraus, dass es sich dabei um Konyagi-Tütchen handelte. Konyagi ist ein tansanischer Zuckerrohrschnaps mit 34% Alkoholgehalt, der offensichtlich in kleinen Plastiksäckchen der Füllmenge 0,1 Liter und in Viertelliter-Plastikflaschen angeboten wird. Eine solche besorgten wir uns, ließen sie kreisen und stellten fest, dass man das Zeug zwar trinken kann, der Verzicht darauf aber nicht schwerfallen sollte.

Nach einigen Hopfenkaltschalen schwankten wir zum Hotel zurück, um im dortigen Garten die wirklich letzten Tagesabschlussbierchen zu nehmen. Um 22:00 hatten wir endgültig genügend Bettschwere, so dass wir – so hofften wir – schlafend die Nacht im stickigen Hotelzimmer verbringen können sollten, ohne vom Muezzin um 4 Uhr in der Frühe geweckt zu werden. Dies gelang trotzdem nicht jedem.

Nach dem Frühstück mussten wir die letzten Stunden bis zur Abfahrt zum Flughafen irgendwie rumkriegen. Was hätte da näher liegen können, als zum Frühschoppen noch mal zu der Kneipe vom Vorabend zurückzukehren. Es war nicht viel los, so dass sich der Besitzer, Mr. Matemba, persönlich um unser Wohl kümmern konnte. Wir erwähnten in unserer Leutseligkeit, dass dies leider unser letzter Besuch sei, da es heute zurück nach Deutschland ginge. Als die Mittagszeit nahte, beschlossen wir zu zahlen. Wir hatten vorher genau ausgeklügelt, was wir zu zahlen hatten, unser Bierkonsum ging genau mit unserem Restbestand an tansanischen Shilling auf.

Mr. Matemba machte uns jedoch unmissverständlich klar, dass wir deutlich mehr als am Vorabend zu zahlen hätten, da die „Regierung heute Nacht mit sofortiger Wirkung eine 30%ige Erhöhung der Alkoholsteuer beschlossen hat", was im Radio bekannt gegeben worden sei. Bei dieser hanebüchenen Lüge blieb er unnachgiebig auch nach allen Diskussions- und Argumentationsversuchen unsererseits. Wir hätten wohl lieber nicht erwähnen sollen, dass dies unser letzter Besuch war. Zumindest hatten wir etwas für unseren nächsten Tansania-Aufenthalt gelernt, falls wir jemals zurückkommen und wieder eine Einheimischenkneipe aufsuchen sollten. Zum Glück hatten wir für die Zeche noch genügend viel an amerikanischen Dollars übrig.

Alles in allem war dieser Urlaub ein einzigartiges Erlebnis, das ich nicht missen möchte, trotz der ungeheuren Anstrengung, dem Sumpfausflug und den ernüchternden Erfahrungen mit der Preisgestaltungskreativität in tansanischen Kneipen.

Verbuddelte Bembel

Im Jahr 2014 unternahm ich eine Rundreise durch Georgien. Mein Interesse an der Kaukasus-Region war schon vor einiger Zeit entstanden und hatte lange in mir tatenlos geschlummert, bis ich endlich zu Potte kam. Zunächst hatte ich zwischen Armenien und Georgien als Reiseland geschwankt, beides auf einmal wollte ich nicht machen, und schließlich setzte sich Georgien durch. Armenien würde noch ein paar Jahre warten müssen.

Während den Vorüberlegungen stieß ich auf viele Gründe, warum die Region zwischen dem Schwarzen und dem Kaspischen Meer sehens- und erlebenswert ist: Gastfreundschaft der Leute, geographische, ethnische und kulturelle Vielfalt, exotisches Essen, leckerer Wein, sehr wechselhafte Geschichte, fruchtbare Landschaften, mildes bis subtropisches Klima, hohe Berge, einzigartige Baudenkmäler, etliche UNESCO-Welterbestätten u.v.m. Alle diese Aspekte fand ich dann auf der Reise auch vor, Georgien ist wirklich ein tolles Reiseziel. Besonders viel habe ich über das Weinthema gelernt, deswegen möchte ich hier ein paar meiner Erkenntnisse und Erfahrungen widergeben.

Weltweit soll es 4.000 Rebenarten geben, von denen 500 (nach einer anderen Quelle sogar 1.000) allein in Georgien vorkommen sollen. Von vielen wird Georgien sogar als Wiege des Weins verstanden, da er dort schon seit über 7.000 Jahren angebaut wird. Allerdings dürfte ein normalgebildeter West- oder Mitteleuropäer von den georgischen Sorten kaum etwas gehört haben: Saperawi, Odschaleschi, Rkatziteli, Mtswane, Chichwi, Zolikouri usw. Meistens werden die Weine nach dem Herkunftsgebiet benannt und sind dann Verschnitte, z.B. Zinandali, Gurjaani oder Kindsmarauli.

Obwohl die Weinproduktion in Georgien schon sehr mechanisiert und europäisiert ist, pflegen viele Bauern noch die georgische Weise, bei der die frischen Trauben in einem Bottich („Marani") mit bloßen Füßen getreten (gekeltert) werden und, nach der Gärung des Saftes („Matschari"), der junge Wein in Tongefäße („Kvevris") geschüttet wird, wo er in Ruhe reifen kann. Diese sehen wie überdimensionale Bembel aus und sind im Boden eingelassen. Sie haben ein Fassungsvermögen von mehreren hundert bis zu zweitausend Litern. Sie werden mit einem Stein versiegelt, der mit Ton und Holzasche abgedichtet ist, damit kein Schimmelpilz eindringt. In diesen irdenen Gefäßen bleibt der Wein, bis er ausgereift ist.

Es handelt sich historisch betrachtet um die weltweit älteste Form der Weinherstellung, die 2013 in die Repräsentative Liste des immateriellen Kulturerbes der Menschheit der UNESCO aufgenommen wurde. Angeblich soll sogar das Wort „Wein" seinen Ursprung im georgischen Wort „Gwino" haben, auch weltberühmte Schriftsteller, Dichter oder Reisende haben Georgien als die Urheimat des Weins gelobt.

70% des georgischen Weines wird in der strukturschwachen Provinz Kachetien erzeugt, das im Süden und Osten an Aserbaidschan und im Nordosten bzw. Norden an die russischen Teilrepubliken Dagestan und Tschetschenien angrenzt. In Kachetien, das ein Sechstel der Fläche Georgiens umfasst, lebt ein Zwölftel der georgischen Bevölkerung, was ungefähr der Einwohnerzahl Bonns entspricht.

Auf meiner Rundreise durch Kachetien haben wir (ich war mit einer kleinen Reisegruppe unterwegs) einen solchen traditionellen Weinbauern besucht. Er zeigte uns seinen Weinkeller mit den im Boden eingelassenen Kvevris (weitere Schreibweisen: Quevri, Kwewri) und ließ uns einige Weine kosten, die zwar gut verträglich waren, sich aber geschmacklich deutlich von einem Riesling, Chardonnay, Dornfelder oder Tempranillo unterschieden – vielleicht war der kernige Geschmack georgischer Füße eine Spur zu dominant. Weinproben sind in Kachetien sehr beliebt und werden demzufolge auch in nennenswertem Umfang touristisch angeboten. Hierfür existiert eine eigene Infrastruktur, die von Weinproben bei einzelnen Winzern bis hin zu solchen in eigens für diesen Zweck eingerichteten Hallen bei eher industriell erzeugenden Weinbaubetrieben reichen. Tourismus und Weinbau sind die wichtigsten Wirtschaftszweige Kachetiens.

Nach dieser Weinprobe kehrten wir in unser Übernachtungsziel, einem einfachen Landhotel in Telawi ein. Die kachetinische Verwaltungshauptstadt hat zwischen 20.000 und 30.000 Einwohner (die verfügbaren Angaben klaffen weit auseinander), ist 300 Jahre älter als die georgische Hauptstadt Tiflis und liegt im Flusstal des Alasani, das für den Anbau vieler populärer Weine berühmt ist, u.a. den trockenen Weißwein Zinandali. Dieser ist ein Verschnitt mit starker, fruchtiger Blume, der vor allem im Sommer als Dessertwein verwendet wird und sogar europäische Weine gewöhnte Gaumen begeistern kann.

Im Hotel setzten wir zum und nach dem Abendessen vorsichtshalber unsere Weinprobe fort, um nicht zu oberflächlich bei der Qualitätsbeurteilung zu bleiben. Um zwischen den Tests wieder ein neutrales Geschmacksgefühl herzustellen, führten wir den önologischen Reset mithilfe von Tschatscha herbei. Das ist ein georgischer Tresterbrand, der auf dem Land als Schwarzbrand für den Privatgebrauch sehr verbreitet ist und einen Alkoholgehalt zwischen 45 und 60% hat. Der auch georgischer Wodka genannte Schnaps wird aus allem Möglichen gebrannt wie z.B. Weintrauben, Feigen, Mandarinen, Apfelsinen oder Maulbeeren.

Ob es wohl am Tschatscha lag, dass ich in der Nacht mit meinem Bett ein kleines Problem hatte? Es bot mir zunächst nur einen dünnen Bettdeckenbezug als Decke an, also ohne Füllung; im Schlafzimmerschrank fand ich aber eine Wolldecke, die ich oben auf den Bezug legte, also nicht hineinfummelte, da ich hierzu nach dem kachetinischen Weingenuss unfähig oder zu faul war. Dieses Arrangement zwang mich, mich nachts nur vorsichtig umzudrehen, um es nicht zu zerstören. Trotzdem lag ich am Morgen nach dem Aufwachen direkt unter der kratzigen Wolldecke, den Bettdeckenbezug hatte ich wie einen Schal um den Hals gewickelt.

Als wenn es nicht genug gewesen wäre, unternahmen wir nach dem Frühstück und einem kleinen Rundgang durch Telawi, noch vor dem Mittagessen, eine weitere Weinprobe – diese ungewöhnliche Reihenfolge hatte sich unser Reiseveranstalter ausgedacht. In Kwareli unweit der dagestanischen Grenze verkosteten wir in der „Weinfabrik" Kindzmarauli den schon genannten Zinandali und drei weitere Sorten. Der Internetseite der Georgian Wine Association konnte ich entnehmen, dass Kindzmarauli am Anfang des 18. Jh. gegründet worden war und vor allem der Versorgung der königlichen Familie dienen sollte. Seitdem soll die Fabrik über 150 Auszeichnungen (meistens Goldmedaillen) erhalten haben, auch auf internationalen önologischen Gipfelkonferenzen in New York und Paris.

Vor der Probe führte uns eine nette Mitarbeiterin durch die Produktionshallen, wo sowohl nach georgischer als auch nach europäischer Art Wein hergestellt wird, zeigte uns verschiedene Gerätschaften und ließ uns zur Mittagszeit vier verschiedene Weinsorten kosten. (Witziger Weise kaufte keiner von uns Wein im zugehörigen Shop, sondern fast alle kauften Schnaps, vor allem Tschatscha und georgischen Cognac.) Sie informierte unsere Gruppe auch über den durchschnittlichen Prokopf-Weinkonsum der Georgier, nämlich 160 Liter jährlich!

Diese unglaubliche Menge konnte ich allerdings nicht verifizieren. Im Internet fand ich eine Statistik des kalifornischen Wine Institute (wineinstitute.org), die für 2011 den größten Verbrauch im Vatikanstaat mit 62 Litern (hatte 2009 angeblich noch bei 78 Liter gelegen) auswies. Andere Staaten wie Frankreich (46 Liter), Italien (38 Liter) oder Deutschland (24 Liter) müssen sich vor den Klerikern eigentlich schämen, obwohl der Verbrauch pro Erwachsenem deutlich höher liegen dürfte, wenn man die Kinder herausrechnet, deren Anzahl im Falle des Vatikanstaats vermutlich vernachlässigt werden kann. Nach dieser Liste liegt der georgische Konsum nur bei 20 Litern, was Platz 40 entspricht.

Andererseits soll im Mittelalter der Weinkonsum in Deutschland um das Zwanzigfache höher gewesen sein als heute, also ca. bei 500 l pro Kopf und Jahr, da sauberes Trinkwasser rar war und Wein zu den reinen Nahrungsmitteln gehörte. Vielleicht war das auch in Georgien heute noch der Fall, ich habe aber mit dem dortigen Trink- bzw. Leitungswasser keine schlechten Erfahrungen gemacht.

Wie die Dame zu ihrer Zahl kam, ist mir schleierhaft. Der Weinkonsum, auch die Produktion, scheint auf jeden Fall extremen Schwankungen zu unterliegen. Zu sowjetischen Zeiten fand georgischer Wein in der UdSSR reißenden Absatz. Aber in den 1980er-Jahren wurden durch Gorbatschows Anti-Alkohol-Kampagne wertvolle Weingüter vernichtet, andere Märkte konnten nicht erschlossen werden. Nach Georgiens Unabhängigkeit 1991 wurde der russische Boykott georgischer Produkte ausgeweitet, wodurch die georgische Wirtschaft insgesamt und die Weinproduktion im Besonderen schwer und nachhaltig getroffen wurde.

Vom hohen Weinkonsum berichtete schon Alexandre Dumas, der die Georgier neben den Russen als trinkfestestes Volk ansah (s. alexikon.wordpress. com):

Über die Flüssigkeiten, die dabei vertilgt werden, kann ich besser Auskunft geben. Die mäßigen Zecher trinken (beim georgischen Mahl) fünf bis sechs

Flaschen Wein, die gewaltigen »Schläuche« zwölf bis fünfzehn. In Georgien ist es eine Ehre, seinen Nachbar im Trinken zu überbieten. Zum Glück ist der dortige äußerst angenehme Wein nicht stark, d.i. er steigt nicht zu Kopfe. Die Georgier aber schämen sich, ihre zehn bis zwölf Flaschen zu trinken, ohne berauscht zu werden; sie haben einen Behälter erfunden, der ihnen wider ihren Willen, oder vielmehr wider den Willen des Weins, einen Rausch anhängt. Es ist eine Art Amphora, die man eine Gulah nennt. Die Gulah, in der gewöhnlichen Form eine bauchige Flasche mit langem Halse, nimmt in ihre Öffnung nicht nur den Mund, sondern auch die Nase des Trinkers auf, so dass dieser nicht nur den Wein, sondern auch den Weindunst einzieht. Während also der Wein hinunterläuft, steigt der Dunst auf, und der Kopf wird zugleich mit dem Magen voll.

Noch heute ist Wein als Bestandteil der Kultur in keinem transkaukasischen Land so weit verbreitet wie in Georgien. Hier haben selbst die Grabsteine der Nationalhelden die Form von Reben und Trauben. Wenn der Georgier Hochzeit feiert, sollte der Brautvater als Ausrichter einer traditionellen Hochzeit fünfhundert bis tausend Liter Wein bereithalten. Eine weitere Tradition richtet sich nach dem Lebenszyklus: Wenn ein Junge geboren wird, füllt man einen Quevri mit jungem Wein. Jahre später, wenn der herangewachsene Mann eine Frau gefunden hat und heiratet, kredenzt man den Wein zu seiner Hochzeit.

In diesem Zusammenhang ist eine wichtige georgische Einrichtung zu nennen, der Trinkmeister oder Tischleiter, genannt Tamada, bei einem Festessen, zu dem es in Georgien keines besonderen Anlasses bedarf. Er sorgt für einen geordneten und ritualisierten Ablauf eines Gelages, bringt Trinksprüche (Sadgegrdselo) aus und lässt Lieder singen. Er sollte eloquent, intelligent, schlagfertig und scharfsinnig mit einem guten Sinn für Humor sein, weil oft einige der Gäste versuchen, in Bezug auf die Trinksprüche mit ihm zu wetteifern.

Er bringt seine Trinksprüche in einer festgelegten Reihenfolge aus. Zuerst trinkt er auf das Wohl der Familie, die eingeladen hat. Trinksprüche auf Georgien und auf das Andenken der Verstorbenen und Helden dürfen nicht fehlen, so zeigt man seine Heimatliebe und ehrt die Verstorbenen. Man trinkt normalerweise auf Eltern, Freunde, Verwandte und Abwesende, auf die Liebe und die Frauen, die Kinder und die Alten, auf die Freundschaft, auf die Wechselfälle des Lebens, auf den Wein und gutes Gelingen in allen Angelegenheiten, auf alles, was das Herz erfreut, begehrt und erschwert, auf die Vergangenheit und Zukunft von Georgien, eigentlich auf alles und jeden. Jeder Trinkspruch ist aus dem Herzen gesprochen, und oft paaren sich Weisheit mit Humor, Poesie mit Esprit. Zum Tamada muss man wohl geboren sein. So erfährt man bei „Georgia insight":

Tamada ist in der Regel jemand mit Erfahrung. Er muss körperlich den Anforderungen gewachsen sein, eine gewaltige Menge Wein vertragen und dabei geistig rege bleiben, denn bei den nun folgenden Trinksprüchen sind Kreativität, Scharfsinn, Originalität und Witz gefordert.

Aber zum leistungsfähigen Weintrinker kann sich jeder hin entwickeln, das ist eine reine Trainingssache. Man darf sich nur nicht vom russischen Sprichwort „Trinken ohne Trinkspruch ist Trunksucht" demotivieren lassen. Die Georgier singen und trinken gerne und viel, oft stundenlang, daher muss einer den Überblick behalten und für Ordnung sorgen, obwohl der Tamada traditionell am meisten trinkt. Aus meinem Georgien-Reiseführer vom Trescher-Verlag habe ich erfahren:

Und zu einem Festmahl gehört Wein, der nie ausgehen darf und den die Georgier trinken wie Wasser, was den genügsamen Mitteleuropäer zu Ges-

ten der Verwunderung hinzureißen vermag, wenn er denn nach dem achten Liter noch dazu in der Lage ist. Die ungeschriebenen Gesetze des Gastmahls verbieten es, die eigene Trunksucht zu zeigen, und in der Regel wird dieses eherne Gesetz eingehalten.

In Tiflis steht mitten in der Altstadt in der Sioni-Straße die Bronzestatue eines sitzenden Männchens mit Trinkhorn, die einen Tamada darstellt. Sie ist eine vergrößerte Nachbildung einer Skulptur, die in Westgeorgien ausgegraben wurde und auf das 7. Jh. datiert wird.

Nach meiner Georgien-Reise habe ich mir vorgenommen, meiner Hausärztin beim nächsten Check-Up, wenn sie mir mal wieder weniger zu trinken nahelegen sollte, die georgischen Weinkonsumgepflogenheiten darzulegen. Immerhin ist das Durchschnittsalter der georgischen Bevölkerung nur knapp 6 Jahre geringer als das der deutschen. Dem Verständnis meiner Ärztin nach sind max. zwei Gläser Rotwein pro Tag die gesundheitsungefährliche Obergrenze. Bei den Franzosen geht es eher in Richtung von zwei Flaschen, dort würde meine Ärztin nur mitleidvoll belächelt werden. In Georgien ist man vermutlich noch gesund, wenn man schon eine alkoholische Leberzirrhose hat.

Vollmond-Pilze

Als unsere Tochter 12 war, waren wir das erste Mal in Ueckermünde am Stettiner Haff zum Urlaub. Danach ein weiteres Mal, da war sie 14, als sich das ereignete, wovon ich berichten möchte.

Susie hatte von Geburt an ein ausgeprägtes Feuermal (Naevus flammeus) an der Rückseite des linken Beines, das sich von der Ferse in großflächigen, stark geröteten Flecken bis zur linken Pobacke erstreckte. Das hatte sie schon als Kind, glücklicherweise aber nicht im Gesicht oder am Hals wie bei vielen anderen. Trotzdem sah man es, wenn sie schwimmen ging oder einen Rock trug. Als sie älter wurde, schämte sie sich deswegen immer mehr und ging schließlich auch nicht mehr ins Schwimmbad, obwohl sie eine begeisterte Schwimmerin war.

Von anderen Kindern und auch von Erwachsenen wurde sie häufig darauf angesprochen, manchmal auch gehänselt (oder gegretelt?), was natürlich sehr an ihrem Selbstbewusstsein kratzte. „Kinder dagegen können ja durch ihre unverblümte Direktheit richtige Kack-Bratzen sein und so wurde der Gang auf den Schulhof das ein oder andere Mal zu einem Walk-of-Shame", so hat es eine andere Betroffene einmal treffend formuliert.

Viele betrachteten diese gutartige Gefäßfehlbildung, die nur 0,2-0,3% der Kinder betrifft, als Makel, es passte nicht zum allgemeinen Schönheitsideal. Keiner sagte: „Boah, geil, ich will auch sowas." Manche sahen es als Zeichen aus einem früheren Leben an, das auf vormaliges Hexendasein hindeutete, was mit dem Tod durch Verbrennung beendet worden war. In Deutschland glauben 22% der Leute fest daran, dass es ein Leben nach dem Tod gibt. Kann also durchaus sein, dass man im vorherigen Leben mal eine Hexe gewesen ist. Wer will das schon zugeben?

Im Falle von Susies Flammenmal kursierte in Verwandtschaftskreisen das Gerücht, dass der übermäßige Peperoni-Genuss ihrer Mama während der Schwangerschaft schuld sei. Dabei sei das scharfe Capsaicin vom Magen oder Darm in die Gebärmutter diffundiert und habe pränatale Verbrennungen verursacht. Dieser Theorie wollte sich allerdings kein Arzt anschließen, auch kein Schamane.

Unter testedich.de kann man übrigens anhand von 10 Fragen herausfinden, ob und was man im Leben davor gewesen war. Als ich mich einst durch den leider nur für junge Frauen konzipierten Test durchklickte, bekam ich als Ergebnis, dass ich früher ein Bauernmädchen gewesen war, in meinem Fall dann vielleicht wohl eher ein Knecht, denn „die Natur, die Romantik und die Harmonie" seien mir wichtiger „als Geld, Macht und Luxus". Und weiter: „Dein Ziel ist ein glückliches ruhiges Leben, und das kannst du heute wie damals erreichen. Auch wenn es in unserer Zeit nicht mehr so viele ruhige und naturbelassene Orte gibt wie damals, wirst du sicher in einer eher ländlichen Gegend dein Glück finden. Stress, Hektik und Habgier in der Großstadt sind jedenfalls nicht dein Ding." Das passte sogar, nur schade, dass ich das nicht schon vierzig Jahre früher gewusst hatte.

Aber zurück zu Susie. Als sie noch in die Grundschule ging, hat sie das Feuermal so sehr belastet, dass sie schließlich auf Hinweis eines Hautarztes und nach Beratung im Krankenhaus in eine Laserbehandlung an der Uniklinik Frankfurt einwilligte. Hauptsache, das Schandmal kam endlich weg. Diese Behandlung mit einem sog. Blitzlampen-gepumpten Farbstofflaser (Flashlamp pumped dye laser, FPDL) ist sehr schmerzhaft, langwierig und kostenintensiv, führt aber glücklicherweise nur sehr selten zu Folgeschäden wie Vernarbung. Leider ist der Erfolg der mehrjährigen Behandlung nicht zwangsläufig gegeben.

Da die rein kosmetische Überdeckung (Camouflage) des Feuermals auch sehr aufwändig und obendrein kurzlebig war, ließ sie die Laserbehandlung jahrelang über sich ergehen. Nach einigen Jahren, schon zu Beginn der Pubertät, war klar, dass sich das Feuermal nicht vollständig beseitigen lassen würde, obwohl es teilweise zu einer Aufhellung gekommen war. Aber die zu behandelnden Flächen und die dadurch entstehenden Schmerzen waren auf Dauer einfach zu groß.

So ergab sich zufälligerweise während unseres Urlaubs in Ueckermünde eine neue Hoffnung auf Beseitigung der Portweinflecken, wie das Feuermal wegen der Dunkelfärbung der betroffenen Hautpartien auch genannt wird. Die Vermieterin unserer Ferienwohnung, die Susies Besonderheit gesehen hatte, gab uns zwei Hinweise. Zuerst wollte sie uns zu einer Kräuterhexe schicken, die irgendwo im Wald zwischen Ueckermünde, Luckow und Eggesin hauste. Diese würde seltene Kräuter sammeln und zu einer außergewöhnlich wirkungsvollen Tinktur destillieren. Nähere Angaben über die Kräuterfachfrau waren nicht zu erhalten, uns begeisterte der Vorschlag daher nur mäßig.

Auf fruchtbaren Boden dagegen fiel ihr Hinweis, dass der Inhaber des Pilzmuseums in Ueckermünde über besondere heilerische Kräfte verfügen solle. Auch ohne medizinische Ausbildung sei er ein Anhänger der ganzheitlichen Heilkunst und habe sich auf Pilze als Arzneiquelle spezialisiert. Er ziehe aus Pilzextrakten besondere Stoffe, um damit Therapien und präventive Maßnahmen zur Bekämpfung von Hauterkrankungen und Neurodermitis durchzuführen.

Da wir sowieso vorhatten, das Pilzmuseum zu besichtigen, kamen wir bald mit dem Mykoschamanen in Kontakt – mir persönlich wäre ja ein Pilsheilkundler lieber gewesen. Er erläuterte uns, dass die Behandlung von Krankheiten mit Hilfe von Pilzen (auch Mykotherapie oder Pilzheilkunde genannt) eine wirksame und vollkommen natürliche Heilmethode sei, deren Ursprung in der Traditionellen Chinesischen Medizin (TCM) liege. Dort würden Pilze zur Behandlung vieler Leiden und – auch schwerer – Krankheiten erfolgreich eingesetzt.

In jahrelanger „Forschung", so erklärte uns der Schamane, habe er ein ganz besonders wertvolles Extrakt aus dem Bovist (die Gattung der Kartoffelboviste wird auch Eselsfurz genannt) gewonnen, der im Wald bei Ueckermünde häufig zu finden sei. Er würde Susie gerne damit behandeln, eine großzügige Spende fürs Pilzmuseum wäre dabei sehr hilfreich.

Da diese Behandlung über einige Wochen konsequent durchgeführt werden müsste, um den gewünschten Erfolg zu erzielen, könnte er uns außerdem auch eine Flasche Krummbiegel-Pilz für 80 € mitgeben. Die Tinktur solle mit einem Wattestäbchen täglich vorsichtig aufgetragen werden und wir würden bald den Erfolg der Behandlung sehen können. Mit dem Gebräu behandelte er sie auch in drei Sitzungen während unseres Urlaubsaufenthaltes.

In der DDR, die mit institutionalisierten Religionen ein wenig auf Kriegsfuß stand, hatte sich als Gegenbewegung wohl die Vorstellung einer übernatürlichen Geisterwelt entwickeln können, denen man die Behandlung von Krankheiten zutraute, wenn die Schulmedizin versagte. Zumindest fanden wir es erstaunlich, dass es im kleinen Ueckermünde gleich zwei Schamanen mit heilerischen Kräften geben solle. Andererseits wurde der ganze Staat ja von einem Schamanen-Politbüro regiert.

Da wir gegenüber dem Schamanentum nicht voreingenommen sein und nichts unversucht lassen wollten und die schmerzhafte Lasertherapie im Vergleich dazu sündhaft teuer war, kauften wir ihm gleich zwei Flaschen von dem Konzentrat ab, „falls es doch nicht reicht", wie meine Gemahlin meinte. Wieder zuhause begannen wir mit der Behandlung, die nervenzehrend war.

Nervenzehrend deswegen, weil sich dazu unsere Tochter jeden Abend mit entblößtem Unterkörper bäuchlings auf den langen Küchentisch legen musste, wo sie sich von meiner besseren Hälfte das gesamte Bein einschließlich der oberen Anschlusszone mit einem Wattestäbchen betupfen ließ. Diese Zurschaustellung ihrer verfärbten Nacktheit – natürlich in meiner Abwesenheit – war für sie ein in höchstem Maße entwürdigender Prozess, dem sie in der Hoffnung auf baldige Entfärbung der betroffenen Hautpartien gezwungenermaßen zustimmte.

Nach wenigen Wochen stellte sich heraus, dass der Hokuspokus nichts nutzte. Der Verdacht war zwar schon sehr bald aufgekommen, aber alle Beteiligten waren notgedrungen zunächst optimistisch eingestellt, bis das Ausbleiben eines Erfolges nicht mehr geleugnet werden konnte.

Magier Krummbiegel hatte uns beim Abschied noch eine zusätzliche Erfolgsmaßnahme in Aussicht gestellt. Wir sollten ihn anrufen, wenn Vollmond wäre, dann würde er den Pilzgott (oder wen auch immer) spirituell anrufen, um ihn gnädig zu stimmen und zur Mitarbeit bei der Beseitigung des Flammenmals zu motivieren. Dazu war meine Frau eines passenden Abends nach einer weiteren Pilztinkturbehandlung der Tochter und Alkoholbehandlung ihrer selbst bereit.

„Guun Abend, hier isss die Mama von der Susie. Sssie hamm gesagt, dass wenn Vollmond isss, isch Sssie anrufen soll, damit Sssie heilen. Jezz issses sssoweit, machensssse mal." Was der große Hexer daraufhin machte und, ob er überhaupt was machte oder sich nur eins lachte, blieb uns verborgen. Jedenfalls entwickelte sich ein ernsthafter Dialog zwischen ihm und meiner Frau, indem er ihr erklärte, was er zu tun gedenke und was sie zukünftig machen solle. Trotzdem blieb völlig unerwartet alles so, wie es war. Das Feuermal zeigte sich total unbeeindruckt vom Vollmond und seinem telefonischen, telepathischen, teledoktorischen oder einfach nur telekomischen Beschwörer. Die restliche Pilztinktur, die ein halbes Jahr lang verwendbar sein sollte, wurde von uns acht Jahre später weggeschüttet, als wir sie zufällig beim Ausmisten wiederfanden.

Als Susie volljährig war, ließ sie sich an den vom Feuermal betroffenen Körperpartien tätowieren. Der Vorgang war zwar ebenfalls sehr schmerzhaft und zog sich einige Monate mit mehreren Behandlungen hin, aber das kunstvoll angelegte Geranke aus Pflanzen mit Blättern, bunten Blumen und exotischen Vögeln verdeckte schließlich sehr vorteilhaft die hässlichen Hautverfärbungen. Es wurde sogar ein richtiger Hingucker, der ihr Selbstwertgefühl enorm anhob, so dass sie inzwischen auch wieder gerne ins Schwimmbad geht und stolz auf ihre dermatologische Besonderheit ist. So einfach kann Heilung sein.

Im Schlaflabor

Ein paar Jahre nach einem Fast-Burnout und noch einige Jahre vor meinem Berufsende hatten sich meine Schlafprobleme dermaßen aufgeschaukelt, dass ich was unternehmen musste. Beispielsweise saß ich eines Morgens nach drei großen Tassen Kaffee am Frühstückstisch mit einem Puls von 50 und Blutdruck von 105 zu 65 und musste kräftig gegen den Schlaf ankämpfen, nachdem ich in der zurückliegenden Nacht kaum ein Auge zugedrückt hatte. An anderen Tagen war ich dermaßen unausgeschlafen, dass ich die morgendliche halbstündige Autofahrt ins Büro ohne Sekundenschlaf nur mit mindestens einem kurzen Zwischenstopp auf einem Parkplatz an der Autobahn schaffte, wobei ich zum Aufwachen kurz ausstieg und ums Auto hechtete. Das konnte so nicht mehr weitergehen.

So gönnte ich mir eines Tages einen nächtlichen Schlaflaboraufenthalt, um meinen schon seit mehreren Jahren andauernden Schlafstörungen und meiner ständigen Müdigkeit, auch nach einer gefühlt gut verschlafenen Nacht, auf die Spur zu kommen. Dazu wurde ich in einem Frankfurter Schlaflabor an allen möglichen Körperstellen verkabelt und sollte damit in einen angenehmen Tiefschlaf verfallen, währenddessen alles Mögliche gemessen und aufgezeichnet wurde: Hirnströme, Augenbewegungen, Atmung, Muskelspannung und Sauerstoffsättigung des Blutes. Aufgrund dieser Messwerte sollte ein sehr genaues Schlafprofil der einzelnen Schlafstadien (zum Beispiel Wachzustand, REM-Schlaf, Tiefschlaf, kurze Aufweckreaktionen) erstellt werden können und Rückschlüsse auf die Qualität und die Ursachen möglich werden, welche meinen Schlaf beeinträchtigen.

Die Ergebnisbesprechung zur Laborübernachtung sollte zwar erst im Folgemonat stattfinden, ein Teilergebnis war am Morgen, übrigens: mein Geburtstag!, danach leider sofort erkennbar: ich hatte beunruhigend viele Atemaussetzer während meiner kurzen Schlafphasen gehabt. Das führte möglicherweise zu einer Mangelversorgung meiner Birne mit Sauerstoff und damit zur fehlenden Erholung. Und ein zweites Ergebnis stand nach einer Woche fest: eine Nacht im Schlaflabor kostete 850 Ocken. Lediglich eine Nacht im Einzelzimmer im Burj al Arab in Dubai dürfte etwas kostspieliger sein.

Ein paar Tage später wurde mir bei einer Nachbesprechung zur Schlaflabornacht eröffnet, dass die Hauptursache meiner Schlafstörungen eine Monotonie-Intoleranz sei, d.h. fehlende Toleranz gegenüber Langeweile, die sich aufgrund der fehlenden nächtlichen Schlaferholung als Narkolepsie (extreme Tagesschläfrigkeit) äußere. Wenn es mir langweilig wurde bzw. ich geistig unterfordert war, schlief ich ein. Das konnte dann auf der Autobahn schon mal auf einer Strecke passieren, auf der ich jeden Baum persönlich kannte. Oder in gemeinsamen Besprechungen mit meinem Chef und Chefchef. Auch meine Frau regte sich häufiger auf, dass ich ständig irgendwas tun musste oder nur am Gähnen war, wenn ich ihr am Esstisch gegenübersaß. Da sollte ich eigentlich was dagegen unternehmen, zumal die ständige Müdigkeit auf Dauer sogar mich nervte.

Unter www.seltenekrankheiten.de kann dazu unter dem Titel „Die rätselhafte Schlafkrankheit Narkolepsie" übrigens erfahren:

Narkolepsie ist eine chronische neurologische Erkrankung. Nach heutigem Wissensstand geht man von einem immun-vermittelten Mechanismus aus, bei dem sowohl genetische Faktoren als auch Umwelteinflüsse, wie bestimmte Infektionen, gemeinsam eine Rolle spielen. Am Ende einer fehlgeleiteten Immunreaktion steht der Untergang von Hypocretin produzierenden Zellen im Gehirn. Hypocre-

tin spielt unter anderem eine wesentliche Rolle bei der Regulation und Aufrechterhaltung von Wachheit und Schlaf.

Bei Narkolepsie können verschiedene Symptome auftreten, wobei zwei zentral sind: Tagesschläfrigkeit und sogenannte Kataplexien. Tagesschläfrigkeit besteht bei allen Betroffenen, die anderen Symptome variieren in der Häufigkeit des Auftretens. Die Tagesschläfrigkeit ist abzugrenzen von Müdigkeit, da es sich hierbei um ein täglich bestehendes und vor allem unwiderstehliches Schlafbedürfnis handelt, das unter Umständen zu Einschlafattacken führt.

Weitere Symptome sind Halluzinationen (in der Regel als traumartige Bilder beziehungsweise Erlebnisse, die in der Einschlaf- oder Aufwachphase auftreten) und Schlaflähmungen. Schlaflähmungen treten häufig im Übergang von Schlaf zu Wachheit auf und äußern sich in einer vollständigen Unfähigkeit, sich zu bewegen, obwohl Wachheit vorliegt. Auch besteht bei vielen Narkoleptikern ein gestörter Nachtschlaf mit häufigem Erwachen und zum Teil längeren Wachzeiten in der Nacht.

Das stimmt, Halluzinationen im Schlaf hatte ich häufiger. So begegnete mir wiederholt mein Chef im Traum und bot mir eine Gehaltserhöhung von 100%, einen Zweitdienstwagen (für meine Frau), eine persönliche Sekretärin, einen Personal Coach und einen Zweitwohnsitz in der Karibik an. Da ich diese Angebote alle sehr attraktiv fand, sprach ich ihn eines Tages darauf an mit der Frage, ob er als Mann zu seinem Wort stehe und wo ich unterschreiben könne. Er gab vor, sich an keine Angebote dieser Art erinnern zu können, er wolle sich aber gerne bei seinem Chef dafür einsetzen, dass ich einen kleinen Zuschuss für eine dreiwöchige Klapsmühlenkur bei gleichzeitig unterbrochener Lohnzahlung erhalten könnte. Das wiederum fand ich nicht attraktiv genug und beschloss, zukünftig realistischer zu träumen.

Bei der Schlafergebnisbesprechung habe ich viele Fremdwörter und Abkürzungen gelernt, von denen RDI mit AI und HI sowie EI die beunruhigendsten Werte ergeben hatten. RDI ist der Respiratory Disturbance Index (AI und HI sind die Apnoe- und Hypopnoe-Indizes, Aussetzen bzw. Unterbrechen des Atemflusses), der bei mir schwere und vor allem zu häufige schlafbezogene Atemstörungen anzeigte. Der Entsättigungsindex EI zeigt die Anzahl der Sauerstoff-Rückgänge im Blut aufgrund der Atemstörungen an und ergab ebenfalls einen sehr schlechten Wert. Immerhin blieb der Sauerstoff selbst dabei glücklicherweise auf einem zufriedenstellenden Niveau, nämlich auf über 90%. Die restlichen 75% an Fachbegriffen und Abkürzungen lasse ich mal weg, die konnte ich mir eh nicht merken.

Vom Krankheitsbild war die Situation und Therapiemöglichkeit klar, ich musste eine nächtliche Beatmungshilfe bekommen. Dazu sollte ich noch mal im Labor vorbeischlafen, damit die optimale Versorgungsmethode herausgefunden werden kann. Meine Krankenkasse würde sich vermutlich freuen, nicht nur über die Laborübernachtungen, sondern auch die zu beschaffenden Gerätschaften, die sich in der Preisklasse um 2.000 € bewegen würden.

Zwei Wochen später begab ich mich wieder ins Schnarchlabor zur weiteren Beratung über eine Schnaufprothese. Zunächst wurden die potenziellen Atemmasken ausgewählt und angepasst, dann wurde ich eine Stunde lang für die gemütliche Nacht verklebt, verkabelt und verstöpselt. Vor allem im Gesicht und in den Haaren wurden die Sensoren mit einem sekundenschnellen Spezialkleber befestigt, an den restlichen Körperstellen genügte einfaches Leukoplast. Das hartnäckig anhaftende Klebezeug entfernte ich am folgenden Morgen gleich an Ort und Stelle unter der Dusche.

Mit zwanzig am Körper herumbaumelnden Kabeln und Schläuchen zu schlafen ist schon ein besonderes Erlebnis, vor allem beim Wenden und wenn man sich nicht im Schlaf erhängen oder die Kopfhaut abziehen will. Außerdem hatte ich noch eine Atemmaske mit einer staubsaugerschlauchartigen Verbindung zum Beatmungsgerät im Gesicht (so ähnlich sieht die Verbindung von E.T.s Kopf mit seinem Körper aus) hängen, was das Drehen und vor allem die von mir bevorzugte Seitenlage mit Bauchlagentendenz nicht gerade unterstützte.

Trotz langwieriger Einschlafverzögerungen z.B. nach dem nächtlichen Toilettengang hatte ich am Morgen das Gefühl, im Labor einigermaßen viel und gut geschlafen zu haben. Diesen Eindruck konnte ich allerdings später auf meiner Fahrt ins Büro nicht erhärten; diese überstand ich ebenso wie die Rückfahrt am späten Nachmittag nur nach zwei kurzen Schlafpausen auf Autobahnparkplätzen. Auch im Büro fühlte ich mich an diesem Tag besonders müde. Trotzdem schlief ich in der Folgenacht wieder grottenschlecht.

Die erste Auswertung am Morgen hatte weniger Atemaussetzer als beim ersten Aufenthalt ergeben, aber leider immer noch eindeutig zu viel. Als Therapieempfehlung nannte man mir daher eine Zwangsbeatmung wie bei einem Komapatienten auf der Intensivstation nach vorheriger Holzhammerverabreichung. Da ich nichts unversucht lassen wollte, beschaffte ich mir ein solches Gerät und begab mich in eine vierwöchige Testphase – so lange hatte ich Zeit, um das Gerät kostenfrei zurückgeben zu können.

Kurz nach Ende dieser Testphase wollten wir in einen Campingurlaub gehen, was mir ein wenig Kopfschmerzen bereitete, wie ich dabei mit meiner Beatmungsinstrumentierung klarkommen sollte. Aber bevor es soweit war, gab ich meine Post-Schlaflabor-Experimente mithilfe eines elektronisch gesteuerten Beatmungsgeräts endgültig auf und schickte das Teil an den Hersteller zurück. Das Problem war nicht das Gerät gewesen, sondern die Atemmasken, die ich ausprobiert hatte. Alle drückten irgendwie oder verrutschten beim Schlafen, vor allem bei der Schlaflageänderung, oder, wenn sie zu locker saßen, strömte die Luft aus der Maske in meine Augen oder der luftzuführende Schlauch schlang sich nachts um meinen Hals und drohte mich zu strangulieren. Das war alles Kacke, da ich allein schon deswegen entweder wach blieb oder häufig aufwachte. Somit erhärtete sich die Erfahrung aus meinem zweiten Schlaflaboraufenthalt, dass das Gerät bei mir nicht zur Schlafverbesserung führen konnte.

Überraschenderweise trug aber der Campingurlaub dazu bei, der Behebung meiner Schlafstörungen einen deutlichen Schritt näher zu kommen, auch ohne Hilfsgeräte. Ich hatte jahrelang den Einfluss meines Biorhythmus unterschätzt. Im Urlaub fand ich heraus, dass mir langes Schlafen, vor allem morgendliches Ausschlafen ohne Psychoterror eines Weckers oder Outlook-Terminkalenders, gut bekommt.

Dass ich während meines Studiums auch schon mal die Erkenntnis der segensreichen Wirkung langen Schlafens am Morgen gehabt hatte, musste ich wohl vergessen haben. Also lieber abends oder nachts etwas länger aufbleiben und dann später ins Bett gehen, zumal ich sowieso meistens nach einem kurzen narkotischen Schlaf für mehrere Stunden wach bleibe, bis ich erst am frühen Morgen in einen erholsamen Tiefschlaf verfalle. Von wegen, Morgenstund' hat Gold im Mund, mein Mund hat dank meines Zahnarztes viel Gold, alles andere ist Quatsch.

Nachbemerkung: Der Aufenthalt in einem Schlaflabor ist übrigens nicht ungefährlich und extrem verdächtig. In ihm halten sich nämlich gerne Schläfer auf, um unerkannt in feindlichen Gebieten operieren zu können. Sie tarnen sich als Schlafgestörte, machen aber genau das Gegenteil, nämlich schlafen, und warten auf einen günstigen Zeitpunkt, bis sie losschlagen können. Eine besondere Form des Schläfers ist der Ausschläfer, der am Scheideweg zwischen Hippietum und Punkverfall als Autonomer geboren wurde.

Eines der renommiertesten Schlaflabore ist das von Dr. Hasenbein. Sein Service ist ambulant und meistens kostenfrei. Geprägt durch jahrelange Eigenerfahrung hat der Doktor effektive Methoden entwickelt, Schlafstörungen und nächtliche Unruhe nachhaltig zu bekämpfen. Als grobe Faustformel für Kassenpatienten empfiehlt der Doktor dreimal am Tag 10 Tassen dicken schwarzen Kaffees zu trinken. Die Referenzen sind sehr gut. Bisher hat noch niemand, der dies probiert hat, Beschwerde eingereicht. Dass erhöhter Kaffeekonsum das Herzkasperrisiko erhöhen soll, ist ein bösartiges Gerücht.

Der 60. Geburtstag

Ich habe noch nie gerne Geburtstag gefeiert. Ich finde das blöd, da gibt es nichts zu feiern. Geburtstag hat man, da kommt man nicht drum herum, ist weder schlimm noch besonders schön. Viele Leute machen da ein riesiges Event draus, andere finden es ganz schrecklich, weil sie dann nominal ein Jahr älter sind. Wenn ich gefragt werde, wie alt ich bin, muss ich meistens erst ein wenig rechnen, da mir das eigentlich völlig egal ist und die Zahl sich sowieso jedes Jahr ändert. Ein Jahr älter zu werden, ist nichts Besonderes, weder im negativen noch im positiven Sinne.

Wenn es nach mir ginge, würde ich nicht feiern. Aber manche Leute gratulieren mir unaufgefordert zu einem solchen Tag, als wenn es eine besondere Ehre für mich wäre. Andere wiederum fragen am nächsten Tag, ob diese oder jener gratuliert und was man mir geschenkt habe. Vor dem Tag kommt meistens die Frage von mutmaßlichen Gratulanten, was ich mir denn zum Geburtstag wünsche – zu Weihnachten kommen auch solche Fragen. Dann bin ich immer total überfordert, mir irgendetwas einfallen zu lassen.

Aus dem Alter, in dem ich mir was wünsche und darauf angewiesen bin, dass mir das jemand schenkt, bin ich längst heraus. Wenn ich mir was wünsche, kaufe ich es mir oder lasse es bleiben, wenn es zu teuer ist (oder ich es nicht wirklich brauche). Zu teure Sachen sind keine Geschenkwünsche, weil auch für die anderen zu teuer. Oft antworte ich auf eine solche Frage, dass mir spontan nichts einfiele, ich einmal darüber gerne nachdenken wolle und dann einen Wunsch äußern werde. In der Hoffnung, dass sich damit Frage und evtl. Antwort erledigt haben. Meistens funktioniert das auch, die Frage kommt vorerst nicht mehr wieder, frühestens zum nächsten Jubeltag.

Der Erwartungsdruck an einem sog. runden Geburtstag ist immer besonders hoch. Da erwarten viele eine riesige Feier, zu der natürlich alle eingeladen werden wollen. In der Zeit davor häufen sich entsprechende Anfragen, wie ich zu feiern gedenke, was ich mir wünsche, wo die Feier stattfinden werde, was für eine Feier ich plane etc. Vor allem häufen sich die Anfragen der Leute, die bei einer Einladung nicht vergessen werden wollen. Da ich nicht immer meinen Geburtstag feiere, bekomme ich nicht oft solche Fragen. Aber zum runden Geburtstag erinnern sich plötzlich alle an meinen drohenden Jubeltag. Auch solche, von denen ich annehme, dass sie gar nicht wissen, wann ich Geburtstag habe und wie alt ich zu werden gedenke.

So auch zu meinem 60., als dieser eines Tages bald anstand. Ich hatte zwar eigentlich wieder keine Lust zum Feiern gehabt, ließ mich schließlich aber unter Druck setzen, etwas zu planen. Da es was Großes sein sollte bzw. musste, dachte ich, wenn schon, dann muss es auch was Besonderes sein. Am liebsten würde ich dazu eine Band engagieren. Zugegebenermaßen sind mir solche Gedanken schon lange durch den Kopf gegangen, wenn ich mal irgendwo eine Gruppe erlebt hatte, deren Musik mir gefallen hat und die fetzig war. Meistens sagte ich mir dann, dass die für eine private Feier doch nicht so geeignet ist, weil sie entweder zu laut oder von einer Art ist, die nicht allen gefällt.

Eigentlich ist eine Musikband zu einem Geburtstag nicht mehr in, heute veranstaltet man eine Motto-Party oder lädt die Leute in eine Paintball-Halle ein. Beliebt sind z.B. Mittelalterpartys, bei denen man sich mal so richtig danebenbenehmen kann: mit Händen fressen, untern Tisch kotzen, mit Essensresten werfen, furzen, rülpsen und blöd herum grölen. Zum Glück würde sich dafür im Kreis meiner Einzuladenden nur ein vernachlässigbarer Anteil begeistern können. Interessanter wäre da schon ein Krimi- oder Detektivabend, bei dem im Laufe des Abends bei einem mehrgängigen Essen jemand ermordet und der Täter mit Hilfe der Festgäste dingfest gemacht werden würde. Eine solche Veranstaltung würde zwar fast jedem gefallen, aber ein zu großes Loch in mein Portemonnaie reißen.

Auch andere Partyarten wie Polarforscher-Party, 1001-Nacht-Party, Saufschnitzeljagd mit Geocaching oder Geburtstagshorrorvideodreh waren mir entweder zu aufwändig oder zu teuer oder zu albern. Im Internet finden sich dazu viele phantasievolle, idiotische Vorschläge. Auch hatte ich einen Persönlichkeitstest zum Thema Geburtstagfeiern bei testedich.de absolviert, aber der Ergebnisvorschlag war eher etwas abwegig: Feiern im Kletterpark, mit Geburtstagsgästen 60+.

Eines Tages, vier Monate vor meinem Geburtstag, traf ich auf ein Quartett, das nette, unterhaltsame und abwechslungsreiche Jazz-, Blues- und Bossa-Nova-Musik spielte. Das Ganze fand auf einer Veranstaltung statt, auf der sich die Teilnehmer trotzdem miteinander unterhalten konnten, so dass die Musik als Untermalung angenehm war, aber auch Zuhörer der Musik ihren Spaß finden konnten. Dass die Musikart natürlich nicht allen Teilnehmern meiner eigenen Feier gefallen würde, war mir klar, fand ich aber tolerierbar.

Also setzte ich mich mit der Band in Verbindung, vereinbarte einen Termin und handelte einen Preis für zwei Stunden Konzert aus. Bei der Stadtverwaltung reservierte ich für meine Feier den Raum, in dem ich auch die Band kennengelernt hatte. Dieser hatte den Vorteil, dass er technisch schon für ein solches Konzert ausgerüstet war und über eine kleine Küche und Ausschanktheke verfügte. Mit dem Kneipenbesitzer besprach ich die Getränke- und Essensversorgung für ca. 60 Leute und konnte auch eine Kellnerin gewinnen, die bereits Kellnerier-Erfahrung hatte. Außerdem sah ich mich nach einem Hotel um, in dem die aus größerer Ferne Anreisenden unterkommen könnten.

Schließlich begann ich, mit Einladungen um mich zu werfen.

Doch dann startete der Familienrat intensive Beratungen. Er war zwar zuvor schon informiert worden und hatte meinen Plan kommentarlos zur Kenntnis genommen. Aber zwischenzeitlich hatte ich Fakten geschaffen und jetzt musste man sich noch mal gründlich damit beschäftigen. In einer alles entscheidenden Krisensitzung wurde meine egoistische Planung in der Luft zerrissen mit dem Hauptargument, dass ich mit dieser Art an Katzenmusik die Gäste verscheuchen würde. Obwohl keiner der Opponenten die Band jemals gesehen hatte!

Also stornierte ich schweren Herzens alle Vereinbarungen mit der Band, der Stadtverwaltung, dem Kneipenchef und der Aushilfskellnerin und zog mich erst einmal in meinen Schmollwinkel zurück. Jetzt hatte ich endgültig keinen Bock mehr, irgendwas zu feiern und irgendwen dazu einzuladen.

Doch der Termin kam immer näher und die Aufforderung aus dem Familienrat, endlich was zu planen, wurde immer drängender. Drei Wochen vor meinem Geburtstag gab ich auf und plante lust- und emotionslos den Ablauf.

Zuerst, am nämlichen Tag, ging ich mit dem engsten Familienkreis gemütlich essen. Zwei Tage später lud ich meine Tischtenniskumpels nach dem wöchentlichen Spiel zum Freibier in der Kneipe ein, in der wir uns nach unserem Spiel immer zur Nachbesprechung trafen und in der ich auch ursprünglich die große Feier durchführen wollte. Ein paar Tage danach lud ich den erweiterten Familienkreis zu einem Essen in einem Restaurant ein, in dem wir uns meistens anlässlich entsprechender Familienfeiern trafen. Und noch mal eine Woche später kamen meine Nachbarn und sonstigen Bekannten und Freunde aus meinem Wohnort zu einem weiteren Essen zusammen. Auf eine Einladung der Auswärtigen verzichtete ich rigoros.

Bei der Einladung war ich gleich allen Fragen, was ich mir wünsche, zuvorgekommen und hatte um Bargeld gebeten, das ich der Aktion Deutschland für Flüchtlingshilfe und der Leberecht-Stiftung zur Unterstützung behinderter und benachteiligter Kinder und Jugendlicher übergeben wollte. Neben den obligatorischen Verbrauchsgütern wie Süßigkeiten und alkoholisierte Getränke konnte ich durch die Feiern knapp 500 € einsammeln, die ich zu je 300 € für die beiden Hilfsprojekte aufrundete.

Insgesamt hatte ich schließlich vier Feiern mit 45 Leuten anstatt einer Feier mit 60 Gästen zum gleichen Gesamtpreis (mit Band und Saalmiete) wie für die eine große Feier veranstalten dürfen. Hauptsache, die Gäste haben es genossen, sich mal wieder kostenfrei durchfuttern zu können! Und noch größere Hauptsache, dass ich nie mehr meinen sechzigsten Geburtstag feiern muss.

Es geht auch anders
am 60. Geburtstag

Zwei Jahre später war meine Frau dran. Vor ihren Geburtstagen, immer im März, sagte sie meist, dass sie nicht feiern, sondern lieber wegfahren möchte, übrigens wie auch an Weihnachten. Einige Wochen vor dem jeweiligen Termin meinte sie dann, sie könne auch feiern, da wir eh nicht wegführen, weil das Wetter vermutlich zu schlecht werden würde. Als der Abstand zum Jubeltag deutlich kürzer wurde, war sie wieder auf dem Nicht-feiern-wollen-Trip, danach kam erneut ein Rückschlag, der bis zum „Ende" anhielt. Da war sie einfach geradlinig konsequent wie fast alle Frauen.

Zum 60ten war es so ähnlich, nur viel ausgeprägter. Nachdem feststand, dass wir wegen des zu erwartenden bescheidenen Wetters nicht flüchten würden, zumal wir einen so bedeutenden Geburtstag ob des Erwartungsdruckes der Verwandten und Bekannten sowieso nachholen müssten, begann das wortreiche Nachdenken über die Ausgestaltung des Events. Direkt nach Weihnachten begann die Zeit, in der kein Tag ohne mehrfache, laut geäußerte Überlegungen verging, was und wie man das Jubiläum begehen oder anders als sonst oder gar nicht machen könne.

Mal wollte sie nur im kleinen Kreis, Familie mit engsten Freunden, dann im großen Kreis feiern, der sich aus dem kleinen Kreis zuzüglich vieler Nachbarn, Hundefreunde und sonstiger Bekannte aus dem Ort sowie dem früheren und dem aktuellen Leben zusammen setzen würde. Einmal sollte es eine einzige Feier, ein anderes Mal viele kleine Feiern geben. Mal wollte sie Catering bestellen; dann sollte jeder etwas mitbringen und ein andermal wollte sie aus Kostengründen und, damit nicht zwanzig verschiedene Kartoffelsalate gebracht werden, lieber alles selbst machen (lassen). Auch ich hatte überlegt, ob ich für sie das Geburtstagsmahl in entsprechend großer Menge selbst koche. Es hätte dann was Besonderes sein müssen, z.B. hätte ich mit Wein Kochen können. Aber als ich dies das letzte Mal versucht hatte, wusste ich schon nach der zweiten geleerten Rotweinflasche nicht mehr, was ich eigentlich in der Küche machen wollte. Daher verwarf ich die Idee.

Für die schließlich dennoch favorisierte Selbstmach-Variante war dann die große Frage, wieviel man an Ess- und Trinkbarem benötigte. Dies war nicht ganz so einfach zu beantworten, da ihr und mir jegliche Erfahrung zur Ausrichtung von Mega-Festen fehlte und gar nicht klar war, wieviel Leute überhaupt kommen würden.

Daher schlug ich vor, zunächst eine Liste der Einzuladenden zu erstellen, dann eine Grobfestlegung der Feieranzahl mit Termin und Lokation vorzunehmen und schließlich die Leute mit Vorgabe einer Rückmeldefrist zur Erklärung ihrer Teilnahmebereitschaft tatsächlich einzuladen. Diese Vorgehensweise war ihr zwar zu „geschäftsmäßig" strukturiert, vermutlich weil sie die ergebnisoffene Diskussion der o.g. Fragestellungen torpedierte, aber sie ließ sich schließlich doch darauf ein, da ihr die Vorgehensweise angesichts des bedrohlich naherückenden Geburtstagstermins nicht unplausibel vorkam.

Von den eingeladenen Nachbarn und Freunden meldeten sich bis zur vorgegebenen Frist alle freiwillig zurück, um ihre Teilnahme oder Abwesenheit mitzuteilen. Nur im Familienkreis wurde diese Art der Zuverlässigkeit nicht so eng gesehen, einige äußerten sich gar nicht erst zur Einladung und blieben der Feier auch ohne Ausrede fern.

Meine Gattin hatte sich für zwei Feiern entschieden. Zunächst am eigentlichen Geburtstag, der mitten in der Woche lag, eine Feier mit knapp 40 Delinquenten bei uns zuhause mit selbstproduziertem Essen, dann am darauffolgenden Wochenende mit 25 Familienangehörigen und angeschlossenen Lebensabschnittsgefährten und –tinnen mit Essen à la carte in einem Restaurant.

Für die 40er-Feier sollte aber weniger ein großartiges Essensbuffet als vielmehr ein „Nascherereien"-Angebot – so stand es in der Einladung – hingezaubert werden. Für die 25er-Feier hatten wir mit dem Kellner vereinbart, dass wir (aus Kostengründen) unseren eigenen Sekt mitbringen, gerne aber gegen einen kleinen Obolus auf das Glasangebot des Restaurants zurückgreifen würden. Diese ungewöhnliche Bitte stieß zunächst auf Verwunderung, aber dank des sich abzeichnenden Gesamtumsatzes konnte man sich eine Zustimmung abringen.

Einige 40er-Gäste hatten im Vorfeld angeboten, eine Kleinigkeit an Essbarem mitzubringen (eine Quiche und zwei Kuchen), was dankbar angenommen wurde. In der Bäckerei Heisfritz wurde 10 kg Kuchen bestellt und im Rewe-Einkaufsmarkt 2,5 kg Krustenbraten. Außerdem wurden 6 Kisten Sekt, 5 Kisten Wein, 5 Kisten Wasser, 1 Kiste Bier und etliche Flaschen Schnaps besorgt sowie große Mengen an Nahrungsrohmaterial und 1.000 Zahnstocher für die Eigenproduktion von Häppchen eingekauft.

Zwei Tage vor dem Event wurde mit der Produktion von je 3 kg Kartoffel- und Tortellinisalat begonnen. Ihr Gatte, also ich, buk am Vortag 5 Bleche Blätterteig mit pikanter Füllung aus Hackfleisch, Zwiebeln, Paprika und Knoblauch, sog. Empanadillas. Am Geburtstagsmorgen wurden einige Kilo Käse, Würstchen und Fleisch mit unzähligen Oliven, Trauben und Gürkchen unter Zuhilfenahme der Zahnstocher zu 500 kleinen Türmchen aufgespießt, auf vier Etageren und mehreren Platten verteilt sowie der Heisfritz-Kuchen und 5 übergroße Baguettes abgeholt und alles in der Küche (deftige Abteilung) und im Wohnzimmer (Kuchen und Konsorten) drapiert. Von Nachbarn wurden uns 10 Klappstühle, 20 Kaffeebecher, zwei Stehtische mit Hockern und eine 20-Liter-Kaffeemaschine zur Verfügung gestellt.

Die Feier sollte um 16 Uhr beginnen. Von vier bis viertel nach trudelte schon die Hälfte der Geburtstaggesellschaft ein, so dass die Gastgeber bereits im Begrüßungs- und Einweisungs-Chaos teilweise den Überblick über die Geschenke verloren. In der Stunde danach trafen die meisten der weiteren Gäste ein, während sich die ersten schon wieder zurückzogen. Ab 21 Uhr war nur noch der harte Kern übrig, drei Nachbarn, zwei Hundefreunde und wir, natürlich auch mit Hund. Allerdings hatte sich der schon längst abgelegt und interessierte sich für gar nichts mehr, auch nicht für potentiell Essbares. Um kurz vor Mitternacht löste sich die Restfestgesellschaft dann endgültig auf, so dass wir uns in Ruhe der Trümmerbeseitigung widmen konnten, soweit das in dieser Nacht noch möglich war.

Zur Bilanz: das Essen für die 40er-Feier hätte für die dreifache Gästezahl gereicht, die Getränke für noch mehr. Es wurden gerade mal 8 Flaschen Sekt, 4 Flaschen Wein und 1 Flasche Bier geleert, dazu kamen einige wenige Gläschen Sherry und Kräuterbitter – aus medizinischen Gründen. Einen Teil des übrig gebliebenen Essens konnten wir einigen Gästen mitgeben, die Fremdentsorgung tut nicht so weh wie die Selbstentsorgung. Trotzdem war, auch nach Weiteressen an den nächsten Tagen sowie Eingefrieren von Vorräten für mehrere Wochen, noch einiges übrig für die Müllabfuhr.

Aber bei einer solchen Feier will man sich ja nicht blamieren und kloppt am Ende notfalls ein paar hundert Euro in die Tonne. Es gibt nichts Schlimmeres (zumindest in Europa, in Afrika sieht das vielleicht anders aus), als wenn Gäste hungrig das Haus verlassen müssen. Und den bestellten Krustenbraten hatten wir vergessen abzuholen, den holten wir erst am nachfolgenden Tag ab, als längst alles vorbei war.

Auf der 25er-Feier wurden vier Flaschen Sekt niedergemacht, die hätten wir also auch noch fremdfinanzieren können. Ansonsten blieb natürlich nicht ganz so viel übrig, da sich jeder sein Essen bedarfsgerecht bestellen konnte. Übrig blieb nur, was zu viel auf dem Teller war, wie es sich für ein anständiges kroatisches Restaurant gehört. Das gemeinsame Essen zog sich über fünf Stunden hin, war aber mit 34 € pro Nase etatmäßig sehr moderat.

Die geschenketechnische Ausbeute war ähnlich gut wie bei meiner 60er-Feier, was die Geld- und Alkoholeinnahmen anging. Nur blumentechnisch kam deutlich mehr bei ihr rum. Trotzdem: „Eine solche Feier mache ich nie mehr wieder. Das war mir eindeutig zu stressig. Höchstens, wenn ich siebzig werde …“.

WhatsDepp

Bevor wir begonnen hatten, Langzeitreisen mit unserem VW-Bus zu unternehmen, brachten wir unsere Kommunikationsgeräte auf einen modernen Stand. Wir hatten beide ein Schmaatfoon erworben, allerdings unterschiedliche. Von unseren Kindern ließen wir uns WhatsApp einrichten, was ja für die familiäre Sozialpflege in der Fernbeziehung ein gutes Hilfsmittel ist. Von Fatzebook oder wie das andere Zeug heißt, wollten wir die Finger lassen.

Eines Tages befanden wir uns auf Festlandeuropas südlichstem Campingplatz an der Costa de la Luz unweit von Gibraltar. Der Platz an der Lichtküste liegt direkt an der Straße von Gibraltar in 15 km Luftlinienentfernung zur marokkanischen Küste. Die Gegend ist aufgrund von ständig starken Winden (außer an ein paar Tagen im August) beliebt bei Wind- und Kitesurfern aus der ganzen Welt – das nahe Tarifa gilt als Europas Surfhauptstadt.

Dies war daran zu erkennen, dass der Campingplatz eine ganz andere Klientel anzieht als die meisten Plätze. Hier sahen wir sehr viele junge, sich alternativ gebende und allein reisende Camper mit eher kleinen und alten Autos, einige mit Zelt, manche mit Aufstelldach, kaum Wohnmobile oder ältere Camper, dafür einige vollgepackte Motorräder mit oder ohne Beiwagen. Der schlichte Supermarkt war eher schlecht sortiert, nur das Wein- und Spirituosenangebot ließ keine Wünsche offen. Das Angebot der auf der anderen Straßenseite liegenden Pizzeria war ebenfalls mehr auf das jugendliche Surfer- und Biker-Publikum ausgerichtet: Pizzen, Cocktails und Ghettoblaster-Beschallung.

Entsprechend überlastet war der abendliche Internetzugang über das kostenfreie Campingplatz-WLAN. Was soll man auch sonst tun, wenn man genug analog gesurft hat, niemand anwesend ist, den man direkt annerven kann, und man mit Hilfe von Smartphone und asozialen Medien am unverfänglichsten einen Autismus-Ausbruch wagen kann? Frei nach dem Motto: „Ich kann total gut Mitmenschen umgehen." Oder: „Früher hatte ich Elan. Heute habe ich WLAN." Auch wir wollten ein wenig digital surfen und mit den Daheimgebliebenen whatsAppen, aber zeitweise ging gar nichts, das WLAN hatte wegen Überlastung keinen Elan mehr.

Durch den teils unklaren Status zur Netzverfügbarkeit und zum Nachrichtenversand der Was-Applikation begann zwischen meiner Frau und mir eine außergewöhnliche Bildungsdiskussion, die im Laufe der nächsten Wochen häufiger aufflammte und fortgesetzt wurde, allerdings mit mäßigem Erkenntnisgewinn. Wir hatten zwar unterschiedliche Handtelefone, gingen aber davon aus, dass sich beim WhatsAppen auf beiden Geräten das gleiche Verhalten zeigen müsste.

Vor allem die Statuskennzeichnung von WhatsApp-Nachrichten gab zu Spekulationen Anlass: „Bei mir ist nur ein Haken gesetzt, sonst immer zwei. Wie ist das bei Dir?" „Gar nichts, die Nachricht geht nicht raus. Welche Farbe hat Dein Haken?" „Blau." „Bei mir ist er immer blau oder grau." „Und welche Farbe haben bei Dir die Haken jetzt?" „Ich habe keinen Haken, die Nachricht ist nicht raus. Sonst hab ich ein oder zwei Haken und die sind grau oder blau." „Blau bedeutet bei mir, dass die Nachricht gelesen wurde, sonst bleibt es grau." „Was ist der Unterschied zwischen ein und zwei Haken?" „Keine Ahnung." „Ist die Nachricht jetzt raus? Drück doch noch mal auf den grünen Button, dann wird sie gesendet." „Ich habe keinen Sende-Button, bei mir ist nur das Mikrophon-Symbol grün. Aber ich will jetzt keine Tonaufnahme machen. Nur wenn ich schreibe, kann ich auf „Senden" drücken." „Dann mach das doch!" „Geht nicht mehr, da ich nach dem Schreiben schon auf „Senden" gedrückt habe." „Dann ist die Nachricht jetzt also

weg?" „NEIN, die geht nicht raus. Es ist kein Haken dran."
„Dich interessiert das alles nicht wirklich, oder?" „Wieso?
Ich weiß einfach nicht, was ich jetzt machen soll. Wieso
meinst Du, dass mich das nicht interessiert?" -------
„Haaallooo!" „Nur so." „Wieso, nur so, wie kommst Du zu
dieser Aussage?" ------- „Haaallooo!" „Nur so." „Aha." „Ich
geh jetzt ins Bett."

Damit kann man auch einen Abend rumkriegen.

Oder ein andermal: „Wenn die Nachricht noch keiner
gelesen hat, ist ein Haken dran, sonst zwei." „Was heißt,
gelesen? Wenn der Dialog geöffnet wurde, oder? Ob gelesen, kann das Gerät ja nicht erkennen." „Gelesen ist gelesen." „Und was ist bei mehreren Empfängern? Gibt es
zwei Haken, wenn ein Empfänger den Dialog geöffnet hat
oder müssen es alle getan haben?" „Weiß ich doch nicht."
„Ich glaube, wenn die Nachricht raus ist, bekommt sie einen Haken, und wenn sie bei allen angekommen ist, werden daraus zwei Haken. Und was ist dann der Unterschied
bei der Farbgebung?" „Zwei Haken heißt, dass sie von allen gelesen wurde." „Wieso können die beiden Haken grau
bleiben oder blau werden? Da muss doch ein Unterschied
sein." „Bei mir sind die Haken blau oder grün. Das muss
doch bei jedem Gerät gleich sein." „Nein, ist es nicht." usw.

Wenn zwei alte Deppen mit ihrem Handy whatsAppen,
gibt es blöde Diskussionen, die niemandes Nerven scho-
nen. Oder: „Bin gerade echt beschäftigt, kann ich dich zu
einem anderen Zeitpunkt ignorieren?"

Man kann sich über WhatsApp, was ja eigentlich der
Hauptzweck ist, auch mit entfernten Deppen unterhalten.
Viele Leute haben ja schon beim Simsen nicht auf Recht-
und Großschreibung oder Zeichensetzung geachtet, aber
mit WhatsApp geht das noch viel besser, genauer gesagt
schlechter, und vor allem viel mehr und schneller.

Als wir mal ein paar Tage an der Algarve weilten und
meinten, unsere Bekannten beglücken zu müssen, was

wir mit ein paar Fotos und einem kurzen textuellen Gruß („Viele Grüße von …") bewerkstelligten, kamen interessante Antworten. Eine Bekannte, geprägt von geschichtlichem Interesse, fragte: „Das sieht echt super aus, ist das Atlantis oder Mittelmeer?" Eigentlich hatten wir mit den Bildern die Aktualität und Existenz der Region unterstreichen wollen.

Eine andere, schon weit Herumgekommene und immer von der Zeit Gedrückte, kommentierte: „Haha, kenn ich da war ich schon, in der Ecke Gans ein fischbarbeque die Sardinen waren nicht mehr so ganz frisch hab gekotzt wie ein Reiher, seitdem kann ich keine Sardinen mehr essen schon der Geruch ist für mich Grenzwertüberschreitungen". Darauf konnten wir nichts erwidern, zumal unklar blieb, was die Gans damit zu tun hatte. Hatte sie vielleicht die Sardinen vorher schon gefressen und wieder ausgekotzt, wodurch sie endgültig unbekömmlich geworden waren? Oder hatte es mit Sardinen gefüllte Gans gegeben? Oder hatte sie sich durch einen doppelten Schreibfehler in die Nachricht eingeschlichen?

Eine weitere Bekannte ließ die Bilder kommentarlos. Allerdings hatten wir zuvor schon einen erquicklichen Nachrichtenaustausch gehabt. Ich, als sie mit ihrem Mann auch gerade unterwegs war: „Lauft ihr viel oder fahrt ihr mehr herum?" Sie: „So als so. Wir teilen uns das ein. MAI machen wir eine Pause und dann nehmen wir das neue Ziel ins Visier. Gehen auch noch mal schwimmen zwischendurch. Wir haben ja auch noch paar Tage." Aha: „Was macht ihr eigentlich mit euren Hunden, wenn ihr was besichtigen wollt?" „Entweder mitnehmen oder im Auto lassen." Oh, damit hatte ich nicht gerechnet. Daher: „Wird es dann nicht zu warm im Auto?" „Wir doch Lüfter drin und stellen die Fenster auf." Ah, ja.

Ein andermal, als wir uns per WhatsApp über die rudimentären Qualitätsstandards portugiesischer Campingplatztoiletten beklagt hatten, bekamen wir den trostreichen, in überlegte Worte gefassten Ratschlag: „Ok ihr armen geht nichts über scheißen in freier Wildbahn, duschen wird überbewertet euch noch viel Spaß beim suchen."

Es ließen sich noch viele schöne Dialoge wiedergeben, aber das würde den Rahmen dieses Buches sprengen. Es ist sowieso am erquicklichsten, wenn jeder seine eigenen Erfahrungen macht. Etwaige Bedenken bezüglich Datenschutz oder Mitlesen der wichtigen Nachrichten durch Dritte werden jedenfalls mit den Freuden ausgeglichen, die man durch sprachliche Höchstleistungen erfahren kann.

Als letzten Rat wollen wir dazu noch eine Erfahrung mitgeben, die wir ständig machen: Schreibe nie mehr als eine einzige Frage (aber besten gar keine!) in Deinen Mitteilungstext und nie mehr als fünf Zeilen, denn längere Texte überfordern den Adressaten komplett. Wenn dann was zurückkommt, ist es nicht nur grammatikalisch und orthografisch völlig verhunzt, sondern hat mit Deinem Text meistens nichts mehr zu tun, geschweige denn, dass es irgendwelche Fragen beantwortet.

Das verbotene Buch

Der Held der Geschichte, einer meiner Arbeitskollegen, hatte im Alter von 53 Jahren einen Fast-Burnout gehabt und dann aus therapeutischen Gründen seine Erlebnisse schriftlich aufgearbeitet. Mit 58, einem Jahr vor seinem aktiven Berufsende, reifte in ihm die Idee, daraus ein Buch zu machen, das eine „satirische Lebenshilfe" sein sollte für all diejenigen in deutschen Großunternehmen, die ähnliche Erfahrungen gemacht haben. Es herrschten nämlich fast überall die gleichen krankhaften Zustände und Fehlentwicklungen.

Lebenshilfe dachte er sich in dem Sinne, dass er an ihm vertrauten Beispielen aus seinem Berufsalltag auf humoristische Art aufzeigen wollte, wie man sich in der engen Zwangsjacke des Alltagsgeschäfts, der gesetzlichen Randbedingungen und der verwaltungstechnischen Regularien mit unzulänglichen Hilfsmitteln und Randbedingungen (Prozesse, Tools, inkompetente Ansprechpartner, unfähige Vorgesetzte etc.) durch konstruktive, kreative und optimistische Handlungen einen Freiraum so schaffen kann, dass die unternehmerischen Ziele zum Wohle der Kunden erreicht werden können, ohne dass die Akteure dabei ohnmächtig, hilflos, resignativ, unflexibel oder depressiv werden.

Er wollte allen ähnlich Betroffenen Anregungen geben, wie sie mit ihrer jeweiligen Situation umgehen und gestaltbare Spielräume im erdrückenden, erstickenden Verwaltungskorsett entwickeln konnten, nach den Mottos „Wo ein Wille ist, ist auch ein Weg.", „Wer nicht wagt, der nicht gewinnt." und „Es gibt nichts Gutes, außer man tut es." Der Arbeitsdruck / Leistungswille ist meist umgekehrt proportional zu Anerkennung / Vertrauen, das Ungleichgewicht wird immer größer, ebenso Frust und Ohnmachtsgefühl.

Er dachte dabei nicht daran, ob er und wie er das tun darf, ob er jemanden damit auf die Füße trampeln, sich jemand persönlich angegriffen fühlen oder er firmeninterne Angelegenheiten ausplaudern könnte. Er war sich sicher, dass aufgrund der satirischen Verfremdungen und Namensänderungen nur die wirklichen Insider die Zusammenhänge und handelnden Personen erkennen konnten, was bei einer solchen, auf der Realität basierenden Geschichte ja immer der Fall ist.

Er schrieb einfach darauf los, hatte größten Spaß beim Aufschreiben, einen Spaß, den er sich auch von seinen Lesern erhoffte und feilte über ein Jahr lang an den Darstellungen und Formulierungen. Er recherchierte im Internet in vielen seriösen und mindestens genau so vielen unseriösen Quellen nach den unterschiedlichsten Themen und trug sehr viele Fakten und Blödsinn zusammen, was er mit Hirngespinsten seiner eigenen Phantasie veredelte. Es sollte ja eine Satire werden. Und da er auch viele groteske Erlebnisse gehabt hatte, sollte auch die Satire groteske, sarkastische und absurde Züge aufweisen.

Nachdem er es bei seinem Verlag eingereicht hatte und die ersten Druckexemplare in der Hand hielt, verteilte er diese an seine ehemaligen Kollegen und einige nähere Bekannte. Er erhielt schon sehr bald Reaktionen und die waren durchweg positiv. Die Leute haben sich beim Lesen weggeworfen, waren total begeistert und haben vieles aus ihrem eigenen Berufsumfeld oder dem ihrer Bekannten wiedererkannt. Die Lebenshilfe kam an, denn viele Leute sagten: „Bei denen ist es ja noch schlimmer als bei uns, dann sind wir doch in einer guten Firma." Und andere sagten: „Bei uns ist es ja noch schlimmer als bei denen, gut zu wissen, dass es bessere Firmen gibt."

Nur bei seinen Ex-Chefs und dem Management-Überbau brach größte Panik aus, da er relativ genau auch über viele interne Schiebereien berichtet hatte, die zur Frisierung von Abteilungsergebnissen, Aufbesserung persönlicher Zielerreichungsergebnisse, Ruhigstellung und/oder Manipulation von Mitarbeitern, Umgehung rechtlicher, verwaltungstechnischer und betriebsvereinbarter Vorgaben sowie Zufriedenstellung von Kunden erfolgt waren. Die Manager lachten vermutlich klammheimlich ebenso vor sich hin, mussten aber die andersartig gelagerten Firmeninteressen vertreten und daher das Buch (freiwillig oder gezwungenermaßen) verurteilen.

Alles in allem war das Buch reine Vergangenheitsbewältigung in anonymisierter Form und auf satirische Weise mit dem Ziel, auf gleiche Weise Geschädigten eine konstruktive Perspektive aufzuzeigen. Aber er hatte eine Bombe in eine Bettfedernfabrik geworfen, so dass es viele Tage dauerte, bis sich die Federwolke langsam senkte, der Horizont wieder erkennbar wurde und die aufgeschreckten Hühner zur Ruhe kamen.

Die Zwischenzeit wurde nun von vielen dazu genutzt, eigene Ziele zur Ruf- und Geschäftsschädigung der Firma zu verfolgen, zu lästern, zu sticheln, genüsslich in Wunden zu bohren, nach Leichen im Firmenkeller zu suchen oder kräftig zu intrigieren. Es gibt ja immer welche, die gerade ihre Aufgabe oder Position verloren haben, weil sie zu schlecht, zu gut, zu erfolglos, zu erfolgreich oder was auch immer (eigentlich gibt es keine unmögliche Begründung für einen Verantwortungsentzug) gewesen waren, die dankbar für jede Hilfestellung zum Intrigieren und Ränke Schmieden waren. Oder diejenigen, die einem Kollegen schon immer mal einen einschenken wollten. Oder die einer Abteilung schon immer misstraut haben, weil sie merkwürdigerweise immer die besten Ergebnisse hatte, und daher nach konkreten Anhaltspunkten suchten. Oder oder oder …

Und auch bei Facebook wurde gleich eine Gruppe aufgemacht, die den Titel seines Buches als Namen trug. Das fand er zwar nicht selbst heraus, da er diesem sog. sozialen Netzwerk, das gerne asoziale Auswüchse annahm, misstraute, weil er keine Kontrolle über seine Daten gehabt hätte, aber seine Tochter konnte ihm das mitteilen. Die jüngere Generation ist dort ja fast flächendeckend vertreten und meistens eher sorglos, was den Umgang mit schützenswerten, persönlichen Daten angeht.

Und bereits einen Tag nach Erscheinen des Buches gab es eine Rezension bei Amazon unter der Überschrift „So verrückt, das muss erfunden sein", in der geschrieben stand: „... man kann froh sein, wenn man von außergewöhnlichen / exzentrischen / durchgeknallten Charakterköpfen umgeben ist, die einen zum Wahnsinn treiben, was die Depression des Verwaltungsalltags vergessen macht". Und der Rezensent hatte erkannt, dass einer der Chefs, der in der Satire besondere Würdigung erfahren hatte, ein „filmreifer" Mensch war.

Auch bei diversen Pressediensten war einige Tage später eine Meldung über die „Sammlung von urigen bis absurd-unglaublichen Erfahrungen im Großunternehmen" zu lesen, wobei ein Autor meinte, dass sich „manchem Leser die Nackenhaare" aufstellten. Das Buch sei „für alle jene bestimmt, die ähnliches erlebt haben oder nie erleben wollen."

Es dauerte daher nicht lange zwischen dem offiziellen Platzen der Bombe (Donnerstag-Nachmittag) und dem Zurückschlagen des Imperiums auf den armen, kleinen Autor. Am Folgetag begann dies in Form von Telefonterror durch seinen ehemaligen Vorgesetzten, der dazu durch seinen (filmreifen) Vorgesetzten genötigt worden war, obwohl er lieber einen Schwamm über das ganze Thema legen und es auf sich hätte beruhen lassen wollte. Das setzte sich das ganze darauffolgende Wochenende fort, bis der arme Schriftsteller gleich am Montag-Morgen bei seinem Verlag einen sofortigen Stopp für die Verbreitung seines trostspendenden Ratgebers erwirkte. In der guten alten DDR wäre er sicher außerdem gleich in Haft genommen und in China wäre er in einem Schauprozess hingerichtet worden.

Er selbst hielt den Druck zwar ganz gut aus, aber die Nerven seiner Frau und auch des gemeinsamen Hundes zeigten deutliche Abnutzungserscheinungen, so dass er diese altruistische Tat vollbringen musste. Dabei hatte das Buch doch so hoffnungsvoll eingeschlagen und die Grundlage für eine neue Karriere gelegt! Es hätte sicher nicht mehr lange gedauert, bis FAZ, TAZ, Spiegel und „Hart, aber Fair" mit einem Interviewwunsch vorstellig geworden wären.

Der Verlag hatte den Verkaufsstopp sofort bestätigt, aber das Buch wurde trotzdem noch einige Wochen danach im Internet von vielen Händlern angeboten. Dies war dem Management nicht verborgen geblieben und es nervte nicht nur den Autor, sondern nötigte auch einige Mitarbeiter, immer mal wieder eine Probebestellung durchzuführen, was auch gelang. Damit blieb für den verkannten Autor der Trost, dass die von ihm an den Pranger gestellte Firma fleißig seine Bücher aufkaufte. Vermutlich würde dann zu einem geeigneten Zeitpunkt, wenn alle marktverfügbaren Exemplare aufgekauft sein würden, eine öffentliche Bücherverbrennung in der Firmenzentrale in Bonn erfolgen. Das Land hatte mit solchen Aktionen ja traditionelle Erfahrung. Auch nachdem der Verkaufsstopp wirksam geworden war, blieb das Buch im Internet präsent – das Netz vergisst nichts. Auch fünf Jahre danach ergibt der Suchbegriff bei Tante Gugel noch viele Treffer und man kann noch Ramsch-Exemplare bestellen.

Wie substantiell die Federn waren, die er aufgewirbelt hatte, zeigte sich schon einen Tag nach dem Verkaufsstopp, als ihm der Anwalt der Firma einen Entwurf für eine Vereinbarung zum Rückzug seines Buches vorlegte, die ohne (sic!) Einschaltung der Personalabteilung geschlossen werden sollte. Er war sich sicher gewesen, dass er trotz der Verfremdungen gravierend gegen seinen Arbeitsvertrag (keine geschäftsgefährdenden Veröffentlichungen ohne Zustimmung der Firma) verstoßen hatte. Warum wollte die Personalabteilung sich nicht darauf berufen und ihm fristlos kündigen? Schließlich bezog er noch einige Jahre lang von der Firma Lohn, denn er war am Anfang seiner passiven Altersteilzeitphase.

Doch nur, weil viele der potentiell Betroffenen selbst eine oder mehrere Leichen im Schrank, Keller oder Server hatten und im Falle eines Verfahrens vor dem Arbeitsgericht, was sich der Autor nach einer Kündigung nicht hätte nehmen lassen, die eigenen Verfehlungen publicity-trächtig an die Öffentlichkeit gekommen wären. Man informierte ihn unter der Hand von der Sichtweise des aufgeschreckten Managements, dass es im Falle eines Verfahrens nur Verlierer geben würde. Wenn er das gewusst hätte, hätte er noch mehr Sachen ausgepackt bzw. ins Buch reingepackt, aber hinterher ist man ja immer schlauer.

Pfiffiger Weise hatte man ihm eine einseitige Verpflichtung (Du hörst sofort auf, Dein Machwerk zu verbreiten, und stellst das sicher) nahegelegt. Das war so natürlich nicht akzeptabel, denn erstens konnte er nicht sicherstellen, was andere (z.B. Buchhändler, Leser) mit seiner Enthüllung machen würden, und zweitens wollte er eine Gegenleistung des angepissten Unternehmens, obwohl es ja jedes große Unternehmen hätte sein können, was ihm viele Leser des Buches bestätigten.

Insbesondere wollte er verhindern, dass, wenn die letzten Bettfedern auf den Boden gesunken und zusammengekehrt waren, so dass sich die Penner (um im Bild zu bleiben) einen Überblick und eine Strategie verschaffen konnten, man doch noch zivil- oder sogar strafrechtliche Schritte gegen ihn einleiten konnte. Also nach dem Talionsprinzip: Verpflichtung gegen Verpflichtung oder eine Hand wäscht die andere oder Leben um Leben, Auge um Auge, Zahn um Zahn, Fuß um Fuß, Brandmal um

Brandmal, Beule um Beule, Wunde um Wunde (letzteres siehe Exodus 21, 23–25).

Doch das wollte der Unternehmensjurist nicht. Er war angeblich vom Rechtsvorstand über den Fall in Kenntnis gesetzt und beauftragt worden, eine „geräuschlose" Einigung mit dem Autor zu erzielen (der Vorstand wusste Bescheid, aber HR war außen vor?). Eine Verpflichtung des Unternehmens, keine arbeitsrechtlichen Schritte gegen ihn einzuleiten, würde nicht geräuschlos möglich sein, sondern müsste mit einigen Abteilungen abgestimmt werden. Dies würde das Risiko bergen, dass noch schlafende Abteilungen auf die Arbeitsvertragsverletzung aufmerksam und tatsächlich arbeitsrechtliche Schritte gegen ihn einleiten würden, so die Befürchtung. In diesem Falle würden zwar mehrere Parteien gegeneinander antreten müssen (der Arbeitgeber, die Arbeitnehmervertreter und der ehemalige Arbeitnehmer), aber ob diese Auseinandersetzung trotz des Risikos, dass „es nur Verlierer geben würde", verhindert werden könnte, sei fraglich.

Außerdem schätzte die Anwältin des Autors es so ein, dass die Arbeitsvertragsverletzung nur zu einer Abmahnung führen würde. Trotzdem bestände noch das Risiko, dass es zu einer Schadenersatzklage des Unternehmens gegen den Autor kommen könne, was zu einer jahrelangen Auseinandersetzung führen würde. Daher entschied sich der Autor schließlich, auf ein explizites Zugeständnis des Ausschlusses arbeitsrechtlicher Maßnahmen zu verzichten, um in einem schnellen Vergleich die Auseinandersetzung beizulegen.

Als man dies dem Anwalt des Unternehmens mitgeteilt hatte, passierte wochenlang nichts mehr. Insbesondere gab es zunächst keine schriftliche Vereinbarung. Doch dann erhielt seine Anwältin eines Tages einen Brief mit einem Wortlaut, der – bis auf den Verzicht der Gegenleistung – ziemlich genau seinem ersten, eigenen Vorschlag entsprach, den er dem Firmenanwalt vorgelegt hatte.

Damals hatte er auf Drängen seiner entnervten Gattin eine Anwältin eingeschaltet, wobei beide Damen anfänglich der Meinung waren, auch die Firma zu einer Verpflichtung (nämlich keine weiteren Schritte einzuleiten) drängen zu können. Solange, bis er sich des leichten Ungleichgewichts, hier das kleine Männlein mit zu bezahlender Anwältin, dort der Weltkonzern mit einer Heerschar an angestellten Anwälten, klar geworden war.

Nach einem Vierteljahr war die Vereinbarung gegenseitig unterzeichnet und er um einen vierstelligen Betrag ärmer (für die Anwältin). Dafür umso reicher an Erfahrung, was den Umgang mit Großunternehmen angeht. Noch viele Monate später erhielt er trostreiche Rückmeldungen von ehemaligen Kollegen und Geschäftspartnern zum bösen Buch.

Einige Schlussbemerkungen zum Thema Burnout: Nach einer Studie der Bundespsychotherapeutenkammer hat die Anzahl der Krankschreibungen aufgrund eines Burnouts von 2004 bis 2011 um 700% und die der damit einhergehenden Fehltage sogar um 1.400% zugenommen. Der Burnout-Anteil ist allerdings im Vergleich zur Gesamtheit psychischer Erkrankungen noch sehr klein, da Depressionen und Anpassungsstörungen eine erheblich häufigere Ursache für Krankschreibungen darstellen. Tatsächlich nimmt die Zahl der Deutschen, die an psychischen Erkrankungen leiden, seit Jahren dramatisch zu – wohl auch, weil derlei Leiden heute weniger tabuisiert und daher öfter diagnostiziert werden als früher. Nach Muskel- und Skeletterkrankungen sind psychische Probleme heute schon der zweitwichtigste Grund für Krankmeldungen von Pflichtversicherten. Auch 41 Prozent der Frühverrentungen gehen auf seelische Leiden zurück (Wert von 2013).

Der Tagesspiegel zitierte im Januar 2017 eine Analyse der Krankenkasse DAK-Gesundheit, wonach sich die Zahl der Fehltage aufgrund von seelischen Leiden in 20 Jahren mehr als verdreifacht hat. Und von der Länge der

Krankschreibung her toppt diese Diagnose bei den Frauen inzwischen selbst die weit verbreiteten Rückenleiden. Es gibt in Deutschland keine andere Erkrankungsart, wegen der sie ihrem Arbeitsplatz länger fernbleiben.

Auch der „Fehlzeitenreport" der AOK Gesundheit stellt fest, dass Arbeitsausfälle durch psychische Krankheiten in den vergangenen zehn Jahren dramatisch zugenommen haben, wie die SVZ im September 2017 berichtete. Dass die Zahl von Depressionen, Burnouts, aber auch schweren schizoiden Krankheiten stark zugenommen haben, liege nur zum Teil daran, dass Ärzte besser diagnostizieren und die Menschen wegen psychischer Probleme schneller den Arzt aufsuchen. Neben dem Zerfall von Familienstrukturen sei ein wichtiges Ursachenfeld die wachsende Belastung der Arbeitnehmerinnen und Arbeitnehmer durch Stress, Überstunden und unregelmäßigere Arbeitszeiten.

Angesichts dieser Entwicklung sollten doch eigentlich praktische Ratgeber für den Berufsalltag positiv aufgenommen werden!

Hauskauf in Spanien

Mit Ende 59 hatte ich arbeitstechnisch in den Sack gehauen. Ich meine, ich hatte aufgehört zu arbeiten. Ich war zwar noch angestellt und wurde angemessen mit einer steuerfrei aufgestockten Gehaltshälfte entlohnt, bis ich 63 sein würde, aber ich musste dafür nicht mehr arbeiten. Eigentlich ist es gut so, wenn man nicht arbeiten muss und dafür Gehalt bekommt.

So ganz spontan hatte ich natürlich nicht das Handtuch geworfen, so etwas muss man vorbereiten. Vor allem wenn man drei Jahre lang fürs Nichtstun Gehalt beziehen will. Also hatte ich mich kurz nach meinem 56. Geburtstag bemüht, einen sog. Altersteilzeitvertrag zu bekommen. Mein Chef fand das zwar im Gegensatz zu mir nicht so lustig, aber es blieb ihm nichts anderes übrig, nachdem ich zwei Jahre zuvor schon mal einen Burnout vorgetäuscht hatte. Oder genauer gesagt, einen solchen angedroht hatte. Die Firma mit ihren verkrusteten Strukturen und ihrer Misstrauenskultur, durch die mir bei der Arbeit jegliche Entscheidungsfreiheit entzogen wurde, war mir dermaßen auf den Zeiger gegangen, dass ich beschlossen hatte, mir einen Burnout zuzulegen. Oder wenigstens vorzeitig zu arbeiten aufhören zu können.

Ich entschied mich für letztere Variante, nachdem meine Krankenkasse einen mehrjährigen Kuraufenthalt zur Abwendung seines drohenden Burnouts abgelehnt hatte. Zupass kam mir dabei, dass meine Firma mal wieder Leute loswerden wollte, um Personalkosten einzusparen, und daher zusätzliches Geld bereitstellte, um selbiges sparen zu können. So lief das nämlich, wenn man Humankapital, überkapazitäre Mitarbeiter oder Belegschaftsaltlasten loswerden wollte, um durch biologischen Abbau die Entlassungsproduktivität zu steigern. Dann musste man ihnen eine großzügige Abfindung geben – in meinem Fall wäre die aufgrund meines fortgeschrittenen Alters nicht großzügig genug gewesen, wenn ich mich anschließend auf die faule Haut legen wollte. Oder man gab den Leuten bis zum Rentenalter einen Altersteilzeitvertrag, während dessen Laufzeit sie nach der Hälfte aufhören konnten zu arbeiten, aber während der kompletten Vertragsdauer mit reduziertem Gehalt entlohnt wurden. Das war schließlich auch meine favorisierte Lösung.

Ein Jahr vor Ende der sog. Aktiven Altersteilzeit stellte ich mit meiner Frau Überlegungen an, was wir ab Beginn der Passiven Altersteilzeit tun könnten. Vor allem wollten wir mehr reisen als vorher. Und da wir fliegen unserem Hund nicht antun konnten oder wollten, kamen wir auf die Idee, es mit ausgedehnten Campingrundreisen zu versuchen, auch wenn wir auf Europa eingeschränkt sein würden – von anderen Kontinenten wollte meine Gattin ohnehin nichts wissen. Ein Campingmobil wäre dafür nützlich, fanden wir. Nach einer Testrundreise mit einem Leihfahrzeug und weiteren Überlegungen entschieden wir uns dann für einen halbwegs alltagstauglichen VW-Bus mit Aufstelldach, was in dieser Größenklasse der Campingmobile fast so etwas wie einen überteuerten Quasistandard darstellt.

Im ersten Frühjahr nach meinem Arbeitsende begaben wir uns auf die erste größere Campingrundreise, die uns schwerpunktmäßig durch Spanien führte. Ich hatte dafür, sozusagen als Rentenvorbereitungsprojekt, ein wenig Spanisch gelernt, so dass wir uns mehr schlecht als recht verständigen konnten. Noch heutzutage ist es nicht in jedem Winkel Spaniens (wie vermutlich auch in Deutschland) möglich, sich auf Englisch zu verständigen. In solchen Gegenden Spaniens spricht man dann allerdings auch meist eine Sprache, die mit dem Kastilischen wenig zu tun hat, so dass meine Sprachvorbereitung manchmal nur von sehr begrenztem Wert war, wie wir vor Ort feststellen konnten.

Wie auch immer, wir unternahmen eine tolle Rundreise „rechtsrum", d.h. erst einmal am Mittelmeer entlang nach Süden, dann durch Andalusien nach Westen, durch die Extremadura nach Norden und schließlich durchs Baskenland zurück in Richtung Nordosten, wo wir Deutschland vermuteten.

Durchs gute, sonnige und trockene Wetter am Mittelmeer nach der Frühjahrs-Schmuddelphase in Deutschland explodierten unsere Glückshormone und führten bei mir zu einem Übermut nie gekannten Ausmaßes. Ich glaubte, endlich meiner wahren Bestimmung nahegekommen zu sein, vor allem wo ich meinen Lebensabend verbringen könnte. Insbesondere die Gegend um Dénia, wo wir uns mehrere Tage aufhielten, schien mir als Altersruhesitz sehr attraktiv, zumal dort und in den Nachbarorten Moraira und Altea ein gigantisches Kaufangebot an Immobilien bestand. Auch im nahen Calpe und Benidorm war einiges im Angebot, aber diese Orte sind so schrecklich zugebaut und von Ausländern heimgesucht, dass man darum besser einen großen Bogen machen sollte.

Daher ergab es sich schon bald bei dem einen oder anderen Fläschchen vergorenen spanischen Traubensaftes, dass wir gemeinsam ein wenig über einen Immobilienbesitz in Spanien fantasierten, ohne dass wir einen Kauf wirklich ernsthaft in Erwägung zogen. So entstand die Idee, dass ich mal einen kleinen Scherz mache und unsere jüngere Tochter, die bei allen wichtigen Dingen des Lebens sehr einfühlsam sein kann, zu Rate ziehe. Es sollte so aussehen, als hätte ich die Idee zum Haus- oder Wohnungskauf und wollte meine Frau damit überraschen, wüsste jedoch nicht, wie ich es am besten anstellen soll. Also schrieb ich Susie folgende Nachricht:

„Wie Du ja weißt, habe ich sehr intensiv Spanisch gelernt, was für die Spanienreise nicht notwendig gewesen wäre. Nachdem ich jetzt im Vorruhestand bin, würde ich gerne noch einmal was ganz Neues anfangen, und das könnte ich mir in Spanien gut vorstellen, da das Land, die Leute, das Wetter, einfach alles toll ist."

(Na ja, das war etwas übertrieben. Aber Übertreibung verdeutlicht, sagt meine Frau immer.)

„Zum Beispiel könnte ich mir vorstellen, nach Spanien auszuwandern."

(Das war eine gewagte Behauptung, wenn nicht gar eine glatte Lüge.)

„Wir haben schon viele Häuser gesehen, die zum Kauf angeboten werden, …"

(Ja, von außen, in Prospekten und in Schaukästen.)

„… und morgen habe ich sogar einen Maklertermin."

(Auch das war gelogen.)

„Ich weiß aber nicht, wie ich das Mama beibringen soll. Ich könnte mir vorstellen, dass sie nicht ganz so begeistert ist."

(Das war stark untertrieben.)

„Hast Du einen Vorschlag, wie ich das Thema am besten angehen soll? Was haltet Ihr eigentlich von dieser Idee?"

(Damit meinte ich sie und ihre ältere Schwester.)

Da hatte ich was angerichtet. Denn jetzt gingen zuhause stundenlange Krisentelefonate zwischen den beiden Töchtern los und auch andere, weniger Betroffene wurden involviert. Die Aufregung war groß, meine Nachricht war wohl sehr glaubhaft und erschreckend gewesen. Und die folgenden Tage gingen endlos viele und endlos lange Nachrichten zwischen Deutschland (Susie) und Spanien (ich) hin und her.

So wurde mir insbesondere geraten, doch mal unauffällig die Interessenslage meiner Frau zu sondieren. Z.B.

so: „Ist doch eigentlich ganz schön hier, oder was meinst du?" „Guck mal, wie viele prächtige Häuser leer stehen." „Das Wetter und das Essen ist sehr gut hier. Schade, dass wir nicht länger bleiben können." „Ist dir aufgefallen, wie viele Deutsche hier dauerhaft leben? Man könnte sich fast zuhause fühlen." Usw.

Ansonsten habe man durchaus Verständnis dafür, dass ich was Neues beginnen möchte, wäre aber traurig, wenn wir so weit weg wohnen würden. Das konnte ich damit entkräften, dass der Flughafen von Valencia nicht weit weg ist und es außerdem eine Chance für die beiden zum preiswerten Urlauben wäre. Und ob die Mama da mitmachen würde, wurde stark bezweifelt, wenn auch nicht für unmöglich gehalten. Ich solle bedenken, dass ihr vielleicht das gewohnte Umfeld sehr fehlen würde (Verwandtschaft, Hundefreunde, Rommee-Club etc.) und sie bisher kein Spanisch spricht.

Zurück konnte ich nicht mehr, denn wenn ich jetzt, nachdem die Kiste eindeutig zu heiß geworden war und die Ereignisse eine Dynamik angenommen hatten, die sich meiner Steuerung entzogen, zugegeben hätte, dass dies ein kleiner Scherz gewesen war, hätten sie mich nach unserer Rückkehr zweifelsohne ermordet oder wenigstens ihren Nachnamen geändert und an nächsten Weihnachten die Annahme aller Geschenke verweigert. Letzteres wäre zwar nicht tragisch gewesen, aber trotzdem, wie also aus der Nummer wieder rauskommen?

Ich stellte das dann so dar, dass ich im Überschwang meiner Gefühle ob des guten Wetters und Essens und der vielen netten Spanier den „Plan" der Auswanderung etwas unbedacht entwickelt hatte und nicht über die Konsequenzen, vor allem für meine Frau und die Restfamilie, nachgedacht hatte. Aber sie (die Töchter) hätten wohl Recht, dass sie (meine Frau) in Spanien nicht glücklich werden würde, auch der Hund nicht, und ich daher die Idee zwischenzeitlich aufgegeben hätte. Ich sei froh, dass sie mir bei der Entscheidungsfindung so gut geholfen hätten.

Das war glaubhaft, danach wurde nie wieder über das Thema gesprochen. Und die Gefahr, dass eine der beiden diese Geschichte lesen wird, ist äußerst gering. Wie sagt man in Spanien? „Quien quiera vivir bien, de todo se ha de reír. – Wer gut leben will, muss über alles lachen können."

Noch eine Anmerkung zur Sprache: ich habe im Alter von 14 bis 18 Französisch in der Schule gehabt, das ich später aber nie gebraucht und daher fast völlig verlernt habe. In dem Alter hatte ich es sowieso nicht so mit Fremdsprachen und anderen Fächern, für die man einfach nur viel auswendig lernen musste. Trotzdem verstehe ich heute noch Franzosen, wenn sie sehr langsam und auf einfache Weise etwas zu mir sagen. Das können die nämlich, wenn sie wollen, im Gegensatz zu den Spaniern.

Mit Spanisch habe ich erst mit 60 Jahren minus 4 Monaten angefangen, beschäftige mich nun schon seit fünf Jahren etwas damit, wenn auch immer mal wieder mit mehrmonatigen Pausen, und kann auch einfache Sätze formulieren. Aber ich verstehe fast keinen einzigen Spanier, wenn er spricht. Das liegt zum einen daran, dass die meisten irgendeine Abart des Kastilischen sprechen oder was ganz anderes, zum anderen dass sie eine affenartige Sprachgeschwindigkeit drauf haben. Nach meiner Erfahrung hilft es auch nicht, um eine langsame Artikulation zu bitten, denn das führt höchstens zu ultrakurzen Pausen zwischen den Stakkatosätzen, wobei die Sprachgeschwindigkeit insgesamt trotzdem beibehalten wird. D.h. sie werden in der gleichen Zeit mit einem Satz fertig, egal ob sie kurze Pausen einschieben oder nicht. Langsam sprechen hat die Natur beim Spanier und der Spanierin nicht vorgesehen. Allerdings hat sie sie mit unangenehmen Stimmen ausgestattet, wobei die Bezeichnung maschinengewehrhaft noch ein Kompliment ist.

Kratzer

Wie schon berichtet, hatten wir uns vor Ende meiner aktiven Arbeitsphase einen campingtauglichen VW-Bus für unsere ausgedehnten Rundreisen gekauft. Der Vorteil dieser Fahrzeugklasse ist, dass er relativ handlich ist, was die Fahrt durch Dörfer und Städte, die wir besichtigen wollten, angeht und den man auch noch in das eine oder andere Parkhaus reinkriegt. Allerdings mit seiner Höhe von 2,05 m ist das nicht überall gegeben, ohne das eingebaute Aufstelldach wäre er 5 cm niedriger und die Parkmöglichkeiten wären vielfältiger. Aber wir hatten uns ja trotz der möglichen Nachteile bewusst für diesen Fahrzeugtyp entschieden.

Auch wenn es kein Neufahrzeug war – wir hatten einen gebrauchten VW-Transporter gekauft und geeignet umbauen lassen –, möchte man nicht gleich zu Anfang schon deutlich sichtbare Gebrauchsspuren haben. Die ersten fingen wir uns in Carcassonne in der winkligen Altstadt ein, als wir in einer sehr engen Straße vor einer unvermutet auftauchenden Baustelle in eine noch engere Seitenstraße abzubiegen gezwungen wurden. Der Gehweg war bis zur Ecke mit hüfthohen Kugelkopf-Pollern von der Fahrbahn getrennt, an einem dieser Dinge schrappte ich beim Abbiegen entlang. Es knirschte und quietschte ein wenig, nur ganz wenig, man könnte sagen es knietschte leise. Ich stoppte sofort, setzte etwas zurück, was die Autoschlange hinter mir wenig begeisterte, und nahm dann noch mal Anlauf. Nicht an Geschwindigkeit, aber im Radius, um ohne erneutes Anknietschen um die Kurve zu kommen. Dies gelang auch.

Später stellte ich eine deutlich sichtbare Schramme in der Karosserie über dem linken Hinterrad fest und begann herum zu fluchen. Meine Frau meinte, das könne man einfach wegwischen. Ich war überzeugt, dass sie spann, weil man Kratzer nicht einfach wegwischen kann, behielt meine Überzeugung allerdings für mich.

Kratzer aus dem Lack zu beseitigen, ist nicht ganz einfach. Im Internet findet man dazu viele Tipps, auch sich widersprechende, wenn man nicht gerade in eine Werkstatt zum Lackieren fahren möchte. Das mochte ich nicht, das wäre viel zu teuer gewesen. Und außerdem, deutlich sichtbare Gebrauchsspuren lassen sich auf Dauer eh nicht vermeiden, sondern tragen eher dazu bei, dass das Fahrzeug Charakter bekommt.

So solle man mit Zahnpasta Kratzer im Lack beseitigen können, konnte ich auf einer Seite mit praktischen Tipps zur Kratzerbeseitigung lesen, da sich die darin enthaltenen winzigen Schleifpartikel in den Kratzer setzen und ihn somit korrigieren würden. Diese (Zahnpasta) solle man mit einem feuchten Tuch auftragen, verreiben und damit alles, Zahnpasta und Kratzer, wegwischen. Notfalls müsse man die Prozedur wiederholen. Wer es etwas professioneller haben möchte, der könne das Gleiche auch mit einer Feinschleifpaste auf die gleiche Art wie mit der Zahnpasta machen und habe dabei den Vorteil der zusätzlichen Versiegelung. Oder man könne den Kratzer mit einem Lackstift zudecken, wobei man aber den farblich exakt passenden verwenden muss.

Andererseits gibt es auch Mittelchen, die man tunlichst nicht einsetzen soll. Dazu gehört das Aufsprühen von Öl, weil es schmierig wird und angeblich zu größeren Problemen führen könne, die aber nicht näher spezifiziert wurden. Auch vom Einsatz von Nagellack wird abgeraten, da dieser unter Hitzeeinwirkung Blasen bilden könne und die Farbe in der Regel auch nicht passe. Auch von der Verwendung eines Edding-Stiftes wird abgeraten. Und bei Polituren für den Fachmann solle man aufpassen, wenn man sie ohne einen solchen anwenden möchte, da man mit dem Schleifpapier mehr Schaden als Nutzen anrichten könne.

Bei der Vielzahl der Tipps und Warnungen war ich mir unschlüssig, wie ich den Kratzer beseitigen sollte. Daher verdrängte ich das Problem erst einmal und dachte nicht mehr darüber nach. Bis mich abends meine Gattin mit der Information überraschte, dass sie den Kratzer weggeputzt habe, ich solle mir das doch mal ansehen. Tatsächlich war nichts mehr zu sehen, sie hatte einfach mit einem feuchten Tuch darübergewischt. Aber am nächsten Morgen, als die Stelle getrocknet und es hell war, war er wieder in voller Pracht erkennbar. Ich vermied unnötige Diskussionen und entschloss mich endgültig fürs Vergessen.

Ein Jahr später waren wir wieder auf einer längeren Tour durch Frankreich und Spanien unterwegs und legten auf unserer Etappe von Cuenca nach Cartagena einen Zwischenstopp in Chinchilla de Monte-Aragón ein. Die mittelalterliche Stadt in der Provinz Albacete hat knapp 4.200 Einwohner und thront mit ihrer Burg auf einem weithin sichtbaren Hügel. Weitere Sehenswürdigkeiten der Stadt, die als Kulturgut in der Kategorie Conjunto histórico-artístico anerkannt ist, sind die „Höhlen" (cuevas), die teils auch heute noch bewohnt sind, und die enge Altstadt mit Kirchen, Rathaus, Relikten arabischer Bäder und engen, verwinkelten Gassen.

Wir wollten das Städtchen besichtigen und uns mit einem Mittagessen stärken. Bevor es dazu kam, mussten wir erst einmal einen Parkplatz finden. Ich wollte angesichts der Gassen etwas außerhalb parken und das Städtchen zu Fuß erkunden. Aber meine Gemahlin verspürte keine Lust, sich den Hügel hochzuquälen, sondern wünschte, dass ich in den Ort hineinfahre. Das war grundsätzlich kein Problem, wie ich an der Vielzahl der uns entgegenkommenden Fahrzeuge kleinerer Bauart ersehen konnte, aber mit unserem etwas breiteren Bus kamen wir schon an der ersten Gassenbiegung an unsere Grenzen. Beim Vorbeifahren an einer etwas hervorstehenden Hausecke knirschte und quietschte es wieder, wobei diesmal das Knirschen ein wenig im Vordergrund stand. Man kann also sagen, es knirtschte und zwar deutlich vernehmbar.

Nun hatten wir auch auf der rechten Seite ein bleibendes Urlaubsandenken und ich gab alle weiteren Gedanken über die Beseitigung von irgendwelchen Gebrauchsspuren endgültig auf. Das ist wie bei alten Menschen, denen sieht man ihre Gebrauchsspuren im Gesicht auch an, das ist ganz normal. Es gibt zwar welche, die versuchen, die Gesichtsfurchen zu beseitigen, indem sie diverse Sälbchen aufschmieren, aber das nützt nur der Schmierstoff-produzierenden Industrie. Oder sie versuchen es mit Botox, das man übrigens auch für die Herstellung biologischer Waffen verwenden kann, aber das sieht man dann erst recht.

Bleibt als Trost nur die österreichische Binsenweisheit:

Runzeln, Knorpel und auch Falten,
formen das Gesicht der Alten,
s'ist eh nur noch der Schädel bald -
Du bist alt.

Jeden Morgen in demselben Trott,
hin zur Kirche, hin zu Gott.
das Himmelstor der nächste Halt -
Du bist alt.

Früher warst Du einstmals jung
und morgen bist Du Würmerdung.
Im Sarg wird es entsetzlich kalt -
Du bist alt.

Die Spanier haben einen Knall

Die Spanier feiern gerne, vor allem oft, viel, laut und vorzugsweise mit Schießen, Knallen, Böllern und Raketen Abfeuern. In den meisten Ländern ist es glücklicherweise verboten, Knallkörper und Raketen außerhalb eines bestimmten Zeitraumes zu erwerben und abzufeuern. Manche Länder wie Irland sind besonders restriktiv, dort darf man nur Tischfeuerwerk (Kategorie 1) erwerben. In anderen Ländern wie Frankreich oder Griechenland ist es einfach unüblich, zu knallen und zu böllern, so dass der Erwerb von Feuerwerk entsprechend eingeschränkt ist.

Aber in Ländern wie Polen, Tschechien, Belgien und Spanien sind der Verkauf und das Abbrennen von Kategorie-2-Feuerwerk (Raketen, Kanonenschläge etc.) ganzjährig erlaubt. Die Spanier nutzen nach unserer Beobachtung jede Gelegenheit meist am Wochenende, Raketen in den Himmel zu jagen. Deswegen muss man, wenn man selbst schreckhaft ist oder einen schreckhaften Hund hat, ständig auf der Hut sein. Herrchen und Frauchen haben mehrfach unschöne Erfahrungen mit ihrem schreckhaften Hund gemacht.

Einmal waren wir in Ronda in Andalusien unterwegs. Der 36.000-Einwohnerort ist eines der größten und berühmtesten Weißen Dörfer mit seinen weiß gekalkten Häusern und schmalen, verwinkelten Gassen, wie sie in ähnlicher Form auch in Nordafrika zu finden sind. Ronda hat viele sehenswerte Bauwerke, alte Paläste, Kirchen (meist dort, wo zur maurischen Zeit Moscheen standen), die berühmte Brücke Puente Nuevo über der 160 m tiefen Schlucht El Tajo und eine der ältesten und zugleich schönsten Stierkampfarenen Spaniens.

Wir waren vom nahen Campingplatz zu Fuß in die Stadt gelaufen und hatten uns nach einem mehrstündigen Rundgang, auf dem wir einen großen Teil der Sehenswürdigkeiten besucht hatten, auf einem kleinen Platz an der Puerta de Almocábar in der Altstadt niedergelassen. Vor der Bar Sánchez Ronda ließen wir es uns und unseren Füßen bei Sherry und Montaditos (ziemlich kleine, unterschiedlich belegte Brötchen) gutgehen. Unser Hund genoss die Erholung vom Spaziergang ebenfalls, allerdings nur, bis gegen 21:30 in der Nähe einige Böller auf einer Fiesta gezündet wurden, was ihn in große Panik versetzte. Er fing zu zittern an und schien einem Herzkasper nah, so dass wir den Knallort schleunigst verlassen mussten. Nach lange anhaltenden Streichelgaben beruhigte er sich ein wenig, blieb aber den restlichen Abend über deutlich verstört.

Noch ein weiteres Erlebnis dieses Abends, das aber mit der Knallerei nichts zu tun hatte, trug zu seiner Beunruhigung bei: Wir genossen den Einbruch der Nacht in unserem Campingbus bei Lesen, leiser Musik und geschlossener Tür, bis auf die Minute genau um 23:00 zu Beginn der verordneten Nachtruhe die ohrenbetäubend lauten Campingplatz-Grillen verstummten – das mörderische Gezirpe war nicht vom Band gekommen, sondern echt gewesen! Zeitgleich geriet unser französischer Stellplatznachbar in Rage, nicht wegen der unhörbaren Grillen, sondern weil er seinen erhofften Schlaf durch die Musikbeschallung, die kaum nach außen dringen konnte, gefährdet fürchtete.

Als er heftig an unser Auto klopfte und nach Todesstille brüllte, geriet unser Hund erneut in Panik und machte sich kontraproduktiv mit einem prächtigen Bellanfall Luft. Das brachte dann weitere Campingplatz-Bewohner und -Hunde in Aufruhr. Campen kann lustig sein und stinkknochige Nachbarn gibt es überall. Und nicht nur die Spanier haben einen Knall, wenn auch am meisten.

Ein andermal hatten wir ein Knallerlebnis, als wir vom Sherry-Ort El Puerto de Santa María an die Algarve weiterfuhren. Wir wollten zum Mittagessen einen kurzen

Stopp einlegen und verließen die A-49 bei La Palma del Condado. Der 10.600-Einwohnerort liegt in der Provinz Huelva und ist für seine Weinbautradition bekannt. Der historische Stadtkern von La Palma del Condado wurde 2002 in die Kategorie Conjunto histórico-artístico aufgenommen. In einer kleinen Gasse im Zentrum fanden wir einen Parkplatz und entschlossen uns zu einem kleinen Spaziergang, bevor wir einkehren wollten.

Doch kaum hatten wir das Auto verlassen, passierte an diesem Freitagnachmittag, was man in Spanien am Wochenende häufiger befürchten muss: ganz in der Nähe wurde einige Raketen abgefeuert. Da unser Hund wieder auf dem besten Wege zu einem Herzkasper war, kehrten wir schleunigst zum Auto zurück und setzten unsere Reise hungrig fort.

Zehn Kilometer weiter westwärts starteten wir in Niebla einen neuen Versuch. Der Ort am Río Tinto hat 4.000 Einwohner, war einst die Hauptstadt der Region Condado, in der Andalusiens beste Weine produziert werden, und besitzt eine zwei Kilometer lange Stadtmauer aus dem 12. Jh., die mit fünf Stadttoren und mehr als 30 Türmen noch vollständig erhalten ist. Nachdem wir die alte römische Brücke über den roten Fluss überquert und einen Parkplatz in der Nähe der Stadtmauer gefunden hatten, steuerten wir ein Lokal an und fanden einen schönen Platz auf der Terrasse.

Als der Kellner gerade einen Tisch nett eingedeckt hatte und wir unser Essen bei ihm bestellen wollten, wurden ganz in der Nähe Böller gezündet. Wir trauten unseren Ohren nicht, Herrchen wurde stinkesauer und blaffte den Kellner an, der natürlich nichts dafürkonnte und auch den Unmut nicht verstand. Wir sprangen auf und eilten zum Auto zurück, kauften unterwegs eine Kleinigkeit in einem verlotterten Einkaufsmarkt und machten uns endgültig auf den Weg, das Land der Knallköpp, wie der Hesse sagt, zu verlassen.

Das schwerwiegendste Knallerlebnis aber hatten wir in Peñíscola an der Ostküste Spaniens. Der Ort hat 7.400 Einwohner, wobei in der touristischen Hochsaison dank jährlich 300 Sonnentage diese Zahl durch Urlauber auf mehr als 150.000 anwachsen soll. Dies kann man an den gewaltigen Appartementblöcken erahnen, die sich nördlich der Altstadt mehrere Kilometer lang in Strandnähe aneinanderreihen. Dementsprechend gibt es auch ein Dutzend Campingplätze in Peñíscola.

Wir hatten uns auf einem strand- und zentrumsnahen Platz niedergelassen, der uns von Bekannten empfohlen worden war. Die Stellplätze waren ziemlich groß, alle mit eigenem Strom- und Wasseranschluss, nur die Sanitäranlagen waren verbesserungsfähig. Und Wifi gab es leider nicht auf dem Platz, sondern nur im zugehörigen Restaurant, in das allerdings keine Hunde hineindurften, nicht einmal auf die Terrasse.

Der Tag nach unserer Ankunft sollte primär der Erholung dienen, entwickelte sich in der zweiten Tageshälfte aber völlig unerwartet und gegenteilig. Nach dem späten Frühstück genossen wir die Sonne auf dem Campingplatz, nutzten die Zeit zu lesen, noch mal zu dösen, Bilder auf den Laptop zu übertragen und zu sortieren (ich fotografiere sehr viel), WhatsApp-Nachrichten zu schreiben und ausgiebige Körperpflege zu betreiben.

Gegen zwei Uhr, als wir gemütlich vor dem Bus saßen, wurden vom sehr nahen Campingplatz-Restaurant anlässlich einer dort gefeierten Hochzeit plötzlich Dutzende Raketen abgeschossen. Unser unangeleinter Hund ergriff so schnell die Flucht, dass wir ihn in wenigen Sekunden aus den Augen verloren. Wir bekamen gerade noch mit, dass er, wie einige andere Hunde, tiefer in den Campingplatz hineingerannt war, wohin wir uns auf die Suche machten. Wir mussten aber feststellen, dass der Platz von einem undurchlässigen Zaun umgeben war, der größtenteils mit dichten Büschen bewachsen war, so dass man nicht jeden

Winkel auf Anhieb einsehen konnte. Hier musste er sich irgendwo versteckt halten, bis der erste Schreck vorbei war.

Bevor dieser Zeitpunkt erreicht war, setzte schon der zweite Schreck ein. Jetzt wurde nämlich vom nahen Strand aus einer etwas anderen Richtung eine Serie Raketen abgefeuert. Anscheinend hatte sich die Hochzeitsgesellschaft dorthin begeben, um diverse Gruppenfotos mit Meerblick zu machen und das auf die „Spanische Art" zu feiern.

Die anderen flüchtigen Hunde waren zwischenzeitlich wieder eingefangen worden, unserer blieb verschollen. Daher machte sich sein Herrchen dann von außerhalb des Geländes auf die Suche, in dem er zunächst den Zaun absuchte. Ich ging davon aus, dass er sich noch am Zaun versteckt hielt und sich evtl. zwischen Zaun und Gebüsch verheddert hatte. Von außen war das potentielle Versteck zwar teilweise besser einsehbar, aber schwieriger zugänglich, da es sich direkt oberhalb eines teils zugewucherten, teils mit rutschigem Steilufer versehenen Bachlaufes befand, so dass ich mich am Maschendrahtzaun festhalten und mühsam entlanghangeln musste. Auch dieses anstrengende Unterfangen blieb ohne das gewünschte Resultat.

Wieder zurück auf dem Campingplatz wandte ich mich an die Rezeption und bat um Durchsagen, ob jemand unseren kleinen Schwarzen gesehen habe. Dies wurde in mehreren Sprachen durchgeführt und mehrmals wiederholt, blieb jedoch ebenfalls ohne Erfolg, obwohl sich einige Mitcamper an der Suche beteiligten.

Schließlich wandte ich mich an die benachbarte Policía Local, wo man zwar nur des Spanischen mächtig war, aber mein Anliegen trotzdem schnell verstand. Sofort sprang ein Häscher aufs Motorrad, nachdem ihm Aussehen und Namen des Hundes erläutert worden war, und fuhr längere Zeit die Spazierwege hinter dem Campingplatz auf und ab, wo sich mehrere sumpfartige Schilffelder befanden. Dort war unser Kleiner am Morgen bereits zu einem längeren Gassigang ausgeführt worden, weswegen ich annahm, dass er sich auf seiner Flucht vom Strand und vom Campingplatz dorthin zurückgezogen haben könnte.

Herrchen selbst machte sich zu Fuß auf die Suche, aber der Hund blieb weiterhin verschwunden. Irgendwann gab der Polizist auf – ein verstörter Hund wartet ja geradezu darauf, dass ein kampfgekleideter Ordnungshüter auf einem knatternden Motorrad angedüst kommt, um ihn einzufangen – und ich musste meine Suchkreise alleine fortsetzen und ausweiten. Daher lieh ich mir vom Campingplatz ein Fahrrad aus und begab mich erneut, pfeifend und seinen Namen rufend, zwischen die Schilfwiesen.

Schließlich kam ich an einer Stelle vorbei, wo im Schilf nach meinem Rufen ein leichtes Rascheln zu vernehmen war. Ich hielt an, rief erneut, wieder raschelte es, ich wartete und rief noch einmal. Dann sah ich einen sich langsam bewegenden, raschelnden, schwarzen Fleck im Schilf, der näher kam, bis sich ein klatschnasser kleiner Schmusekampfdackel zwischen den Schilfstängeln durchquetschte und auf mich zuraste, als hätten wir uns Jahre lang nicht mehr gesehen. Das Hundchen war völlig außer sich vor Glück, um ehrlich zu sein, sein Herrchen auch, und sie konnten sich langsam auf den Rückweg machen, wobei das Hundchen voller Freude ständig am radelnden Herrchen hochsprang.

Nach über drei Stunden endete das Drama mit einem Happyend und ab diesem Zeitpunkt – es war ein Samstag – waren wir rund ums Wochenende immer besonders auf der Hut, wenn knallwütige Spanier in der Nähe sein konnten. Dass unser Hund einem starken Stress ausgesetzt gewesen sein musste, konnte man an seiner Kinnbehaarung erkennen, die morgens noch schwarz, nach dem Ereignis deutlich grau geworden war. Die Spanier haben einfach einen gewaltigen Knall.

Unpolitisch inkorrekt

Ich bin ein Freund deftiger Begriffe, vor allem wenn ich sie für einen Sachverhalt zutreffend halte. Die ständigen Gängeleien, dass man bestimmte Formulierungen nicht verwenden solle, weil sie unhöflich oder politisch nicht korrekt seien, empfinde ich als Unterdrückung der Meinungsfreiheit und gehen mir tierisch auf den Sack. Oder, politisch korrekt formuliert: auf das Skrotum. Meine Ausdrucksweise ist manchmal zwar nicht ganz fein, verdeutlicht dafür aber umso besser mein Empfinden.

Früher konnte man Mohrenköpfe essen, heute wird man dadurch zum Negermörder; politisch korrekt: zum Mörder eines maximal Pigmentierten oder eines Subsahara-Afrikaners. Den Ersatzbegriff Negerkuss fand ich auch noch akzeptabel, aber jetzt heißen die Dinger Schokokuss, lächerlich! Da tröstet es mich nur wenig, dass es beim Toom-Baumarkt Bauanleitungen für Schokokuss-Wurfmaschinen gibt. Früher, als man Leute noch köpfte, hätte ich nicht gerne von einer Bauanleitung für Mohrenkopf-Wurfmaschinen gesprochen, aber heute ist das doch eigentlich völlig unverfänglich. Da kommt keiner mehr auf abwegige Ideen. Übrigens heißt der Mohrenkopf in Österreich Schwedenbombe, auch heute noch, was ich nicht gerade als diskriminierungsfrei empfinde, dort aber anscheinend keinen stört.

Durch „politisch korrekte" Bezeichnungen soll verhindert werden, dass sich Menschen gekränkt, beleidigt oder diskriminiert fühlen können. Das finde ich in Ordnung, aber welcher Schwarzafrikaner hat sich schon mal über die Bezeichnung Negerkuss beschwert und warum hätte er das auch sollen? Wenn ein AfDler öffentlich von Kümmeltürken und Knoblauchfressern spricht, dann finde ich das allerdings verabscheuungswürdig, auch weil ich selbst gerne Kümmel und Knoblauch (fr)esse.

In den vergangenen Jahren hat sich in Deutschland ein Bewusstsein für eine politisch korrekte und weniger verletzende Sprache entwickelt, das völlig überzogene Ausmaße angenommen hat. So spricht man anstatt von behinderten Kindern von anders befähigten und schwer Erziehbare verwandelten sich in verhaltensoriginelle Kinder. Was heißt anders befähigt, anders als was oder wer, was ist normal, ist eine Behinderung also abnormal? Dann finde ich „behindert" zutreffender und „anders befähigt" entweder völlig nichtssagend oder sogar tendenziell diskriminierend. Ein verhaltensoriginelles Kind macht neugierig, scheint phantasievoll und sein und ist doch eher lieb und kreativ. Aber denkt man dabei an schwer erziehbar, was tatsächlich gemeint ist?

Diese schleichende Verschlimmbesserung in der Ausdrucksweise durch vorgeschriebene Wörter und Unwörter führt nur zu einer Verunsicherung. Was gestern noch korrekt war, kann schließlich heute schon wieder mit Vorurteilen behaftet sein. Aus dem Neger wurde ein Schwarzer, dann ein Farbiger – sind nicht auch Chinesen und Indianer farbig? – und heute soll man ihn Afro-Amerikaner nennen. Oder müsste man kurz und bündig von einer Person-mit-Hautfarbe-die-in-Afrika-und-Südamerika-verbreiteter-ist-als-in-Nordeuropa sprechen? Darf man eigentlich noch von Schwarzafrika sprechen oder heißt es jetzt Subsahara-Afrika, obwohl dort auch Nichtschwarze leben? Andererseits gibt es auch nördlich der Subsahara in Afrika Schwarze. Ist nicht bereits die Silbe „sub" rassistisch konnotiert?

Wenn euphemistische Wortneubildungen alle negativen Assoziationen jener Wörter aufnehmen, die sie ersetzen sollen, also eine Bedeutungsverschlechterung erleben, so spricht man von einer Euphemismus-Tretmühle. Sie besagt, dass jeder Euphemismus irgendwann die negative Konnotation seines Vorgängerausdrucks annehmen wird, solange sich die tatsächlichen Verhältnisse nicht verändern.

Allerdings gibt es auch Gegenbeispiele dazu, wenn ein ehemals negativ konnotierter Begriff, der heute von den Betroffenen stolz verwendet wird, eine selbstbewusste Existenzberechtigung erlangt hat, wie zum Beispiel im Falle des Begriffes schwul. Andererseits erfährt gerade dieser Begriff wiederum in der aktuellen Jugendsprache eine Negativbedeutung, da er als abwertendes Adjektiv in Bezug auf Gegenstände und Sachverhalte (auch bei Personen) und als Synonym für unangenehm, peinlich, langweilig und nervig verwendet wird.

Wertschätzende, nicht-diskriminierende Begriffe zu verwenden, ist nicht einfach. Allerdings sind viele Bemühungen, „politisch inkorrekte" Begriffe durch „politisch korrekte" zu ersetzen, maßlos überzogen. Oder auch die krampfhaften Bemühungen, Gleichberechtigung in die Sprache hineinzubringen, wenn ständig beide Geschlechtsformen in der Ausdrucksweise verwendet werden müssen. Oder was meinen Sie, liebe Leser und Leserinnen bzw. liebe LeserInnen oder Leser*innen, wie man neuerdings schreibt? Letzteres mag ja in der Schriftsprache noch angehen, aber in der gesprochenen Sprache ist das irreführend und die Verwendung beider Formen schwerfällig. Sprache sollte unverkrampft sein und darf daher ruhig auch mal ein wenig unausgewogen bleiben.

Zum Glück hat sich die Verwendung beider Geschlechtsformen nicht konsequent durchgesetzt. Hier ein paar Beispiele zu fehlenden weiblichen Formen, wenn man über eine „Berufsgruppe" spricht: Mörder und Mörderinnen, Betrüger und Betrügerinnen, Asylanten und Asylantinnen, Landstreicher und Landstreicherinnen, Obdachlose und Obdachlosinnen, Fahrraddiebe und Fahrraddiebinnen u.v.m.

Im Bereich der Nahrungsmittel gibt es noch weitere Schwierigkeiten. So wurde aus dem Sarotti-Mohr der

Sarotti-Magier, jetzt sogar mit heller Hautfarbe in der Darstellung. Ist ein Magier mit dunkler Hautfarbe auch diskriminierend oder warum hat man ihn umgefärbt?

Auf vielen Speisekarten ist das Zigeunerschnitzel verschwunden, stattdessen findet man Paprikaschnitzel, doch müsste es nicht eigentlich Roma- oder Sintischnitzel heißen? Oder hat man es umbenannt, weil ein Zigeunerschnitzel nicht aus einem Zigeuner geschnitten ist wie beim Kalbschnitzel? Ein Jägerschnitzel darf aber weiterhin so heißen, obwohl man unter einem Jäger normalerweise keinen Pilzsammler meint und das Jägerschnitzel auch nicht aus einem Jäger geschnitten ist. Ähnlich beim Kinderschnitzel. Wenn schon, sollte man konsequent sein und alle Begriffe der Kannibalenkost vermeiden.

Wenn man Stammtischunterhaltungen und Bierzeltreden rechter Politiker zuhört, könnte man den Eindruck kriegen, dass Deutschland von den melanesischen Ureinwohnern Neukaledoniens überflutet wird. Aber mit Kanaken meinen diese Leute abwertend Menschen südländischen Aussehens, die meist arabischer, türkischer, persischer, kurdischer sowie süd- und südosteuropäischer Abstammung sind.

Sie wissen nicht einmal, wo Neukaledonien liegt. Dabei wurden im späten 19. Jahrhundert von deutschen Seeleuten Kameraden aus Polynesien oder Ozeanien Kanaken genannt, wenn sie im Ruf standen, besonders fähige und treue Kameraden zu sein. Der Begriff wurde meist im positiven Sinne und oft auch als „Ehrentitel" für besonders gute Kameraden europäischer Herkunft gebraucht. Ob das den o.g. Möchtegern-Politikern klar ist?

Ich jedenfalls bleibe politisch inkorrekt, wenn ich meine, dass ich mich damit zutreffender ausdrücken kann. Wenn das jemand nicht gefällt, kann ich nichts daran ändern. Daran werden mich auch nicht die deutschen Kanaken ohne Migrationshintergrund hindern.

Der neueste Unfug ist allerdings die völlig überzogene Datenschutzmanie, der EU sei Dank. Plötzlich und ohne Vorwarnung mussten alle möglichen Einverständniserklärungen zur zweckbestimmten Verwendung persönlicher Daten wie z.B. Name und Adresse völlig neu bestätigt werden, nachdem man seitenlange Bestimmungen zu den geänderten Datenschutzbestimmungen durchgelesen und unterschrieben hat. Sogar lang gepflegte Kundenbeziehungen wurden diesbezüglich neu „geordnet". Auch mein Zahnarzt, zu dem ich schon seit 30 Jahren gehe, verlangte von mir eine neue Zustimmungserklärung zur Verwendung meiner Daten.

Vermutlich kommt demnächst noch eine Novelle des Telekommunikationsgesetzes, so dass ich meinem Zahnarzt neu bestätigen muss, dass er mich anrufen darf, wenn er mal wieder einen Termin verschieben will. Was häufiger vorkommt, wenn er den Abend zuvor zu tief ins Glas geschaut oder ihn mal wieder die Hexe abgeschossen hat.

Jetzt soll es sogar im Wartezimmer eines Arztes nicht mehr zulässig sein, dass der nächste Patient mit Namen aufgerufen wird. Stattdessen kann der Arzt zum Beispiel ausrufen: „Der Herr mit der Syphilis, bitte in Zimmer 3". Dieser kann ja dann noch fünf Minuten warten, bevor er aufsteht, falls ihm das peinlich sein sollte. Die Bestimmungen des Datenschutzgesetzes jedenfalls bleiben so gewahrt. Aber ist das dann politisch korrekt?

Cake News

Kürzlich bin ich über ein Mandelkuchenrezept gestolpert, das mir einen tollen leichten Kuchen in Aussicht stellte: „Mandeln, ein bisschen Zimt und Zitrone und schon holst du dir das Mallorca-Feeling auf deinen Kuchenteller. Und bei 165 Kalorien pro Stück schadet der Kuchen nicht mal der Bikinifigur." Da ist wohl mit den Cookies bei Tante Gugelhupf was schiefgelaufen, obwohl es um Cakes ging. Erstens brauche ich im Rhein-Main-Gebiet kein Mallorca-Feeling und zweitens ziehe ich sowieso nie einen Bikini an, also brauche ich auch keine Bikinifigur.

Was ich außerdem nicht leiden kann, ist wenn mich das Internet duzt. Nicht mal bei IKEA kann ich das leiden, so dass ich meistens einen großen Bogen um den Laden mache: „Du liebst Dein Zuhause? Bei IKEA bist Du genau richtig. Freu Dich auf besonders gute Preise". Klar, Duzen heißt sich näherkommen, die wollen mir ja schließlich ans Portemonnaie – der Taschendieb muss auch näherkommen. Auch in anderen Läden wie Starbucks, Puma oder MacDoof passiert das ständig. Ich kann das nicht leiden, wenn ich als alter Sack von einem fremden Pickelgesicht geduzt werde. Hallo, sind wir schon mal zusammen die Treppen hinuntergefallen, kann mich gar nicht daran erinnern?

Dann finde ich das Kassiererinnen-Du schon besser: „Herr Müller, schön dass Du wieder bei uns einkaufst." Auch in der Kneipe finde ich das in Ordnung, da fühle ich mich gleich zugehörig: „Was darf ich Dir bringen?" Oder das temporäre Du, das am Ende des Seminars oder der Party endet. Schließlich möchte ich mich nicht der Gottesanmaßung verdächtig machen, denn im Deutschen werden in Gebet und Predigt Gott, Jesus, der Heilige Geist und alle Heiligen mit der 2. Person Singular angesprochen („O Herr, du bischt err").

Gegen das Du gegenüber Fremden spricht, dass „Du Arschloch" vor Gericht höher bestraft wird als „Sie Arschloch". Da war doch Joschka Fischer mit seinem "Mit Verlaub, Sie sind ein Arschloch, Herr Präsident!" zum Bundestagsvizepräsident Richard Stücklen auf der kostengünstigeren Seite. Als Kompromiss würde ich bei IKEA ja noch die Er-Form akzeptieren: „Er liebt sein Zuhause? Bei IKEA ist Er genau richtig. Freue Er sich auf besonders gute Preise".

Zurück zum Cake. Der Mandelkuchen ist mir zu trocken, aber man schlägt mir auch einen saftigen Käse-Kirsch-Kuchen für meine Bikinifigur vor: „Die Kirschen versinken in der leichten Käsekuchen-Fülle und machen den Kuchen saftiger. Ein Sommertraum!" Also, wenn ich träume, dann meistens einen ausgemachten Unsinn und nie irgendwas mit Kuchen, egal ob im Sommer oder Winter. Ganz zu schweigen von den anderen Jahreszeiten. Vor allem würde ich meinen Traum, wenn ich mich nach dem Aufwachen überhaupt noch vollständig daran erinnern könnte, nie dem Internet mitteilen.

Wenn schon Kuchen, dann würde ich lieber einen „normalen" Kuchen oder eine anständig fette Torte so in Stücke schneiden, dass jedes z.B. weniger als 165 Kalorien hat. Das geht doch auch. Dazu brauch ich kein dämliches Rezept aus dem Internet. So geht „eat smarter", vor allem wenn „Backen glücklich macht".

Angeblich braucht ein Mann im Alter zwischen 25 und 51 Jahren täglich 2.400 Kilokalorien. Dann können also 165 Kalorien wie im oben zitierten Kuchenvorschlag kein Problem sein, nicht mal das Tausendfache, womit wir gerade bei 165 Kilokalorien wären. Also was soll die Aufregung? Kuchen kann nicht fett genug sein. Dann könnte ich jeden Tag eine oberfette Torte in mich reinhauen und noch dabei abnehmen.

Übrigens habe ich den altersmäßigen Übergang von 51 auf 52 verpasst. Seitdem habe ich deutlich zugenommen, ohne dass ich täglich oberfette Torte in mich hineinge-stopft habe. Ich glaube, mit zunehmendem Alter bleibt man nur mit negativer Kilokalorienzahl halbwegs schlank. Oder es stimmt was mit den Einheiten nicht: man braucht nur 2.400 Kalorien, aber ein „leichtes" Stück Kuchen hat schon 165 Kilokalorien. Manche Leute schmeißen die Einheiten ja gerne durcheinander.

Auch andere machen die Beobachtung, dass im Umgang mit den Kilokalorien nicht alles logisch ist. So habe ich gelesen, dass Österreicher mehr essen als die Amis, aber schlanker sind. Oder die Suchthilfeorganisation Recovery Brands stellt fest: "Belgien, ein Land, das genauso viele Kalorien pro Kopf zu sich nimmt, wie die Vereinigten Staaten, hat eine bemerkenswert niedrige Fettleibigkeitsrate von zehn Prozent". Vielleicht stimmt auch was mit der Umrechnung der Einheiten nicht, wie auch bei den Währungen. Z.B. ist ein US-Dollar doppelt so viel wert wie ein Fidschi-Dollar, 12mal so viel wie ein namibischer Dollar und sogar 125mal so viel wie ein liberianischer.

Das sind alles Cake News! Den Hashtag gibt es bei Twitter, mich aber nicht, daher weiß ich nicht, was dort abgeht. Im englischen Huddersfield häufen sich die News über Einbrüche, bei denen Cakes geklaut werden. Auch in Deutschland geht der Kuchenklau immer häufiger um, obwohl das Backen gar nicht so schwierig ist.

Aber es gibt auch gegenteilige Entwicklungen, nämlich dass ein Dieb Kuchen mitbringt. So wurden in Rheinland-Pfalz Fälle gemeldet, bei denen Kriminelle den "Kuchentrick" anwendeten, um Wohnungen auszurauben: Einer klingelt an der Haustür, überreicht ein Stück Kuchen und plaudert mit dem erfreuten Beschenkten, während der andere Ganove zwischenzeitlich die Bude ausräumt. So ähnlich geht, glaub ich, der Enkeltrick: der eine Ganove überreicht einen Enkel, während der andere einen angemessenen Gegenwert klaut.

Also Finger weg vom Schlankmacher-Kuchen. Zumal nicht mal bei wunderweib.de ein Kuchen unter den 10 Schlankmachern vorkommt. Obwohl, gofeminin.de meint unter dem Stichwort „Abnehmen leicht gemacht", dass ein Stück Apfelkuchen mit Hefeteigboden ein idealer Cake sei. Trotzdem, man sollte nicht zu viel davon essen, sonst kommt der Cake Blues.

Ersatzbatterien

Unser Hund ist stolzer Besitzer eines leuchten Hunde-
halsbandes. Eigentlich sogar mehrerer, da sein Frauchen immer meint, man müsse alles mehrfach haben für
den Fall, dass mal etwas kaputt oder verloren geht. Aber
die meisten Ersatzhalsbänder fliegen irgendwo herum, da
sie nicht benutzt, sondern nur im Notfall gebraucht werden, so dass man im Laufe der Zeit vergisst, wo sie aufbewahrt werden, manchmal sogar, dass man sie hat.

Bei den Batterien fürs Leuchtband ist das so ähnlich.
Vor allem, weil das keine normalen sind, sondern die ult-
rakleinen vom Typ AAAA, die man in der Regel nicht
braucht. Höchstens, um Hundehalsbänder zum Leuchten
zu bringen. Ob man das wiederum wirklich braucht, wenn
der Hund abends sowieso immer an der Leine hängt und
man mit ihm nur an Stellen Gassi geht, wo es ungefährlich
ist bzw. er von anderen Verkehrsteilnehmern nicht über-
sehen werden kann, weil es diese dort nicht gibt, darüber
kann man auch streiten. Allerdings nicht mit einer Frau.
Deswegen haben wir eins. Und natürlich mehrere Ersatz-
bänder.

Was wir aber meist nicht haben, sind Ersatz-AAAA-
Batterien, obwohl oder weil man die nicht überall be-
kommt. Wenn man dann für längere Zeit in Urlaub fahren
will, eventuell ins versorgungstechnisch benachteiligte
EU-Ausland, kann schon Panik aufkommen, dass der
Hund eventuell unvermutet im Dunklen stehen könnte.

So auch im letzten Jahr, als wir zwei Monate auf Campingrundreise nach Österreich, Ungarn, Kroatien und Italien fahren wollten. Frauchen meinte, das Halsband würde
nicht mehr so hell leuchten wie bisher, so dass mit dem
baldigen Versiegen der Batterien zu rechnen sei. Daher
müsse Herrchen zuerst, bevor sie losfahren könnten, Mi-
nibatterien besorgen. Er war zwar anderer Meinung, da er

kein Nachlassen der Leuchtkraft bemerkt hatte, aber die zählte nicht.

Da wir auf dem Weg zur Autobahn an einem Tierfachgeschäft (in dem wir einst das Halsband gekauft hatten), an einer Drogerie und an einem Baumarkt vorbeikommen würden, konnte ich sie damit beruhen, dass ich unseren Versorgungsengpass quasi im Vorbeifahren beseitigen würde. Als erstes steuerten wir am Morgen unserer Fahrt in den Urlaub das Tiergeschäft an, aber dessen Batterievorrat war aus, falls sie jemals einen gehabt hatten. Nur Leuchtbänder (mit Batterien) waren noch da, aber ein weiteres nur wegen der Stromversorgung wollte ich nicht kaufen.

Ich war mir sicher, dass wir in der batterietechnisch gut sortierten Drogerie nebenan fündig werden würden. Auch das stellte sich als Irrtum heraus, sie hatten prinzipiell keine AAAA-Batterien. Doch da war ja noch der Baumarkt gleich um die Ecke, der ebenfalls ein bekanntermaßen riesiges Batteriesortiment hat. Aber auch dieser Laden hatte keine oder keine mehr vom gewünschten Typ. Nun brach bei meiner Beifahrerin Panik aus, weil das Halsband ja bald nicht mehr leuchten würde und wir keinen Batterienachschub bei uns hatten.

Da ich nicht gleich wieder nach Hause zurückfahren wollte, nachdem wir schon eine halbe Stunde auf dem Weg in den Urlaub gewesen waren und ich für den Abend ein Hotel bei Passau gebucht hatte, das ich nicht kostenfrei stornieren konnte, ließ ich all meine Überredungs- und Beruhigungskünste spielen, um die mir vor langer Zeit Angetraute zu beruhigen, um nicht zu sagen, ruhig zu stellen. Bereits nach wenigen Stunden Autobahnfahrt war mir das gelungen, wobei ich ihr hoch und heilig versprach, bald wieder eine Drogerie, ein Tierfachgeschäft oder einen Baumarkt aufzusuchen, um die Versorgungslücke endlich zu schließen. Für diesen Tag jedenfalls war das Thema erst einmal erledigt und die vorhandenen Batterien erfüllten an diesem Abend überraschenderweise ihren Dienst weiter.

Am nächsten Tag kamen wir bei unserem Stadtrundgang durch Passau an einem großen Elektronikladen vorbei. Ich hatte das Batterieproblem schon vergessen, nicht aber meine Frau – ich meine, sie hatte das Problem nicht vergessen. Sie machte mich auf das Geschäft aufmerksam und schickte mich zum Kauf besagter Batterien hinein. Dort fand ich tatsächlich nach einigem Suchen ein letztes Quadrupel-A-Päckchen, das mir zwar überteuert vorkam, ich aber des Seelenfriedens von Frau und Hund wegen erstand. Das deponierten wir griffbereit im Auto, um gleich am Abend darauf zugreifen zu können, wenn das Halsband planmäßig erlöschen würde.

Was es aber nicht tat, auch nicht am Folgeabend, auch nicht an den folgenden Abenden, auch nicht an den Abenden der folgenden Wochen und auch nicht an den Abenden der folgenden Monate.

Nun ist dieser Vorfall inzwischen sieben Monate her, das Halsband wird jeden Abend mindestens 15 Minuten, manchmal auch deutlich länger zum Leuchten gebracht, und das immer noch mit den ersten Batterien. Aber gut, dass wir jetzt Ersatzbatterien haben, die Lämpchen können ja jederzeit ausgehen! Nur dumm, dass wir jetzt schon wieder vergessen haben, wo wir sie aufbewahren.

Die Ballonfahrt

Zum 60. hatten sie mir eine Fahrt mit einem Heißluftballon geschenkt, d.h. einen Gutschein für eine solche. Und damit ich nicht alleine fahren musste, gleich vier Gutscheine für sich selbst dazu. Sie, das waren meine Frau, meine zwei Töchter und ein Schwiegersohn – einer für die jüngere Tochter war noch nicht in Sicht.

Eine Ballonfahrt, eine Fahrt wohlgemerkt, kein Flug, eher ein Fluch, wie wir noch sehen werden. Man fliegt nämlich nicht mit so einem Ding, auch wenn es von unten so aussieht. Es fährt, so sagt man, oder flieht, aber es fliegt nicht, es flucht auch nicht. Warum sagt man „fahren"? Angeblich, weil alle Luftgefährte, die leichter als Luft sind, fahren, die anderen fliegen. Wenn sie an einer Stelle verharren, schweben sie aufgrund des statischen Auftriebes, wenn sie sich wegbewegen, fahren sie in der Luft davon. Alle Fahrzeuge, die schwerer als Luft sind, fliegen oder schwimmen demnach, also auch die Flugzeuge und Autos.

Da meine ältere Tochter, die bemannte, die Gutscheine besorgt hatte, ging ich davon aus, dass sie auch die Fahrt vereinbaren würde. Also einen Termin mit den Fahrgästen abstimmen und der Ballonfahrerfirma vereinbaren würde. Aber nach einem halben Jahr war noch nichts passiert. Da so ein Gutschein nicht ewig gültig ist, fragte ich dann bei ihr nach. „Ach so ja, bin noch nicht dazu gekommen, mach ich diese Woche." Nach weiteren zwei Wochen fragte ich wieder. „Ach, Mist, hab ich vergessen. Kannst Du das nicht machen?"

Gut, war jetzt nicht wirklich überraschend, wenn sich Kinder (sie war damals gerade erst 31) um was kümmern wollen. Kümmerte ich mich eben selbst darum. Aber erst einmal musste ich einen Ersatzmitfahrer finden, da meine Frau schon ausgestiegen war, bevor sie in den Korb einsteigen konnte. Sie hatte sich nämlich zwischenzeitlich überlegt, dass sie Angst vor einer solchen Luftfahrt haben würde, nur fliegen wäre sicherer. Also fiel mir Jochen ein, der Vater meiner Tochter, die aus der Terminorganisation ausgestiegen war. Ihn konnte ich nämlich gut leiden, wie es sich für eine anständige Patchwork-Familie gehört. Die anderen hatten auch nichts gegen diese Idee.

Die Tochter war nicht meine eigene, sondern ich hatte sie, als sie sechs Jahre alt gewesen war, mit meiner Frau mitgeheiratet, ich war also durch neue Teilbeelterung an die Stelle ihres leiblichen Vaters getreten. Sozusagen als Mitgift hatte ich sie erworben.

Der Begriff hat übrigens nichts mit Gift zu tun, ganz im Gegenteil. Früher waren die Familien ja froh, wenn sie ihre Töchter loswurden, natürlich nur durch Verheiratung. Das war ja dann eine Fresserin weniger, die musste man also nicht mehr zur Ausgabenreduktion vergiften. Und den Schwiegersohn, der die finanzielle Entlastung herbeigeführt hatte, musste man erst recht nicht vergiften. Wie schon gesagt, im Gegenteil, man war ja froh darum, wenn die Tochter unter die Haube kam und so die Haushaltskasse entlastete.

Der Begriff kommt aus dem Mittelhochdeutschen und bedeutet das „Mitgegebene". Früher gab man der zu Freienden eine Kuh oder Bettwäsche oder Handtücher oder Essgeschirr als Gift mit. Aber heutzutage war eine Kuh eher unpraktisch und Bettwäsche und Handtücher und Essgeschirr waren meist schon reichlich vorhanden. Und man kaufte es gerne immer wieder neu, nach der jeweiligen Mode. Früher blieb das generationenlang gleich und erhalten, heute im Konsumalter der Schrottprodukte musste das sowieso ständig erneuert werden.

Da war eine Tochter als Mitgift praktischer, vor allem wenn sie aus dem Windelalter heraus war. Ein Sohn hätte es auch getan, aber man kann es sich ja nicht immer aussuchen. Und auch die Zeiten hatten sich ja insoweit gebessert, dass man eine Braut mit Kind, unehelich oder aus einer Vorehe, nicht mehr als liederliches Frauenzimmer ansah.

Übrigens war Mitgift nicht das einzige, was die Brauteltern den Bräutigameltern oder dem jungen Brautpaar mitgaben. Manchmal gaben sie dem Freier auch eine Bedingung mit. Zum Beispiel die Forderung, dass er die Braut nachweisbar und dauerhaft versorgen können muss. D.h. dieser musste einen erklecklichen Reichtum in die Ehe einbringen, bevor er die Braut ehelichen durfte. Vor allem, wenn es sich um eine anigosame Ehe handelte. Also wenn die Partner einen unterschiedlichen sozialen Status hatten. Wobei es meistens einfach nur ums Geld ging. (Oder wenn man Mitgiftjäger abschrecken wollte.) Dazu gibt es ein romantisches Beispiel aus dem 13. Jh. aus Teruel in Spanien.

Damals waren zwei junge Leute, Diego de Marcilla und Isabel de Segura, aus wohlhabendem Hause seit ihren Kindheitstagen ineinander verliebt. Aber als es Zeit zum Heiraten war, waren für Diegos Familie harte Zeiten angebrochen, so dass der Brautvater, der reichste aller Einwohner Teruels, eine Heirat der beiden verbot. Jedoch konnte Diego mit ihm vereinbaren, dass er Teruel für fünf Jahre verlässt, um zu versuchen ein Vermögen anzuhäufen. Sollte ihm das gelingen, würde er Isabel heiraten dürfen. Da Diego aber nicht pünktlich zurückkehrte (typisch Spanier: mañana, mañana), wurde sie nach Albarracín verheiratet.

Doch direkt nach der Hochzeitsfeier kehrte Diego mit großem Reichtum zurück, erfuhr von seinem Unglück, schlich in das eheliche Schlafzimmer und brach vor ihrem Bett, nachdem er vergeblich einen letzten Kuss gewünscht hatte, tot zusammen. Während der Bestattung am nächsten Tag gab Isabel, die in ihrem Hochzeitskleid erschienen war, Diego den verweigerten Kuss und fiel tot auf den Körper des geliebten Mannes. Diese beiden Tode aus Liebe veranlassten die Einwohner von Teruel zur Forderung, dass beide Seite an Seite begraben werden, so dass sie wenigstens im Tode beieinander sein konnten. Diese Bitte wurde von der Kirche gewährt. Der Nachruhm des Paares verbreitete sich bald in ganz Spanien und 1560 wurden ihre Leichen exhumiert und in ein Grabmal in Teruel umgebettet. In der Iglesia de San Pedro kann das Mausoleum Los Amantes de Teruel heute noch besichtigt werden.

Aber ich schweife ein wenig ab. Zurück zur Ballonfahrt. Ich stimmte mit allen Beteiligten und dem Veranstalter einen Termin ab, acht Monate nach meinem Geburtstag wollten wir endlich in die Luft fahren. Die Ballonfahrerfirma war zwar in Köln beheimatet, aber in der Lage, an verschiedenen Stellen in Deutschland zu starten, sozusagen einen Ballon fahren zu lassen. So konnte ich einen Startplatz in meiner Nähe vereinbaren.

Als der Termin näherkam, um nicht zu sagen, ganz nahe, es sollte der nächste Tag sein, ein Samstag, bekam ich spät abends am Freitag eine SMS, in der man bedauerte, wegen schlechten Wetters absagen zu müssen. Bei einigen Teilnehmern machte sich Enttäuschung breit, bei anderen Erleichterung, denn die Startuhrzeit wäre morgens um halb Sechs gewesen. Um diese Zeit fährt man noch nicht gerne durch die Luft. Nicht mal über die Straße. Und schon gar nicht aus dem Bett. Ich auch nicht.

Den nächsten Versuch starteten wir im darauffolgenden Frühjahr. Im Winter wird nicht gefahren, ist ja auch zu kalt, der Ballonkorb ist ja so etwas wie ein Cabrio. Inzwischen war es notwendig geworden, einen zweiten Ersatzfahrer zu finden. Die bemannte Tochter war nämlich gerade dabei, ihren Mann zu verlassen. Sie war mit ihm acht Jahre zusammen gewesen, hatte ihn dann standesamtlich geheiratet, ein Jahr danach kirchlich, und nun, noch mal zwei Jahre später, war die Luft aus dem Ballon der Liebe heraus. Also musste er ersetzt werden – der Mitfahrer.

Da Jochen, der Erstersatzfahrer, einen eigenen Sohn hatte, wurde der mit ins Boot genommen. Bzw. in den Korb geholt. Bzw. sollte in den Korb geholt werden. Denn noch hatten wir ja keinen Termin. Die anderen hatten wieder nichts dagegen. Ich stimmte daher erneut einen Termin mit allen und der Ballonfahrerfirma ab.

Das war inzwischen nicht einfacher geworden, denn jetzt hatte ich die passive Phase meiner Altersteilzeit erreicht (in zweieinhalb Jahren würde ich dann aktiv zur Erhöhung der Rentnerschwemme beitragen) und war viel aktiver als in meiner aktiven Zeit geworden. Insbesondere meine monatelangen Reisen durch Europa mit dem Campingbus und nicht planbarer Rückkehr erleichterten die Terminfindung nicht gerade. Trotzdem gelang es mir, mit mir und den anderen einen Termin zu koordinieren. Der Startplatz sollte wieder der in meiner Nachbarschaft sein. Also in einem benachbarten Dorf. Genauer gesagt, auf einer Wiese bei einem Nachbardorf. Die Startuhrzeit war immerhin angenehmer geworden, ein später Nachmittag sollte es diesmal sein.

Aber, völlig überraschend, kam eine SMS-Absage, diesmal nicht am Freitagabend, sondern erst am Samstagmorgen: „Aufgrund von Schauerneigung und anhaltender Böigkeit muss Ihre Ballonfahrt heute Abend leider ausfallen." Damit war es vorläufig Schluss mit dem Ballonfahren, zumindest mit den Versuchen. Ich würde nämlich erstmal ca. drei Monate weg und in Frankreich, Spanien und Portugal unterwegs sein.

Der Fachbegriff der Böigkeit ist nicht im Duden aufgelistet und wird von meinem Rechtschreibprogramm auch als falsch markiert. Aber bei Wikipedia gibt es ihn in der Definition des vertikalen Impulsaustausches:

„Der vertikale Impulsaustausch ist ein Fachbegriff der Meteorologie. Werden Gebirge oder Waldränder etc. von sich vertikal fortpflanzenden Wellen überströmt, dann neigen sich die entsprechenden

Phasenlinien in die entgegengesetzte Richtung. Dadurch wird ein senkrechter Impuls nach unten ausgelöst. In labilen Luftschichten kann dies zu dynamischer Böigkeit mit teilweise gefährlichen Windgeschwindigkeiten führen, wenn der vertikale Impulsaustausch mit höheren Luftschichten, in denen höhere mittlere Windgeschwindigkeiten vorherrschen, auftritt und diesen Effekt verstärkt. Die tatsächlich beobachtete Böigkeit resultiert normalerweise aus einer Kombination mehrerer Effekte."

Immerhin, so haben wir uns durch die Absage etwas weiterbilden können.

Nach der Rückkehr aus meinem Urlaub war zur Terminvereinbarung erst einmal keine Zeit, denn inzwischen hatte sich meine jüngere Tochter was Neues überlegt, um die Terminfindung zu erschweren. Aus beruflichen Gründen, wie sie behauptete, siedelte sie von Frankfurt nach Wien um, wobei sie Papas Nebenerwerbsumzugsunternehmen einspannte. Wer einen VW-Bus hat, hat bekanntlich viele Freunde, sogar in der eigenen Familie.

Als dieses Zwischenprojekt erfolgreich abgeschlossen war, konnte ich mich wieder dem Terminfindungsprojekt widmen. Weitere Schwierigkeiten waren nicht eingetreten, es blieb bei den beiden Ersatzteilnehmern und einer aus Wien anreisen Wollenden. Tatsächlich gelang es, für den Spätsommer eine Fahrt zu vereinbaren, bevor ich wieder zwei Monate auf Reisen sein wollte. Auch diesmal fanden wir einen freundlichen Samstagnachmittagstermin, der den vielen Langschläfern entgegenkam. Sogar ein Freund wollte jetzt mitkommen, um spektakuläre Fotos unseres Starts, unserer Abfahrt und evtl. unseres Absturzes machen zu können.

Wobei, darf man beim jähen und ungeplanten Ende einer Fahrt, wenn diese nach einer rasanten Vertikalfahrt zu einem Unterboden-Totalschaden führt, von Absturz sprechen, auch wenn es ein Absturz ist? Autos stürzen in der

Regel bei der Fahrt ja auch nicht ab, höchstens im Hochgebirge. Und Schiffe stürzen auch nicht, sie gehen höchstens unter. Aber Luftschiffe können abstürzen, wenn sie nicht gerade in Brand geraten. Also können wir getrost vom Absturz eines Heißluftballons sprechen. Sofern diese Erkenntnis tröstlich ist.

Es wurde wieder nichts mit der Fahrt, obwohl die Tochter die Anreise aus Wien geschafft hatte. Wie fast schon gewohnt und erwartet, kam am Samstagmorgen die Absage per Drahtlosnachricht. Als Begründung wurden diesmal „früheinsetzende Böigkeit, örtliche Schauer und Gewitter" angeführt. Damit war das Jahr herum und wir durften wieder ein halbes Jahr das nächste Frühjahr herbeiwarten.

Inzwischen hatte sich bei den Teilnehmern sowie emotional Beteiligten erster Frust breit gemacht. Ich bekam den Auftrag, mit der Firma mal ordentlich zu schimpfen. Schließlich könnten die nicht einfach Termine für Schlechtwettertage festlegen. Das stimmte nicht ganz, das können die schon, aber sie haben eigentlich die moralische Verpflichtung, genau das nicht zu tun. Das solle ich denen doch mal deutlich sagen. Oder sie sollen die Kohle zurückgeben. Dass dies laut ihren AGB nicht gehen soll, gehe nicht, das solle ich denen auch mal deutlich sagen.

Oder, wenn das alles nichts bringe, solle ich mir mal göttlichen Rat einholen und mit Petrus ein ernstes Wörtchen reden, damit er monatelang ballonfähiges Wetter festlege. Unter urbi@orbi könne ich mir seine Hilfe erbitten. Aber zu diesen Herren hatte ich grundsätzlich keinen Draht, da wollte ich auch bei diesem Problem nicht rückfällig werden.

Eigentlich waren ja auch erst zwei Jahre rum. Andere bekommen acht Absagen, bis ein Termin klappt. Bernhard M. hat im Internet beklagt, dass er auf seinen drei Tickets schon fünf Jahre sitzt, weil kein Termin zustande kommt. Er nimmt sogar an, dass das gar nichts mit dem Wetter zu tun hat, sondern die Firma wolle eigentlich nur Karten verkaufen. Das klingt zumindest nach einem sehr einträglichen Geschäftsmodell, wenn da nicht ein Kunde dagegensprechen würde, bei dem es schon beim neunten Versuch geklappt hat. Oder das war ein Alibikunde, weil man keine strafrechtlichen Konsequenzen riskieren wollte.

Auch Arthur S. aus Stuttgart wartet schon zehn Jahre, ist jetzt 75 und vermutet, dass die Firma auf eine biologische Lösung ihrer Leistungsverpflichtung ihm gegenüber hofft. Ein anderer Kunde hat den Klageweg beschritten und gesiegt. Für ihn ist der Laden ein betrügerischer, da er meint, dass zum abgesagten Termin andere Veranstalter trotz des vorgeschobenen Schlechtwetters gestartet waren ohne zuzuverunfallen. Petra K. fühlt sich nach zwölf Absagen in drei Jahren nach Kauf der Tickets verarscht und über den Tisch gezogen. Aber es gibt auch, trotz langer Wartezeiten, begeisterte Stimmen zur Fahrt. Ob das gekaufte Claqueure sind?

Als das Frühjahr herbeigeeilt war, zwei Jahre nach dem Geschenk-Event, vereinbarte ich für den Ostermontag einen neuerlichen Termin. Dazu gab es jetzt zwei neue Hürden zu überspringen. Erstens war nun die erste Tochter „abgesprungen", wenn auch nur temporär, da es ihr zu diesem – und den anderen zur Verfügung stehenden Terminen – nicht möglich war, aus Wien anzureisen. Ich fragte dann zuerst den o.g. Freund, der Fotos schießen wollte, ob er das nicht auch von innerhalb des Korbes machen könne, aber er war wohl nicht schwindelsicher genug. Hoffentlich hatte er mich nicht angeschwindelt.

Bei einem Nachbarn stieß ich auf wohlwollendes Entgegenkommen, er würde sich opfern wollen. So meinte er, aber seine Gemahlin verbot ihm ohne Angabe von Gründen im letzten Moment die Mitfahrt. Doch ich konnte für den dritten Ersatzfahrer schnell einen endgültigen Ersatz finden, nämlich die Gattin des Erstersatzes. Wenn das so weitergehen würde, würde spätestens beim sechsten

Versuch keiner mehr aus dem ursprünglichen Mitfahrerteam übrig sein.

Die zweite Schwierigkeit bestand darin, dass wir in der unmittelbaren Umgebung meines Wohnortes keinen Starttermin in der Zeit bis zu unserem nächsten großen Spanien-Portugal-Urlaub finden konnten. Stattdessen wichen wir in eine 50 km entfernte Gegend aus, die allerdings zum Planungszeitpunkt nicht näher bestimmt werden konnte, da „dies von den Wetterverhältnissen abhängig ist".

Eigentlich hoffte ich, dass der Termin ebenfalls kurzfristig abgesagt werden würde, da ich dann wieder ein ganzes Jahr Zeit für eine vernünftige Terminplanung haben könnte – die Gültigkeit der Gutscheine verlängert sich immer um ein Jahr ab der letzten Absage. Zumindest würde ich es der jüngeren Tochter gerne ermöglichen, wieder im Korb Platz zu nehmen. Aber auf das Wetter war kein Verlass, es blieb gut und der Termin würde zustande kommen.

Zumindest dachten das alle, das Wetter war wirklich gut und blieb auch den ganzen Vortag vor dem Fahrtag so. Aber um 12 Uhr des vereinbarten Tages kam die SMS-Absage mit der Begründung, dass aufgrund von Schauerneigung und böigem Wind die Ballonfahrt „leider" ausfallen müsse. Langsam waren wir geneigt, den im Internet nachlesbaren Mutmaßungen zum einträglichen Geschäft durch gewinnerhöhendes Frühableben zu glauben. Aber ich würde dranbleiben, nahm ich mir fest vor.

Das blieb ich auch, schließlich wollte ich mein Geschenk endlich mal einlösen. Normalerweise mache ich mir nichts aus Geburtstagsgeschenken, aber dieses wollte ich nicht verfallen lassen, das war zu außergewöhnlich. Der nächste Versuch schien sich von der Terminfindung mit dem familiären Kernteam wieder etwas einfacher zu gestalten, da die nach Wien geflüchtete Tochter nach einem Jahr ins schöne Frankfurt zurückgekommen war. Dem war aber nicht so, da ich wegen eigener unklarer

Urlaubsplanung mich zuerst nicht festlegen wollte. Schließlich fanden wir dann doch einen passenden Termin im Spät-August, auch die beiden ursprünglichen Ersatzfahrer waren einverstanden.

Im Juni war im Münsterland ein Ballon durch plötzlich und vorhersehbar eintretenden Regen mit Böen abgestürzt, wobei alle sechs Korbinsassen verletzt wurden, davon die Hälfte schwer, aber im Endeffekt hatten alle überlebt. Diese Information behielt ich für mich, sonst hätte ich möglicherweise noch mehr Ersatzfahrer auftreiben müssen.

Diesmal würde es mit uns im August sicher klappen, schließlich hatten wir einen Jahrhundertsommer mit fast 100 Tagen über 30 Grad und wochenlanger Regenlosigkeit. Auch die fahrthinderliche Böigkeit war seit Wochen nicht mehr spürbar. Dummerweise änderte sich das Wetter drei Tage vor dem Termin, die Temperaturen stürzten ab, es gab häufige Regenschauer mit Böigkeit.

Aber rechtzeitig vor dem Ballonfahrtermin entwickelte sich alles zum Guten hin, der Regen setzte aus, der Wind flaute ab und die Temperaturen kletterten wieder leicht an. Das war für die Ballonfahrfirma aber nicht ausreichend, am nämlichen Tag erhielt ich um 13 Uhr die schon bekannte Absage-SMS, in der dieses Mal „langanhaltende Böigkeit und schnelle Oberwinde" als Übeltäter benannte wurden.

Zwei Tage später vereinbarte ich dann den sechsten Starttermin für das erste Oktoberwochenende. Das würde dann auch für dieses Jahr die letzte Gelegenheit bleiben. Zur Stimmungsverbesserung bei den Mitfahrern trug für diesen Versuch allerdings nicht bei, dass einige Tage davor in Bottrop sechs Ballonfahrer nur knapp an einer Katastrophe vorbeigeschrappt waren, als ihr Fahrzeug in einer Hochspannungsleitung hängengeblieben war. Unter Einwirkung von 380.000 Volt zu verkokeln geht zwar fast schmerzfrei und blitzschnell, aber das wünscht man sich als Ballon-Highlight natürlich nicht. Für die Höhenretter und die Feuerwehr jedenfalls war es eine besondere Herausforderung. Davon hatten meine Mitfahrer leider erfahren, aber sie wollten jetzt nicht kneifen, da sie eh nicht mehr an ein Zustandekommen des Termins glaubten.

Dieses Mal verhinderte nicht eine überraschend auftretende Hochspannungsleitung, sondern tatsächlich wieder „Schauerneigung, schnelle Oberwinde und früheinsetzende Böigkeit" die erfolgreiche Abfahrt, obwohl im Laufe des Tages in der gleichen Gegend mehrere fahrende Ballons gesichtet werden konnten. Damit war die Fahrsaison für dieses Jahr wieder beendet, im nächsten Frühjahr würde es dann wieder einen Versuch geben.

Versuch Nummer 7 vereinbarte ich für Mitte April. Ich hatte gleich am ersten Tag, als der Veranstalter wieder zur Terminvereinbarung bereit war, angerufen. Da ich dies ohne Rücksprache mit den Standardteilnehmern gemacht hatte, konnten prompt zwei nicht. Diesmal wollte meine ältere Tochter nicht mit einsteigen, da sie lieber an dem Tag in Urlaub fahren wollte. Außerdem Jochens Sohn, der wollte lieber Fußball spielen. Aber Jochens Gattin wollte einspringen und der jetzt aktuelle Freund meiner jüngeren Tochter, die für diesen Termin keine Ausrede hatte. Allerdings wusste der Freund, der eigentlich Höhenangst hat, zu diesem Zeitpunkt noch nichts von seiner Verplanung. Sie wollte ihn auch nicht fragen, aber auf meine eigene Nachfrage hin zeigte er sich erfreut.

Diesmal würde es klappen, da war ich mir sicher. Denn wir hatten längere Zeit ein phantastisches Wetter, die vereinbarte Abendfahrt sollte also ein Genuss werden. Dummerweise allerdings wurde es zwei Tage vor dem Fahrttermin sehr kalt, regnerisch und windig, einen Tag davor wieder vorbildhaft wie vorher. M.a.W. der Termin wurde wieder „wegen örtlicher Schauerneigung und anhaltender Böigkeit" kurzfristig abgesagt. Mich regte das inzwischen nicht mehr auf, meine Gattin, die sowieso nicht mitfahren wollte, dafür umso mehr.

Am Folgetag vereinbarte ich sofort den nächsten Termin für vier Wochen später. Leider standen jetzt nur Morgenfahrten zur Auswahl, d.h. geplante Abfahrt um halb Sechs, so dass man am besten an dem davorliegenden Samstagabend gar nicht erst ins Bett gehen würde. Allerdings sollte man in dieser Nacht nicht zu sehr dem Alkohol frönen, um das Fahrvergnügen nicht zu gefährden. Aber auch dieser Versuch scheiterte wegen der allseits bekannten Böigkeitsgefahr.

Die Vorfreude auf den neunten Versuch sechs Wochen später wurde leider durch den Bericht über einen schweren Unfall einige Tage vor dem geplanten Termin getrübt. Beim „Landeanflug", d.h. beim Einparken in Nordhessen kam der mit elf Personen besetzte Korb des riesigen Ballons aufgrund einer Windböe kurz vor dem Aufsetzen ins Trudeln, so dass er sich beim darauffolgenden Bodenkontakt mehrfach überschlug, wobei zwei Mitfahrer lebensgefährlich verletzt wurden, nicht zuletzt durch den zeitweise querliegenden Brenner, der den Korb in Brand gesetzt hatte.

Schon vier Jahre zuvor hatte es ganz in der Nähe einen Unfall gegeben, damals war ein Mann schwer verletzt worden und schuld war ebenfalls eine Windböe gewesen. Der gelähmt gebliebene Mann verklagte das Bielefelder Ballonunternehmen auf eine Million Euro Schadensersatz, erlebte aber den Prozess nicht mehr. So gesehen war es mir eigentlich dann doch lieber, wenn aufgrund drohender Böigkeit alle bisherigen Fahrten abgesagt worden waren, auch wenn meine Mitfahrer inzwischen extrem ungeduldig geworden waren. Und auch dieser Termin platzte wieder aus den altbekannten Gründen.

Doch, nachdem ich mich bei der Hotline massiv beschwert hatte, bekamen wir bereits zwei Wochen später die nächste Chance. Die Wetteraussichten für den 10.

Versuch waren wieder optimal. Meine jüngere Tochter, die allerdings nicht mitfahren wollte oder konnte, hatte zuvor einen weiteren Artikel aus dem Internet ausgegraben, in dem vom Hickhack mit besagter Ballonfirma zur Rückerstattung des Geldes berichtet wurde. Mit anwaltlicher Unterstützung hatte der Kläger 80% zurückerhalten, nachdem das Unternehmen ursprünglich eine deutlich höhere „Aufwandsentschädigung" einbehalten wollte.

Und es fanden sich viele weitere Negativberichte (z.B. auf www.golocal.de), die Krönung stammte von „Speedmaster 2" mit 24 abgesagten Termin über 5 Jahre. Ihm hat auch eine Klage per Anwalt nicht geholfen, sondern erst das Einziehen seines Geldes durch einen Gerichtsvollzieher „auf Raten". Man kann sich aufgrund der vielen Beschwerden nicht des Eindrucks erwecken, dass es sich um eine Betrügerfirma mit professionellem Internetauftritt handelt, die sich selbst als führendes Luftfahrtunternehmen mit Heißluftballonen in Deutschland bezeichnet.

Zwei Tage vor dem Termin war absehbar, dass er wieder platzen würde. Und so war es dann auch, als mir am Vorabend mitgeteilt wurde: „Aufgrund von böigem Wind und örtlichen Schauern kann Ihre Ballonfahrt morgen früh leider nicht stattfinden." Diesmal traf es tatsächlich auch so ein, so dass die Absage zwar ärgerlich, aber nachvollziehbar war.

Für den 11. Versuch ergab sich erst 7 Wochen später, Ende August, die nächste Gelegenheit. So schnell gebe ich nicht auf, auch wenn ich von den Mitfahrern und emotional Beteiligten immer stärker bedrängt wurde, die Firma zu verklagen oder wenigstens das Geld zurückzufordern. Daher hatte ich auch schon mit dem Entwurf eines Beschwerdebriefes begonnen.

Als der Termin Ende August näherkam, war die Wettervorhersage mal wieder optimal: sonnig, höchstens leicht bewölkt und fast windstill. Aber das hatten wir ja schon öfter gehabt. Aber, fast schon enttäuschend, kam einen Tag vor dem Event die ZUSAGE. Unglaublich! Neben der SMS bekam ich sogar noch einen Anruf mit der Information, festes, geschlossenes Schuhwerk und eine Kopfbedeckung mitzubringen. Ich dachte, letzteres sei wegen der morgendlichen Kälte, und setzte mir daher eine Pudelmütze auf. Aber es war wegen der Hitze durch den Brenner, da hätte es ein leichtes Käppi, evtl. mit Alu- oder Asbest-Überzug, auch getan. Außerdem erinnerte man mich daran, bloß nicht die Tickets zuhause zu vergessen.

Schnell wurde das Fahrteam zusammengetrommelt: meine jüngere Tochter mit ihrem Lebensabschnittsgefährten, Jochen (meine ältere Tochter war aufgrund einer (passiven) Hochzeitsteilnahme verhindert) sowie seine Frau. Jochen hatte nie ernsthaft an die Fahrt geglaubt und deswegen vollmundig seine Teilnahme zugesagt gehabt. Aber nun bekam er doch etwas Muffensausen und spielte schon mit dem Gedanken einer überraschenden Erkrankung. Aber da seine Frau dabei war, konnte er sich keine Blöße geben.

Startbeginn sollte um 6:15 sein. Trotz der Zusage glaubte allerdings keiner meiner Mitfahrer daran, dass es klappen könnte, eine Absage im allerletzten Moment erschien allen als wahrscheinlich. Einige wären vermutlich froh über eine solche gewesen, denn am nämlichen Morgen kam es bei Altluneberg östlich von Bremerhaven zu einem weiteren Unfall, als der Korb beim ersten Bodenkontakt nach der Fahrt umkippte und eine ältere Dame leicht verletzt wurde.

Die Absage kam aber nicht, daher machten wir uns früh morgens auf den Weg. Kurz vor dem Ziel, noch auf der Autobahn, fiel mir ein, dass ich vergessen hatte, die Tickets mitzunehmen. Oh, ich Volltrottel! Ich machte auf der fast leeren Autobahn eine Vollbremsung, setzte auf dem Seitenstreifen 300 m zurück bis zur letzten Ausfahrt, und fuhr unter Missachtung aller Geschwindigkeitsbegrenzungen und mehrerer roter Ampeln zurück nach Hause.

Trotzdem schaffte ich es noch, auf die Minute genau zum Treffpunkt zu kommen. Allerdings wurde ich zum Gespött meiner eigenen Mitfahrer sowie aller sonstigen, die mit uns in den Zwölferkorb einsteigen wollten. Für einen von ihnen, wie sich später herausstellte, war es schon der dreißigste Versuch innerhalb von sieben Jahren gewesen. Da war unsere Trefferquote mit elf Versuchen in drei Jahren doch hervorragend!

Vom Treffpunkt aus fuhren wir drei Kilometer bis zum eigentlichen Startplatz auf einem ausgedehnten Stoppelacker. Dort wurde zunächst der Bus-Anhänger entladen und der riesige Korb mit dem Brenner sowie die 265 kg schwere „Tasche" mit der 8.300 m³ fassenden Ballonhülle ins Freie gezerrt. Bei den Startvorbereitungen mussten alle Passagiere mithelfen. Ich war mit drei weiteren Mitfahrern zum Auseinanderziehen des Ballons eingeteilt, wozu wir diesen aus der Tasche anhand zweier Seile ca. 100 m über den Acker zogen.

Schließlich wurde die Ballonhülle mit kalter Luft befüllt, wozu zwei mannshohe Ventilatoren verwendet wurden. Als sie einigermaßen prall gefüllt war, wurde die Luft mit dem Brenner an dem noch auf der Seite liegenden Korb erhitzt. Die langsam aufsteigende Ballonhülle richtete schließlich auch den Korb auf, so dass wir alle einsteigen konnten: je drei Passagiere in die vier Abteile, in der Mitte im separaten Abteil der Pilot mit seinen sechs Gasflaschen.

Kurz nach Sonnenaufgang hoben wir um halb acht Uhr ab, gewannen schnell an Höhe und fuhren in südwestlicher Richtung gen Frankfurt. Unsere Fahrgeschwindigkeit war mit ca. 15 km/h sehr gemächlich, am Boden hatten wir gar keine Luftbewegung gespürt. Auch wenn wir nur max. 200 m über dem Boden fuhren, war doch zu spüren, dass die Wind- und Richtungsverhältnisse in den einzelnen Luftschichten unterschiedlich waren: mal wurden wir leicht nach backbord, mal nach steuerbord gedreht, mal fuhren wir langsam, mal etwas schneller.

Wir waren knapp eineinhalb Stunden unterwegs, legten gerade mal 15 km zurück (da Aufstieg und Landung sehr langsam vor sich ging) und überquerten u.a. Bad Homburg. Sehr genossen wir den Blick von oben auf den Kurpark, die Spielbank, die Haupteinkaufsstraße, die vielen Villen und die ausgedehnten Gewerbegebiete in der noch verschlafenen Stadt. Wir glitten langsam und, bis auf die wenigen Anfeuerungen durch die Brenner, lautlos dahin.

Dass die Landung der aufregendste und potentiell gefährliche Teil der Fahrt ist, konnten wir dann selbst feststellen. Kurz vor der Landung hatte der Pilot den rechteckigen Korb so gedreht, dass er mit der kurzen Seite zuerst aufsetzte. Obwohl wir in diesem Moment kaum eine Windbewegung verspürten, begann der Korb langsam zu kippen, da der noch prall gefüllte Ballon weiterzog und wir noch nicht genügend Landegewicht entwickelt hatten. Nach zwei Minuten Hin- und Herwackeln standen wir stabil und die ersten Gäste durften langsam den Korb verlassen.

Indessen wurde der Parachute, der „Verschluss" an der Spitze der Hülle, vom Aeronauten durch Ziehen an einer Leine weiter geöffnet, so dass die heiße Luft schnell entweichen konnte. Bevor alle Gäste den Korb verlassen und die Hülle beim Herabsinken den Korb zudecken konnte, begannen einige von uns damit, den Ballon an seinen langen Leinen zur Seite und herab zum Boden zu ziehen.

In Raggal in Vorarlberg kam es einige Tage später schon wieder zu einer Fast-Katastrophe bei der Landung, als der Ballon von einer Böe erfasst und wieder in die Luft gehoben wurde, wodurch der Pilot und ein Fahrgast aus dem Korb geschleudert wurden.

Nachdem die noch prall gefüllte Ballonhülle am Boden lag, begann der anstrengendste, weil schweißtreibende

Teil der Fahrt: das Zusammendrücken und Zusammenrollen der riesigen Ballonhülle, die wieder in ihre überdimensionale Tasche gestopft werden musste.

Als alles verladen war, begannen für uns die, von der Fahrt abgesehen, angenehmsten Minuten des Erlebnisses: zuerst wurden alle mit Mineralwasser versorgt, danach mit reichlich Sekt und der krönende Abschluss war die „Taufe" – symbolisches Anbrennen des Kopfhaares mit echtem Löschen mit Sekt – mit Aushändigung der Taufurkunde:

„Ein neues Mitglied der Ballonfahrerzunft mit Sekt getauft auf den Namen Baron Peter, entschlossen mit dem Winde aufgestiegen ins weite Himmelszelt, erhält damit sämtliche Rechte auf Besitz und Lehen der überfahrenen Ländereien ab einem Meter über Grund oder Bebauung."

Jochen hatte sein anfängliches Unwohlsein über die Schwebefahrt bald abgelegt, hatte den Ausblick genossen und sogar Blicke steil nach unten gewagt. Nach der Landung machte unser Pilot ein wenig Werbung für seine Firma und schwärmte dabei insbesondere von Alpenüberquerungen per Heißluftballon. Dies animierte Jochen zur spontanen Aussage: „Da fahren wir natürlich mit!"

Abzocke auf die feine englische Art

Wir waren mal wieder nach Spanien unterwegs. Kurz vor Valence verließen wir gegen 13 Uhr an diesem schönen Sonntag die A7, um zu tanken und eine kurze Rast einzulegen. Nach dem Tanken steuerten wir einen überdachten Parkplatz an, um nicht in der prallen Sonne stehen zu müssen.

Kaum hatten wir angehalten, als ein ca. 40 Jahre alter, leger, aber gut gekleideter Mann mit einem kleinen Jungen auf uns zukam und fragte, ob wir Englisch sprechen würden und ihm helfen könnten. Er stellte sich als Mark Kelly aus Chelsea vor, sein Sohn Luke im Alter von 10 Jahren gab uns brav und freiwillig die Hand, wie das bei Jungen in diesem Alter so üblich ist.

Er sei bestohlen worden und habe alles Werthaltige wie Portemonnaie, Kreditkarte, Ausweis und Laptop verloren, die er zusammen in einer Tasche aufbewahrt habe. Auch das Ticket für die Fähre von Calais nach Dover sei geklaut worden. Er müsse jetzt aber dringend zurück nach England und könne nicht auf den kommenden Arbeitstag warten, bis die Banken wieder geöffnet haben, er brauche dringend 90 € für das Fährticket. Ob wir ihm das Geld leihen könnten, er würde es sofort zurücküberweisen, wenn er wieder zuhause sei. Er sei ein grundehrlicher Mensch, wir würden auch so aussehen, wir könnten doch sicher seine Situation verstehen, er spreche leider kein Französisch, deswegen habe er uns angesprochen. Und er wisse, dass Deutsche oft hilfsbereit sind. Er sei wohlhabend, habe ein großes Auto, das wolle er uns gerne zeigen. Er sei mit seinem Sohn zum Urlaub in Frankreich gewesen, müsse nun aber schnell zurück. Wir könnten ihm doch sicher aus der Patsche helfen, so nett wie wir seien, er würde das Geld auch umgehend überweisen.

Und so textete er uns ohne Unterbrechung zu, so dass ich nicht groß zum Nachdenken kam. Schließlich wurden wir weich, genauer gesagt ich, nicht meine Gattin, die sich schon gleich am Anfang der Unterhaltung verdrückt hatte, weil ihr das merkwürdig vorkam. Mir war es auch merkwürdig vorgekommen, insbesondere der Umstand, dass der Engländer uns auf einer Raststätte in südlicher Richtung angesprochen hatte, obwohl er doch, wie er sagte, auf dem Rückweg nach England war. Indes hatte er ununterbrochen gequatscht, so dass der Zweifel gedanklich gleich in den Hintergrund geraten war.

Das sei außergewöhnlich nett, dass wir ihm mit dem Fährgeld aushelfen würden. Aber er müsse für diese lange Strecke von 850 km auch noch tanken und eine Kleinigkeit zu essen für sich und seinen Sohn kaufen, ob wir ihm nicht auch dafür noch etwas Geld leihen könnten? Er würde schätzen, dass 150 € ausreichen sollten. Wenn man einmal Ja gesagt hat, fällt ein anschließendes Nein schwer, also half man dem sympathischen Engländer mit insgesamt 250 € aus. D.h. ich half aus, sie wollte dazu keine Stellung nehmen, sondern sagte lediglich: „Das musst Du wissen, es ist ja Dein Geld."

Zum Abschied ließ er sich noch mit der Gattin des hilfsbereiten Deutschen, die inzwischen wieder dazugestoßen war, fotografieren, teilte seine Handynummer mit und versprach, sich am Abend telefonisch zu melden, wenn sie auf der Fähre seien. Er bedankte sich ganz herzlich für die große Hilfsbereitschaft, versprach erneut, das Geld gleich am nächsten Morgen zurückzuüberweisen, und fuhr zügig davon.

Kurz danach ging die Diskussion über des Urlaubers Naivität und Gutmenschentum auch schon los. Er würde das Geld nie mehr wiedersehen, er sei hereingelegt worden, wieso er so blöde sei, fragte seine Gattin. Er erwiderte, dass ihm der Engländer vertrauenswürdig vorgekommen sei, er offensichtlich nicht am Hungertuch nagte, wohl ein Geschäftsmann gewesen sei und versprochen habe, das Geld unverzüglich zurückzuüberweisen.

Dabei schwante mir mittlerweile auch, dass was nicht stimmen konnte, denn der Engländer hatte sich nicht einmal nach der Kontoverbindung erkundigt, sondern lediglich seine Telefonnummer zurückgelassen. Ob ich ihm dann per SMS oder WhatsApp die Kontodaten nennen sollte? Hmmm, eigentlich sollte man das ja nicht machen. Aber in diesem Fall müsste das wohl gehen, er schien ja ein ehrlicher Engländer zu sein, der unverschuldet in Not geraten war. Aber ich wollte erst nochmal abwarten, bis er sich, wie er versprochen hatte, am Abend von der Fähre gemeldet haben würde.

Bis dahin gingen die Vorhaltungen meiner Frau erst einmal weiter und steigerten sich in ihrer Intensität. Schließlich nötigte sie mich, von mir aus Mark anzurufen. Ich erreichte ihn auch am frühen Abend und erfuhr, dass er bald auf der Fähre sei. Er solle mir doch ein Bild schicken, wenn sie auf der Überfahrt seien, da meine Frau inzwischen sehr nervös geworden sei. Das wolle er tun, versprach Mark. Aber es blieb bei dem Versprechen.

Am nächsten Tag versuchte ich ihn erneut anzurufen. Jetzt war das Handy aber ausgeschaltet, nur die Mailbox lud zur Nachricht ein, was ich auch gerne nutzte. Nun nicht mehr überraschend, aber das blieb folgenlos. Zwischenzeitlich war unsere jüngere Tochter informiert worden, die nach einer kurzen Suche im Internet unter der Überschrift „Betrugsversuch, wenn irische Touristen an der A2 um Geld bitten" fündig wurde. Es war zwar kein Ire gewesen – oder doch? – und wir waren auf der französischen A7 unterwegs gewesen, aber aus dem Verdacht, betrogen worden zu sein, wurde nun langsam Gewissheit.

Im Netz kursieren tatsächlich viele Berichte über Trickbetrüger unterschiedlicher Nationalität, die von hilfsbereiten Deutschen Autobahngold erschleichen. Auch einige Zeitungen und Zeitschriften haben in der Vergangenheit schon darüber berichtet. Meist täuschen die Betrüger eine Notsituation (Autopanne, Wertsachendiebstahl) vor und bieten manchmal als Gegenleistung oder Pfand wertlosen Schmuck oder sonstigen Plunder. Wenn die Kontaktdaten ausgetauscht sind, damit das „geliehene" Geld später zurückgezahlt werden kann, erweisen sich diese als nutzlos. Laut Polizei geht es bei den Geldbeträgen meist um eine Höhe, die die Geschädigten als „Lernerfahrung" abhaken und wegen des Aufwands nicht strafrechtlich verfolgen.

Die Polizei rät, da sich die Vorfälle überall in Deutschland und dem grenznahen Ausland häufen (sind die Deutschen besonders leichtgläubig?):

„Gehen Sie auf keinen Fall auf einen solch dubiosen Tausch ein. Wenn Sie helfen möchten, können sie stattdessen anbieten, einen Abschleppdienst zu verständigen. Haben Sie Zweifel an der Echtheit des Hilfsbedürfnisses, dann verständigen Sie sofort die Polizei. Merken Sie sich das Kennzeichen des PKW und wenn möglich auch Details zu den bettelnden Personen."

Ich hatte ja sogar „Beweisfotos" auch vom Auto geschossen.

Im Falle von 250 € war nach meinem Empfinden die Grenze der Lernerfahrung eindeutig überschritten. Die Tochter riet dringendst, den Vorfall der Polizei zu melden, auch wenn das Geld wohl verloren sei. Zumindest könne vielleicht dadurch verhindert werden, dass andere Gutgläubige ebenfalls hereinfallen. Zunächst wollte ich das nicht tun, zumal ich annahm, dass eine Verständigung auf einer französischen Polizeiwache mit meinen rudimentären Französischkenntnissen nicht einfach sein würde.

Schließlich ließ ich mich doch davon überzeugen, den Betrug anzuzeigen. Bestärkt dabei hatte mich auch die nette Empfangsdame am Campingplatz von Agde, die ich um Rat gefragt hatte. Gegen Abend suchten wir die Ortspolizei auf, wo wir auf einen gut Englisch sprechenden Beamten trafen. Dieser zeigte sich bestürzt über den Vorfall, bestärkte uns, den Betrug anzuzeigen, lobte uns wegen der Fotos (Autokennzeichen, Bild der Engländer), bedauerte aber, dass sie jetzt Feierabend hätten und daher die Anzeige nicht aufnehmen könnten, wir sollten am folgenden Tag wiederkommen.

Das taten wir dann auch, obwohl es nicht in unseren Zeitplan passte. Wir wollten nämlich an diesem Morgen von Agde nach Vilanova i la Geltrú zwischen Barcelona und Tarragona weiterfahren. Aber so viel Zeit musste sein, zumal man erfahrungsgemäß auf spanischen Campingplätzen auch noch am späten Nachmittag oder frühen Abend eintreffen konnte, auch wenn man keine Reservierung hatte.

Bei der Polizei mussten wir an diesem Morgen unsere Geschichte neu erzählen, diesmal allerdings in einem englisch-französischen Mischmasch, da die Empfangsdame nur wenig Englisch sprach und der nette Kommissar vom Vorabend nicht anwesend war. Nachdem wir dann einen umfangreichen Anmeldezettel (auf Englisch) ausgefüllt und eine halbe Stunde gewartet hatten, wurden wir in ein Büro gebeten, wo eine äußerst mürrisch blickende Beamtin den Vorfall aufnehmen sollte. Hier war es endgültig mit Englisch vorbei, entsprechend holprig entwickelte sich die „Beweisaufnahme", was nicht zur Erbauung aller Beteiligten beitrug. Eine zusätzliche Frustverstärkung trat bei den beiden Deutschen ein, als die französische Beamtin keinerlei Interesse an den Beweisfotos zeigte, die wollte sie gar nicht erst sehen, geschweige denn übernehmen.

Uns wurde eine Kopie der Anzeige ausgehändigt, das Original vermutlich sofort in die Rundablage gegeben und wir freundlich verabschiedet. Noch auf dem Parkplatz vor der Polizeiwache entdeckten wir einen, wie wir fanden, wesentlichen Fehler im Formular. Der Anzeigeerstatter wurde mit seiner deutschen Heimatadresse genannt, die man vom Personalausweis abgepinselt hatte, aber als französischer Staatsbürger bezeichnet. Wieder zurück in der Wache erklärte man mir, dass dies unerheblich sei, da ja die korrekte deutsche Adresse auf der Anzeige vermerkt sei.

Damit war der Vorfall erledigt, wenn auch nicht gesprächstechnisch. Insbesondere zwischen dem Geprellten und seiner Gattin wurde noch viel darüber gesprochen, am Anfang mehr, am Ende zu seinem Glück weniger. Jedenfalls konnte ich mein Ansehen als gutmütiger Trottel noch lange bewahren.

Ich bereitete mich geistig auch schon darauf vor, einem weiteren „hilfsbedürftigen" Engländer gegenüberzustehen. In diesem Falle würde ich ihn fragen, ob er die Landessprache (z.B. Französisch oder Spanisch) sprechen würde und, wenn der Betrüger erwartungsgemäß „Nein" antworten würde, ihm sagen, dass ich ihm selbstverständlich helfen kann und als erstes die Polizei anrufen werde, um den Geschädigten bei der Erstattung der Anzeige sprachlich zu unterstützen. Ich würde gespannt sein, wie schnell sich der Hilfsbedürftige aus dem Staub machen würde. Aber leider gab es keine weitere Begegnung dieser Art.

Einige Wochen später trafen wir auf einem spanischen Campingplatz ein Schweizer Ehepaar, das wir im Vorjahr in Portugal kennen gelernt hatten. Man hatte sich damals gut verstanden (trotz des Schwyzerdütsch) und war per WhatsApp in Kontakt geblieben. Nun war ein Treffen auf einem andalusischen Campingplatz vereinbart worden und wir unternahmen von dort einen gemeinsamen Spaziergang in einen kleinen Ort in der Nähe von Malaga.

Dabei erzählte meine Gattin auch die Betrugsgeschichte der Schweizerin, worauf diese erwiderte, dass ihr im Prinzip in diesem Urlaub das Gleiche widerfahren sei. Auch sie habe sich zur „Leihe" eines deutlich dreistelligen Eurobetrages überreden lassen, obwohl ihr Mann sie davor gewarnt hatte. So blieb uns nur der Trost, dass Deutsche und Schweizer zur Riege der Gutmenschen oder gutgläubigen Trottel auf europäischen Autobahnen gehören.

Im Coffee Shop

Meine Frau sprach schon seit Jahren, besonders mit ihrer langjährigen Freundin Dorthe, immer wieder darüber, dass sie gerne mal einen Coffee Shop in Amsterdam aufsuchen würde. Dabei handelt es sich nicht um ein normales Café oder eine Kaffeerösterei, sondern eine „geduldete Verkaufsstelle für weiche Drogen". Offiziell ist der Verkauf von weichen Drogen wie Marihuana, im Englischen gerne auch „Mary Jane" genannt, zwar verboten, wird aber nicht strafrechtlich verfolgt. So darf jeder 5 Gramm Weed (niederländisch: wiet) bei sich haben, ohne dass er Ärger mit der Polizei bekommt. Wohlgemerkt, harte Drogen sind auch in den Niederlanden strengstens verboten.

Mit Gras, Wiet, Weed, Ganja oder Marihuana werden die getrockneten Blüten und die blütennahen, kleinen Blätter der weiblichen Hanfpflanze (Cannabis) bezeichnet. In ihnen ist die Konzentration des berauschenden Wirkstoffs THC (Tetrahydrocannabinol) am größten. Davon zu unterscheiden ist Haschisch, Dope oder Marok, eine hellbraun bis schwarze, klebrige Substanz, die zwar ebenfalls ein Cannabisprodukt ist, jedoch aus dem gepressten Harz der weiterverarbeiteten Pflanzenteile besteht. Je nach Anbaugebiet wird unterschieden zwischen „Heller Türke", „Roter Libanese", „Schwarzer Afghane" oder „Dunkelbrauner Pakistani".

Coffee Shops dürfen das Zeug offiziell nicht kaufen, aber wie soll es sonst an die Kiffer kommen? Daher wird eine Bevorratung von 500 g Cannabis geduldet. Und sie dürfen keine Werbung darüber machen, auch nicht an der Außenfront ihres Cafés, und auch keinen Alkohol ausschenken. Sie können lediglich einen Raucherraum für den Sofortkonsum anbieten, die meisten Kunden bekiffen sich aber woanders. Angeblich konnte mit dieser Duldungspolitik der Schwarzmarkt im Zaum gehalten und die Todesrate gesenkt werden.

Der Coffee-Shop-Wunsch lebte plötzlich während unseres letztjährigen Holland-Urlaubes unverhofft auf und nahm ernsthafte Züge an. Wir weilten zwar im beschaulichen Friesland in der Segler-Hochburg Sneek auf einem Hafen-Campingplatz, aber Amsterdam ist davon nur 100 km entfernt, so dass ein Ausflug in die Kiffer-Hauptstadt thematisiert wurde. Eine Rolle spielte auch, dass wir am Ende unseres Aufenthaltes Dorthe und ihren Gatten Axel treffen wollten, die in der Nähe urlauben würden.

Ich weigerte mich jedoch, mit dem Campingbus ins wuselige Amsterdam zu fahren. Wir hätten zwar per „Park & Ride" ins Zentrum fahren können, aber ich hatte grundsätzlich keine Lust auf Großstadt und schon gar nicht auf Coffee Shops. Mein Stoff wird nicht nach THC-Gehalt bewertet, sondern nach Umdrehungen, und so soll es auch bleiben.

Schließlich entdeckte meine Gattin mit Unterstützung ihrer Lieblingstante Gugel einen Laden in Sneek mit dem vielversprechenden Namen „Heaven", dem man eine Existenz als Coffee Shop nachsagte. Dieser wurde prompt in die Urlaubs-Agenda aufgenommen und von mir als Kompromisslösung zur Vermeidung eines Großstadt-Ausfluges akzeptiert.

Als wir dann vor der Himmelstür standen, wollte ich zunächst nicht durch die Pforte, aber meine Gemahlin benötigte meine Sprachkenntnisse bei der Produktberatung und -auswahl. Da wir auch unseren Hund dabeihatten, wurde er kurzerhand in den Buggy gestopft, und schon konnte der Trip beginnen.

Als wir das Etablissement betreten hatten, kam gleich ein junger Mann auf uns zu, der sehr beunruhigt schien. Er wollte verhindern, dass wir mit einem Kleinkind auf Einkaufstour gingen, denn das Mindestalter beim Eintritt in den Himmel liegt bei 18 Jahren. Unser Buggyinsasse ist deutlich jünger, wurde auch schnell als Vierbeiner enttarnt und bekam daher eine Eintrittsgenehmigung.

Die zweite Beunruhigung ging von unseren Schildkappen aus. Er erläuterte uns, dass wir sie – wegen der „Security" – abnehmen oder falsch herum aufsetzen müssten. Nachdem dies geklärt war, reichte er uns weiter an einen netten Kollegen am Verkaufsstand bei der Kasse. Inzwischen waren schon die ersten weiteren Kunden eingetreten und übten Geduld hinter uns. Sie wussten nämlich genau, was sie kaufen wollten, während wir noch gar nichts wussten.

Also begannen wir Fragen zu stellen: „Haben Sie was zum Entspannen?" „Wie wirken denn die Space Brownies?" „Kann man was zum Rauchen kaufen?" „Wir können nicht selbst drehen, haben Sie auch Tüten?" „Welche Kekse würden Sie zur Stimmungsaufhellung empfehlen?" „Sind die Joints für Partys geeignet oder schläft man danach ein?" usw.

Inzwischen waren noch mehr Kaufwillige eingetreten und die Schlange hinter uns in dem kleinen Laden, den wir zu zweit und mit Hunde-Buggy schon ziemlich blockierten, war so groß geworden, dass einige vor der Himmelspforte warten mussten. Nachdem man uns mehrere Produkte gezeigt und deren Wirkung erläutert hatten, stellten wir ein kleines Sortiment zusammen und bezahlten mit Karte.

Ich wollte mir einen Beleg aushändigen lassen, was zur weiteren Beunruhigung des Personals führte. Denn wir hatten viel mehr gekauft bzw. verkauft bekommen, als man einem einzelnen Kiffer offiziell zugestehen darf. Aber sie dachten sich wohl, die doofen Touristen kommen eh nicht wieder, also sollen sie kriegen, was sie wollen. Daher wurde ein Ersatzbeleg gedruckt, auf dem nur der Gesamtbetrag vermerkt war. Dieser war aus mehreren Einzelbelegen zusammengeführt worden, die jeweils die geduldeten Verkaufsmengen abbildeten.

Zunächst nahmen wir uns vor, dass wir niemanden von unserem Spezialkauf erzählen würden. Aber die Geschichte mit Buggy, Schirmmützen, Warteschlange und Ersatzbeleg war so lustig, dass wir sie schließlich doch weitererzählten. Insbesondere das Treffen mit Dorthe und Axel, bei dem ein Tütchen verzehrt wurde, fiel sehr unterhaltsam aus und der Abend wurde mit Unterstützung vergorenen Traubensaftes – „Don't smoke and drink." ist die ausdrückliche Empfehlung – ziemlich lang. Als alle ein breites Grinsen im Gesicht hatten, wurde das Experiment als gelungen bezeichnet und geplant, einen ähnlich netten Abend bald zu wiederholen. Schließlich hatten wir genügend Vorrat angelegt.

Wenn einer eine Reise tut,
so kann er was erzählen

Ich reise gerne. Schon immer. Nicht weil es einen Ortswechsel verlangt, sondern den Wechsel von Meinungen und Vorurteilen bewirkt, wie schon Anatol France bemerkt hat. Dabei versuche ich, Dalai Lamas Rat zu folgen, möglichst einmal im Jahr einen Ort zu besuchen, an dem ich vorher noch nie gewesen bin. Denn nach Emile Zola entwickelt sich die Intelligenz am besten durch das Reisen, nach Johann Wolfgang von Goethe findet ein gescheiter Mensch durch sie sogar die beste Bildung.

Doch genug der Sprüche kluger Leute, widmen wir uns auch dem Verlust, den man auf einer Reise von unerwarteter Seite erfahren kann (auch eine Erkenntnis von Goethe). Auf einigen meiner Reisen habe ich merkwürdige Dinge erlebt, die mit den Reisezielen an sich nichts zu tun hatten.

Vor einigen Jahren verbrachte meine jüngere Tochter einen Work-and-Travel-Aufenthalt in Australien. Kurz vor ihrer Rückkehr entschloss ich mich zu einem spontanen Besuch. Das Visum für Australien war online schnell besorgt; für mein eintägiges Zwischenstoppziel Dubai, das ich mir wegen der Wolkenkratzer unbedingt mal anschauen wollte, brauchte ich keines vorab, sondern das wurde beim Anflug ausgefüllt. Die Einreise nach Dubai war unproblematisch, aber die Weiterreise nach Melbourne beinahe gescheitert.

Zuerst gab es Probleme beim Einchecken an einem Self-Service-Terminal, das mich nicht bedienen wollte. Eine nette Self-Service-Terminal-Eincheck-Assistentin verwies mich an einen bemannten Serviceschalter, von wo man mich an einen anderen verwies, da ich angeblich erst hätte einchecken müssen. Das war zwar jetzt der richtige Schalter, aber Einchecken war aus zunächst unbekannten Gründen auch hier nicht möglich.

Eigentlich wollte ich nicht in Dubai hängen bleiben, sondern nach Australien weiterdüsen. Und das war das Problem. Mit dem Check-In fand nämlich eine automatische Visumprüfung statt, die zu einem negativen Ergebnis führte. Der Computer war der Meinung, dass ich kein Visum besaß, obwohl ich den Ausdruck der Bestätigung der australischen Botschaft in der Hand hielt. Nachdem die Schalterdame andere Kollegen zur Problemlösung eingeschaltet und offensichtlich nur noch mühsam ihre Contenance gewahrt hatte, konnte der Widerspruch nach 40 Minuten aufgelöst werden. Mein Ticketname war nämlich „DR ALLES", mein Visumsname dagegen „DRALLES". So ein Leerzeichen kann Existenzen vernichten.

Jedenfalls kann ich Goethe bestätigen, dass Reisen bildet. Denn trotz des Ausreiseproblems war der Besuch Dubais sehr aufschlussreich gewesen. Dadurch wurde mir der absolute Irrsinn so richtig klar, Megastädte wie Dubai, Abu Dhabi oder Schardscha in die Wüste zu setzen, wo es kein natürliches Trinkwasser und kaum Vegetation gibt. Die Versorgung der Bevölkerung mit Nahrungsmitteln und Energie und die Schaffung angenehmer Klimabedingungen muss einen gewaltigen Energieverbrauch nach sich ziehen, der sich heute nur durch die riesigen Ölvorkommen finanzieren lässt. In einigen Jahren wird das wohl anders sein. Davon zeugen die gigantomanischen Bauvorhaben in allen großen Städten am Persischen Golf, die Industrie, Wirtschaft und Tourismus anlocken sollen. Oder die künstlichen Städte Port Ghalib, El Gouna und Neom, die Äqypten und Saudi-Arabien im Roten Meer bauen.

Ich gehöre nicht zu denjenigen, die ständig in der Weltgeschichte herumjetten. Aber wenn es sich ermöglichen lässt, unternehme ich einmal im Jahr eine Reise zu einem etwas entfernteren oder exotischeren Ziel. Bisher bin ich auch immer um den Verlust von Gepäck herumgekommen im Gegensatz zu dem einen oder anderen meiner Mitreisenden. Aber Verzögerungen bei der Anlieferung hat es schon öfters gegeben.

Vor einigen Jahren, als ich den Rückflug von Georgien nach Frankfurt antreten wollte, fiel zuerst der Flug aus zunächst unbekannten Gründen aus. Wir standen nachts um drei Uhr vor dem Schalter, einige hatten schon erfolgreich eingecheckt, als plötzlich alle Lufthansa-Anzeigen an den Schaltern gegen Nichtssagende ausgetauscht wurden und das Einchecken abgebrochen wurde. Es entstand große Verwirrung, da es keine offiziellen Informationen bzw. nur welche aus verschiedenen Quellen gab: Der Flug findet am frühen Nachmittag statt, später gibt es einen Flug mit den Turkish Airlines mit Zwischenstopp in Istanbul, der Flug findet erst am nächsten Tag statt etc. Außerdem sagten welche, es habe einen medizinischen Notfall an Bord gegeben, andere sprachen von einem technischen Defekt. Richtig war jedenfalls, dass der Flieger nicht angekommen war.

Als sich gegen 4:00 die Meinung breit gemacht hatte, dass wir erst am Folgetag zurückfliegen würden – die türkische Alternative konnte sich nicht durchsetzen –, wurde unser Reiseveranstalter aktiv und verschaffte uns einen kostenfreien Zusatztag in Tiflis. Der zweite Versuch zur Rückkehr wurde um 2:00 nachts gestartet und verlief diesmal erfolgreich. Wenn man davon absieht, dass ich in München einen längeren Zwischenaufenthalt hatte, als es beim regulären Flug der Fall gewesen wäre, und dass ich in Frankfurt vergeblich auf meinen Koffer wartete. Der kam nicht an, auch nach einer Stunde noch nicht.

Bei der Gepäckreklamation versuchte man mich damit zu trösten, dass er bestimmt in der nächsten Maschine von München nach Frankfurt käme, da er offensichtlich Tiflis verlassen habe, und ich ihn im Laufe des Tages nach Hause gebracht bekommen würde. Das war aber nicht der Fall, die Notiz im Internet sagte noch am nächsten

Morgen, dass die „Suche läuft". Es dauerte dann bis abends, bis der Koffer unbeschädigt und vollständig, leider ohne zusätzlichen Inhalt gebracht wurde. Vom Spediteur erfuhr ich, dass allein sein Unternehmen täglich mit fünf Autos im Rhein-Main-Gebiet unterwegs sei, um verlustig gegangene Gepäckstücke auszuliefern. Und die Dame von der Hotline, mit der ich tagsüber gesprochen hatte, hat mich damit getröstet, dass mein Koffer nur einer von fünfhundert sei, die an einem „normalen" Tag vermisst werden.

Einige Tage später schrieb ich an Lufthansa einen Brief mit der Forderung einer Ausgleichszahlung für den Flugausfall, der unbeantwortet blieb. Zwei Wochen danach kämpfte ich mich dann durch die Hotline (auf Englisch, da ich mit dem Wunsch auf Deutsch nicht durchkam) und diskutierte über zehn Minuten mit einem Mitarbeiter, bis man meine Forderung anerkannte. Allerdings gab es für das verspätete Gepäck keine Entschädigung, da es ja nicht verloren gegangen war. Es dauerte dann noch drei weitere Wochen, bis ich 600 € (laut EU-Regelung hätte ich Anspruch auf 400 € gehabt) auf meinem Konto fand.

Das fand ich einen überaus netten Reiseabschluss, zumal ich durch den längeren Aufenthalt keine Zusatzkosten und auch sonst keine Nachteile gehabt hatte. Meine Begeisterung jedenfalls an Georgien war auch so schon sehr hoch gewesen, so dass sie dadurch nicht vergrößert werden konnte.

Auf dem Rückweg mal länger auf seinen Koffer warten zu müssen, ist nicht weiter schlimm, sogar wenn er verloren geht. Aber auf der Hinreise ohne Gepäck ist ziemlich ärgerlich. Dies ist mir im letzten Jahr auf meiner Reise nach Armenien passiert. Aber ich kann es vorwegnehmen, alles wurde gut und die Reise war sowieso sensationell, auch wenn plötzlich Heino aufgetaucht ist. Aber zuerst zum Koffer.

Wir waren um ein Uhr nachts in Jerewan gelandet. Da ich nicht wusste, wie die telefonmäßige Erreichbarkeit in Armenien sein wird – später stellte sich heraus, dass sie überall gut war und in fast jedem Hotel oder Gästehaus ein funktionierendes WLAN zur Verfügung stand –, schickte ich nach Verlassen des Fliegers eine knappe SMS nach Hause: „Sind gut gelandet, alles hat hervorragend geklappt." Zu diesem Zeitpunkt wusste ich noch nicht, dass ich ohne mein Gepäck gelandet war.

Ich hatte lange aufs Gepäckband gestarrt. Als es geleert und abgestellt worden war, wurde mir klar, dass der Urlaubsanfang nicht unbeschwert sein würde. Auch eine Mitreisende (Marina) hatte vergeblich auf ihr Gepäck gewartet. So begaben wir uns gemeinsam zum Reklamationsschalter, wo wir geduldig unser Anliegen auf Englisch vortrugen. Der nette Mitarbeiter versprach uns, dass das Gepäck kostenfrei bald ins Hotel nachgeliefert werden würde und wir uns getrost dorthin begeben könnten. Wir sollten zum gegebenen Zeitpunkt nur unsere Verlustbestätigung vorweisen.

Damit verzögerte sich die Anreise zum Hotel für diejenigen unserer Gruppe weiter, die ebenfalls in der Nacht gelandet waren, worüber glücklicherweise keine Feindschaften ausbrachen, bevor wir uns überhaupt richtig kennen lernen konnten. Erst danach, nach dem Kennenlernen, gab es seriöse Gründe für Animositäten, da einige Charaktere von der kaum erträglichen Sorte waren.

Am späten Nachmittag begann unser Reiseleiter (Samuel) herumzutelefonieren, um den Verbleib unseres Gepäcks zu eruieren. Marinas Koffer war zwischenzeitlich im Hotel angeliefert, aber wieder mitgenommen worden, da sie versäumt hatte, ihre Verlustbestätigung an der Rezeption zu hinterlassen. Ich hatte meine zwar dagelassen, der Verbleib meines Koffers blieb jedoch weiter ungeklärt. Zumindest bis ich im Hotel zurück war. Dort stand er nämlich in der Gepäckecke bei der Rezeption, wo ich ihn zufällig fand. Der Rezeptionist wusste nämlich von nichts, obwohl er vermutlich den Koffer selbst entgegengenommen hatte. Er gehörte wohl nicht in die Kategorie „Hellste Kerze auf der Torte". Immerhin konnte jetzt für mich alles gut werden.

Glaubte ich, bis ich Heino traf. Einer unserer Mitreisenden, der sich getreu Goethe durch die Reise bilden wollte und daher konsequenterweise jeder Vorinformation über Armenien aus dem Weg gegangen war, hätte eigentlich viel zu fragen gehabt, hatte aber trotzdem zu jedem Thema, jedem Ort und jedem Ereignis, von dem uns Samuel berichtete, irgendetwas beizutragen, und sei es der größte Schwachsinn. Man sagt zwar, es gäbe keine dummen Fragen, sondern nur dumme Antworten, aber bei ihm gab es beides. Womit er fast alle aus unserer Reisegruppe permanent nervte, da er sich in jedes Gespräch einmischte.

Und, wenn ihm mal nichts mehr einfiel, was er äußern oder fragen konnte, sang er peinlicherweise Heino-Lieder, denn nur dieser Künstler könne überhaupt singen. Er rühmte sich bei jeder Gelegenheit damit, dass er alle seine Platten besitze, und bewies dies mit der wiederholten Rezitation der Liedtexte. Da Samuel nach jedem kleinen Ausflug die Vollständigkeit unserer Gruppe überprüfte, war es leider nicht möglich, Heino irgendwo in Armenien zu entsorgen.

Zum Abschluss möchte ich noch von merkwürdigem Metallwachstum berichten. Ich war auf dem Weg nach Longyearbean auf Spitzbergen mit Zwischenstopp in Oslo. Mein gewohnheitsmäßig in der Hosentasche getragenes Schweizer Taschenmesser hatte ich vergessen, in Frankfurt ins Gepäck zu räumen, was aber kein Problem war, da die Security die Klingenlänge mit 5,9 cm bestimmt hatte, was also mit „unter 6 cm" gerade noch unter der damals zulässigen Höchstlänge lag.

In Oslo begab ich mich nach der eintägigen Übernachtung ans Abfluggate und durfte bei der Sicherheitskontrolle wieder mein Taschenmesser präsentieren. Aber jetzt war ein Wunder eingetreten, vermutlich proportional zu den steigenden Breitengraden war die Länge seiner Klinge gewachsen und wies nun stattliche 7 cm auf. Auch die auf mein Drängen hinzugezogenen Security-Kollegen maßen diese Länge, der Hinweis, dass das gleiche Messer in Frankfurt noch deutlich kürzer gewesen sei, ging ihnen am Allerwertesten vorbei: „Frankfurt is Frankfurt and we are in Norway." Tschüss, Messer, und Glückwunsch, Kollegen, für den günstigen Fang! Es ist nun mal ein Unterschied, ob man ein Messer mit oder ohne Schaft misst. Die entsprechenden Messvorgaben schienen international nicht abgestimmt gewesen zu sein.

Im Lompensenter in Longyearbean besorgte ich mir gleich nach der Ankunft ein neues, etwas handlicheres, dafür aber teureres Taschenmesser. Ein Mann ohne Taschenmesser ist wie eine Frau ohne Handtasche. Das ist also nur unter der Dusche und in der Sauna ein tolerierbarer Zustand. Ich gewann es sehr lieb und nahm es immer und auf allen weiteren Reisen in der Hosentasche mit, ohne dass es irgendwann konfisziert wurde.

Bis auf der Rückreise von meiner Namibia-Botswana-Rundreise. Der Hinflug mit Zwischenstopp in Addis Abeba und entsprechenden Sicherheitskontrollen war unkritisch, aber auf dem Rückflug beim Einchecken auf dem Victoria Falls Airport war es plötzlich zur gefährlichen Waffe mutiert und ich musste es abgeben. Idioten! Oder: TIA (This Is Africa).

Ja, wenn einer eine Reise tut, dann kann er was erzählen. Auf jeden Fall über die überraschenden Begleitumstände und Randerscheinungen. Die Reise selbst sollte man aber schweigend genießen und anderen zur Nachahmung empfehlen, damit jeder seine eigenen Erfahrungen machen und Erkenntnisse gewinnen kann. Wenn Sie sich aber trotzdem dafür interessieren, was ich sonst noch so gesehen und erlebt habe, darf ich Sie auf meine kleine Reihe „Peters Reisebericht" verweisen, die im Verlag tredition erschienen und über alle traditionellen und online-Buchhandlungen beziehbar ist.

Warum bestellen Sie nicht gleich 42 Packungen des Medikaments?

Das wurden wir zwar nicht gefragt, wäre aber vom verpackungsökologischen Gesichtspunkt her sinnvoll gewesen. Unserem Hund, für den wir das Medikament im Internet bestellt hatten, wäre es egal gewesen.

Eines Tages hatte er sich beim Gassigehen den Fuß vertreten, schuld daran war aber sein Herrchen (ich) gewesen, der ihn mal wieder mit einem Bällchen übers Feld gejagt hatte. Das lässt er (der Hund) gerne mit sich machen, das liebt er geradezu. Es ist fast schon ein Ritual, wenn wir an eine bestimmte Stelle unserer Runde kommen, möchte er bespielt werden. Ich gehe meistens mit ihm die gleiche Runde, wobei es eine kurze und eine lange Variante gibt. In beiden kommen wir an eine solche „Jetzt-wirf-endlich-das-Bällchen"-Stelle. Irgendwann einmal hatte ich bei zwei aufeinanderfolgenden Runden den Ball an der gleichen Stelle ausgepackt, seitdem ist diese als Spielstart fest definiert.

Wenn wir sie erreichen, blickt er mich zuerst auffordernd an, springt dann an mir hoch und fängt schließlich, für einen Außenstehenden scheinbar unbegründet an zu bellen. Tragisch endet dieser Vorgang aber, wenn ich mal vergesse, den Ball mitzunehmen, was leider manchmal vorkommt. Dann versteht er die Welt, falls er global denkt, oder zumindest mich nicht mehr und ist vorübergehend beleidigt. Bis zum nächsten Gassigang, wenn er mir eine neue Chance gibt.

Nachdem er sich also eines Tages verletzt hatte, es war keine äußere Verletzung, nur eine Zerrung oder Verstauchung, erzählte mir meine Frau von einem für Menschen entwickelten Schmerzmedikament, das es auch in einer tierischen Abschwächung geben soll. „Guck doch mal im Internet, ob du das findest.", war ihre freundliche, aber bestimmte Aufforderung. Und da ich ja schuld an der Verletzung war, hatte ich keine Gegenargumente, sondern machte mich auf die Suche.

Ich wurde bald fündig, wählte den preisgünstigsten Lieferanten aus und bestellte eine Hunderterpackung. Da unser Hund wegen seiner Größe oder besser Kleinheit täglich nur 2-3 Tabletten verabreicht bekommen sollte, war das zwar eine sehr zukunftssichere Menge, aber kleinere Packungen waren preistechnisch nicht lukrativ.

Zwei Tage später wurde mir ein Paket geliefert, was ich zuerst nicht annehmen wollte, da ich mich an keine voluminöse Bestellung erinnern konnte, die ich noch nicht erhalten hatte. Es war federleicht, beim Schütteln war nichts zu hören oder zu spüren, war also anscheinend leer. Als ich es geöffnet hatte, quollen mir ca. dreitausend Verpackungsflips entgegen. Diese gibt es zwar aus Maisgries, was sie vollständig biologisch abbaubar macht, und sogar in einer angeblich essbaren Variante, was mir vom hygienischen Aspekt her aber etwas unklar ist, aber ob das mir gelieferte Füllmaterial ökologisch sinnvoll war, bezweifelte ich.

Denn nach etwas Graben in der gefüllten Kiste fand ich ein kleines Schächtelchen mit dem bestellten Medikament. Da dieses nur 2,33 Volumenprozent der Verpackung ausmachte, hatte man den restlichen Rauminhalt mit den Flips ausgefüllt. Hätte ich nicht nur die eine, sondern gleich 42 Packungen bestellt, wäre man ohne Füllsel ausgekommen, was nachhaltiger gewesen wäre. Ich hätte ja die nicht benötigten 41 Packungen an meine Gassifreunde verhökern und durch direkte Weitergabe sowohl Transportkosten als auch Transportmaterial vermeiden können. Ich Umweltschwein!

Bekanntlich ist Deutschland Spitzenreiter in der EU, was Verpackungsmüll angeht. Der Pro-Kopf-Verbrauch liegt bei deutlich über 225 kg, eine unglaubliche Menge, wenn man das Gewicht der Verpackungen betrachtet. Auch wenn andererseits die Recycle-Quote ebenfalls ziemlich hoch, mit angeblich 70% über alle Müllsorten nivelliert aber weit von 100% entfernt ist, kann man die hierzulande übliche Verpackungsflut und -wut als riesige Umweltsünde ansehen.

Ich erspare mir hier einen allgemeinen Ausflug ins Müllthema, aber bei einem solchen krassen Missverhältnis zwischen Nettoinhalt und Bruttovolumen wie im Falle meiner Bestellung sollte sich der große Versender mit „A" mal Gedanken machen, wie er einen Beitrag zur Müllreduzierung bringen kann. Dass genügend Fläche für das Versandetikett vorhanden sein muss, wenn was Kleines bestellt wird, ist klar, aber dafür gibt es bestimmt andere, raumsparende Möglichkeiten. Mir schwebt so eine Art asymmetrische Verpackung mit anhängender Adresslasche vor, wie man sie im Kleinstformat z.B. zur Etikettierung von Kosmetika findet. Diese hätte dann auch den Vorteil, dass sie vom Briefträger zugestellt werden könnte und keinen Zustelldienst mit spritfressendem Transporter erfordert.

Wartezeit

Kennen Sie das auch? Sie gehen zum Arzt, natürlich haben Sie sich einige Wochen bis Monate vorher einen Termin besorgt, und was sehen Sie? Ein rappelvolles Wartezimmer, mürrische Gesichter, manchmal sogar fehlende Sitzgelegenheiten, weil alle Stühle schon besetzt sind. Und dann nur Frauenzeitschriften als Lektüre, meist mit dem Datum, als sie den Termin vereinbart hatten.

Das erlebe ich regelmäßig beim Internisten, bei der Augenärztin oder im Krankenhaus, wenn ich mich für eine anstehende OP vorstellen soll, also nur mit diversen Ärzten reden, die mir – wie gesetzlich vorgeschrieben – Angst machen wollen. Risikoaufklärung nennt man das. Dass man ausnahmsweise mal eine halbe Stunde warten muss, bis man drankommt, ist in Ordnung, wenn Notfälle dazwischengeschoben werden müssen. Aber Notfälle sind keine Normalfälle und sollten nicht bei jedem Praxisbesuch auftreten. Wenn man dann nach zwei Stunden endlich ins Allerheiligste vorgelassen wird, kann man dankbar sagen: „Wie schön, dass ich das heute noch erleben darf."

Komischerweise passiert mir das nicht beim Zahnarzt. Dort scheint man in der Lage zu sein, Termine realistisch zu vergeben und den Ablauf in der Praxis effizient zu organisieren. Warum geht das bei vielen Ärzten aber nicht? Ist deren Arbeitszeit so unendlich viel wertvoller als die der Patienten?

Man sagt ja, dass der ärztliche Durchschnittsverdienst im Allgemeinen ziemlich hoch sei. Zumindest im Vergleich zum Durchschnittspatienten. Aber ist er hundertmal höher? Wohl kaum. Warum sind aber viele Ärzte nicht bereit, auch nur ein einziges Sekündchen Leerlauf beim Patientendurchlauf in ihrer Praxis in Kauf zu nehmen? Es gibt in einer Praxis doch so viel zu tun, so dass ein Arzt jede freie Minute auch ohne Patienten sinnvoll füllen könnte. Ich erlebe es immer wieder, dass Mitpatienten trotz Termin zwei Stunden warten müssen, bis sie ins Sprechzimmer vorgelassen werden. Ist deren Arbeits- oder Lebenszeit so unbedeutend?

Vielleicht liegt das Problem am Begriff „Wartezimmer". Eigentlich steckt da der Begriff „Warte" drin, also ein „Ort der Ausschau". Die Patienten halten nach dem Arzt Ausschau und sollten daher im meist sehr begrenzten Raum einer Praxis schnell fündig werden können. Wenn ihre Ausschau erfolgreich war, sollten sie zufrieden abziehen dürfen, könnte man meinen. Aber nein, sie wollen auch noch mit dem Objekt ihrer Ausschau reden!

Besser wäre daher der Begriff „Verweilzimmer", „Ruheraum" oder „Durststrecke" für solche Praxen, in denen die Ärzte ihre Patienten vor der Behandlung erst einmal weichkochen oder ruhigstellen wollen. „Warte, warte nur ein Weilchen, der Arzt wetzt noch schnell sein Beilchen." Die Patienten sollen wohl keine unangenehmen Fragen stellen und möglichst schnell wieder verschwinden wollen. In Zeiten der sog. Fallpauschalen durchaus verständlich.

Trotzdem, muss denn mit den meisten Praxisbesuchen schon allein durch die Wartezeiten, nicht einmal durch die Diagnosen und verordneten Therapien, ein Frusterlebnis einhergehen? Mein frommer Wunsch, den ich mir zu jedem neuen Jahr wieder gönne: es möge erfolgreich an der Verkürzung der Wartezeiten in Arztpraxen gearbeitet werden, auch wenn man keine Zahnarztpraxis betreibt.

Alles nur Verschwörung

Haben wir nun ein echtes Problem oder haben wir nur ein Vorgetäuschtes? Angeblich ist ein Virus im Umlauf, nämlich SARS-CoV-2, das zur Gruppe der Coronaviren gehört, eine pandemische Bedrohung darstellt und die Viruserkrankung Covid-19 auslösen soll. Das neuartige Virus soll zu Atemwegserkrankungen ähnlich wie bei einer Grippe führen. Allerdings sind die Krankheitsverläufe unspezifisch, vielfältig und variieren stark, von symptomlosen Verläufen bis zu schweren Pneumonien mit Lungenversagen und Tod. Daher lassen sich keine allgemeingültigen Aussagen zum „typischen" Krankheitsverlauf machen.

Eigentlich weiß man bisher gar nichts Genaues. Und irgendwelche Medikamente und Impfstoffe hat auch keiner. Manche Experten glauben, Risikogruppen wie Ältere, Vorerkrankte, Raucher, Adipöse und weitere „Typen" seien besonders gefährdet. Andere befürchten, dass jeder Mensch daran erkranken und sogar sterben kann und wieder andere halten die Gefahr für Fake News der internationalen Lügenpresse, von Geheimdiensten, korrupten Politikern oder der Pharmaindustrie. Entsprechend vielfältig sind die Verschwörungstheorien, die sich immer größerer Anhängerschaft erfreuen, da sie sehr einfach, schnell und nachhaltig über die asozialen Medien verbreitet werden können.

Warum gibt es von ihnen so viele und wieso können sie sich so schnell verbreiten? Die permanente Präsenz des Themas in den Medien mit den vielen Interviews mit Experten, Politikern und Meinungsführern bzw. solchen, die sich dafür berufen fühlen, führen zur tiefgehenden Verunsicherung der Menschen. Der dadurch bedingte Kontrollverlust bringt viele, sehr unterschiedliche Verschwörungstheorien über die Entstehung und das Ziel der Corona-Pandemie hervor.

Mal sind es die Chinesen, mal die Amerikaner, mal die Russen oder die Israelis als ganzes Volk bzw. deren Geheimdienste und staatlichen Forschungslabore oder prominente Bürger dieser Länder, die das Virus als neue Biowaffe entwickelt und gezielt in Umlauf gebracht haben sollen. Nur komisch, dass diese Länder auch alle Opfer ihres eigenen Viruskrieges geworden sind, soweit man den publik gewordenen Infektions- und Todeszahlen glauben darf.

Es ist ja bekannt, dass die Fallzahlen schwer vergleichbar sind, wenn die einen bei den Toten nur diejenigen zählen, die eindeutig durch das Coronavirus ums Leben gekommen sind, während andere alle Verstorbenen zählen, die aufgrund einer anderen schweren Krankheit gestorben sind, solange sie auch an Corona infiziert waren. So meinen manche, dass Covid-19 nur eine neue Variante einer leichten Grippe ist, so dass einfach die Grippetoten den Corona-Fallzahlen zugeschlagen wurden, da anders die hohe Opferzahl nicht erklärbar sei. Oder dass Tote mehrfach gezählt wurden, da sie neben Corona mehrere andere Erkrankungen hatten. Und es gibt viele andere Behauptungen, die belegen sollen, dass die Fallzahlen unbrauchbar seien und daher an den Haaren herbeigelogen sein sollen.

Dann kann man natürlich auch behaupten, dass es eigentlich gar keine Corona-Toten gibt, sondern höchstens Testverseuchte. Leider verbreitet sich mit dem Coronavirus auch das Antisemitismusvirus, denn gegen Israel und bekannte Juden gibt es besonders viele Verschwörungstheorien. Freimaurer und sog. Reichsbürger wissen schon lange, dass Juden den Dritten Weltkrieg vorbereiten und nun mit der Verbreitung des Coronavirus den ersten Schritt eingeleitet haben.

Verunsicherte Menschen, darunter auch etliche Prominente und Wissenschaftler, versuchen sich verloren geglaubte Sicherheit dadurch zu verschaffen, dass sie sich an irgendwelche kruden Theorien klammern, die sie zu einer Gruppe zugehörig werden lassen. Eventuelle Widersprüche werden dabei ausgeblendet und Argumente von außen ignoriert. Man glaubt nur das, was man glauben will. Ähnlich wie diejenigen, die daran glauben, dass ein gewisser Gott die Erde erschaffen hat oder dass die Erde eine Scheibe sei. Oder die Leute, die die Kondensstreifen von Flugzeugen für sogenannte „Chemtrails" halten, mit denen die Bevölkerung vergiftet werden solle. Oder die kritischen Verbraucher, die Barcodes auf Lebensmitteletiketten durch einen Querstrich „entstören", da sie die Nährstoffe negativ beeinflussten. Wieder andere sind sich sicher, dass das globale Finanzsystem vor dem endgültigen Zusammenbruch steht und das Virus dafür instrumentalisiert werden soll, die Bevölkerung einzusperren und ruhigzustellen. Es gibt nichts, was es nicht gibt.

Gerne wird ein Aberglaube oder eine Theorie auch mit dem Hinweis verbreitet, dass die Wahrheit viel zu groß ist, dass sie von Normalsterblichen begriffen werden kann. Während die Experten über die Ansteckungsgefahr des Virus, über sinnvolle Schutzmaßnahmen und mögliche Impfstrategien streiten, liefern die Anhänger der Verschwörungstheorien komplexitätsreduzierende Wahrheiten, die sie auf die Seite der Guten in der ach so bösen Welt bringen.

Laut mancher Studien über Verschwörungstheorien sind für diese deutlich mehr Männer als Frauen anfällig. So interpretiert der Autor, Coach und philosophische Berater Florian Goldberg dieses Ergebnis auf nicht ganz ernstgemeinte Art als Aktion eines weltweiten Geheimbundes radikaler Feministinnen, der sich zur Aufgabe gemacht hat, überall möglichst korrupte Männer in Regierungsämter zu hieven. Wie könne es sonst sein, dass sich populistische Glanzlichter menschlicher Intelligenz wie

Orban, Trump, Johnson und Bolsonaro so standhaft auf der politischen Bühne behaupten können.

„Durch deren Narzissmus, so das perfide Kalkül, zerbrechen bewährte Bündnisse, drohen neue Kriege und geraten selbst stabile Demokratien ins Wanken. Mit einem Mal begreift die Menschheit, was toxische Männlichkeit bewirkt. Entsetzt wendet sie sich von männlichen Führern ab. Fortan werden verantwortliche Positionen nur noch mit Frauen besetzt. Ihr geheimes Zeichen? Die Raute. Wehrt euch, ihr Männer, es hat schon begonnen!"

Hat sich schon mal jemand Gedanken gemacht, warum sich plötzlich nach dem wochenlangen Ausverkauf von Toilettenpapier die Regale wieder langsam füllten? Der Grund ist ganz einfach. Durch schlampige Hygienemaßnahmen in der Produktion ist es dem Erreger gelungen, sich in den feinen Gewebefasern des weißen Goldes einzunisten, was die aufgeklärten Verbraucher durch Zurückhaltung und die dummen durch vermehrtes Sterben am Wiederkauf gehindert hat. Ja, so sieht die Wahrheit aus, das will keiner wahrhaben!

Aber es gibt auch Hoffnung, es ist so einfach sich vor Covid-19 zu schützen, die Gesundheitsministerien, das Robert-Koch-Institut und die Weltgesundheitsorganisation haben ja keine Ahnung. Hier eine Reihe einfacher Maßnahmen, die jeder ergreifen kann:

- Wenn man alle Oberflächen mit UV-Licht bestrahlt, werden Viren und Bakterien getötet.
- Während der Pandemie-Zeit ist es ratsam, viel Vitamin C und D sowie Rohkost zu sich zu nehmen.
- Auch ist es wichtig, alle 15 Minuten Wasser zu trinken sowie mit warmem Wasser, Essig oder Salzwasser zu gurgeln, da das das Virus abtötet. Es ist nämlich nicht hitzebeständig und stirbt bei einer Temperatur von 26 bis 27 Grad. (Dass der menschliche Körper

eine Temperatur von ca. 37 Grad hat, weiß das Virus zum Glück nicht.)

- Daher schützt auch stundenlanges Sonnenbaden vor einer Infektion. Das Hautkrebsrisiko kann vernachlässigt werden und ist ein weiteres Beispiel von Panikmache der Lügenpresse.

- Man sollte überall in der Wohnung aufgeschnittene Zwiebeln auslegen, da diese Viren und Bakterien aus der Luft absorbieren und so vor einer Ansteckung mit Coronaviren schützen. Da die Erreger dadurch absterben, kann man die Zwiebeln bedenkenlos weiterverwenden.

- Auch die psychische Desinfektion sollte nicht vernachlässigt werden. So hilft die Aufarbeitung von Traumata und Ähnlichem sowie der Gang zur Beichte und zum Psychoanalytiker.

- Während der Pandemie-Zeit sollte man auch mehr soziale Nähe üben, denn Berührungen sind gesundheitsfördernd und ansteckungshemmend. Dies kann man am Beispiel von Müttern beobachten, die sich an kranken Kindern in der Regel nicht anstecken, weil in ihnen die Liebe zirkuliert, wodurch ihre Immunität tausendfach gestärkt wird.

- Mein Favorit an einfachen Maßnahmen ist jedoch die wiederholte und sehr gründliche innere Desinfektion. Sehr wirksam sind alle Mittel mit mindestens 40% Alkohol (allerdings Vorsicht bei selbstgebranntem Methylalkohol!). Notfalls kann man auch auf Wein, vorzugsweise Rotwein zurückgreifen, muss aber die Dosis entsprechend erhöhen. Bier ist eher ungeeignet, da zu schwach, kann aber im Herrengedeck vorübergehend verwendet werden. Damengedecke sind völlig unzureichend. Bier kann übrigens zur Fußwaschung verwendet werden, da sich das Virus auch gerne durch Käse überträgt.

Es ist übrigens ziemlich einfach festzustellen, ob man selbst befallen ist: Wer zehn Sekunden die Luft anhalten kann, ohne zu husten oder ein Gefühl der Enge in der Brust zu verspüren, ist nicht infiziert. Diese „einfache Selbstkontrolle" empfehlen Experten aus Taiwan.

Ich halte es ja am wahrscheinlichsten, dass grüne Männchen in einsamen Regionen dieser Erde mit ihren UFO im Herbst 2019 gelandet und ausgeschwärmt sind, um giftige Mitbringsel in der Welt zu verteilen. Schließlich ist das Virus zeitgleich fast überall aufgetreten, Wuhan wurde nur zuerst von der Lügenpresse ausgeschlachtet. Erst wenn die Erde weitestgehend entvölkert ist, werden sie ihre Kumpels nachholen, um sich die Erde untertan zu machen. Sie haben zwar schon vor einigen Jahren auf der Krim und in der Ostukraine versucht, ihren Plan umzusetzen, aber da sind sie ungeschickt und übereilt vorgegangen. Daraus haben sie aber gelernt und daher jetzt diese neue, wirklich erfolgversprechende Strategie entwickelt.

Dass die Marsianer eine neue Bleibe suchen, zeichnet sich schon seit den 1970er Jahren ab, als man erstmalig den Funkspruch „Mars macht mobil – bei Arbeit, Sport und Spiel" aufgefangen hat. Deswegen hat sich übrigens auch noch niemand getraut, Atommüll auf den Mars zu schicken, da der verbrauchte Energie sofort zurückbringt. Schon bei den alten Griechen diente Sport und Spiel der männlichen Körperertüchtigung zwecks Kriegsvorbereitung, daher war sofort klar, wie der Spruch zu interpretieren ist.

Die Suche ist ja auch verständlich, wenn man sich die Lebensbedingungen auf unserem Nachbarplaneten anschaut: dünne, staubige Atmosphäre, kein flüssiges Wasser (und damit kein Bier!), hohe Temperaturunterschiede im Tagesverlauf und dadurch viel Wind, fast kein Sauerstoff, kein Grünzeug, keine Haustiere u.v.m. Über letzteres sollten sie eigentlich froh sein, denn auf diese Weise können schon mal keine Viren übertragen werden. Und der viele Wind ist auch eher günstig für die Energiegewinnung, weswegen die meisten ihrer Raumschiffe mit Windenergie fliegen, auch wenn dies die Reichweite etwas einschränkt. Daher haben sie es auf ihrer Suche gerade mal bis zur Erde geschafft, wo doch die besseren Ziele eher weit außerhalb unseres Sonnensystems liegen dürften. Wenn die Grünen langfristig der gelben Gefahr trotzen können, dürfte ihr Siegeszug jedenfalls nicht mehr aufzuhalten sein.

Deswegen, und weil das Leben eine Krankheit ist, die durch Sex übertragen wird und garantiert tödlich endet, soll dieser Beitrag der letzte in meinem Buch sein. Bevor mich Corona, ein Grüner Zwerg, die Gelbe Gefahr oder die sexuelle Freizügigkeit meiner Eltern einholt, will ich wenigstens noch die Erscheinung des Buches erleben. Nach Ostern 2020 kann die Sintflut kommen. Sie lässt sich durch den Klimawandel ja eh nicht aufhalten.

Zeitfracht Medien GmbH
Ferdinand-Jühlke-Straße 7
99095 Erfurt, Deutschland
produktsicherheit@kolibri360.de